改变历史的饭局

狠人是怎样在饭桌上干大事的

胡策陌◎著

江西美术出版社
JIANGXI FINE ARTS PUBLISHING HOUSE

图书在版编目（CIP）数据

改变历史的饭局 / 胡策陌著. -- 南昌 : 江西美术出版社, 2021.1

ISBN 978-7-5480-7436-6

Ⅰ. ①改… Ⅱ. ①胡… Ⅲ. ①历史故事—作品集—中国 Ⅳ. ① I247.81

中国版本图书馆 CIP 数据核字（2020）第 029297 号

出 品 人：周建森
企　　划：北京江美长风文化传播有限公司
策　　划：北京兴盛乐书刊发行有限责任公司
责任编辑：楚天顺　李晓璐
版式设计：尹清悦
责任印制：谭　勋

改变历史的饭局
GAIBIAN LISHI DE FANJU

作　　者：胡策陌

出　　版：江西美术出版社
地　　址：江西省南昌市子安路 66 号
网　　址：www.jxfinearts.com
电子信箱：jxms163@163.com
电　　话：0791-86566274　　010-82093808
邮　　编：330025
经　　销：全国新华书店
印　　刷：北京柯蓝博泰印务有限公司
版　　次：2021 年 1 月第 1 版
印　　次：2021 年 1 月第 1 次印刷
开　　本：710mm × 960mm　1/16
印　　张：15
ISBN 978-7-5480-7436-6
定　　价：49.80 元

卷首语

“饭局”一词，源于宋代，旧时指宴会、聚餐。“局”本是下棋术语，指局势、处境。“饭”承担的是填饱肚子、品尝食物的任务；“局”则是人际规则、社会关系的综合体现。“饭”与“局”的结合，便是指吃饭时的博弈手段、人际交往。

民以食为天。无处不在的饭局，是我们生活中不可缺少的部分。工作应酬，人情往来，同学聚会，朋友交际，往往在举杯谈笑之间，润物细无声地实现了目的。

一场成功有效的饭局不仅需要待人真诚，更需要对饭局规则的了解、人性的洞悉、高超的手段。

“世事洞明皆学问，人情练达即文章。”生活中会来事的人，均在饭局上外圆内方、如鱼得水、在饭局上不能洞悉人际规则的人，往往不善于应酬，容易“出局”。

饭局之妙不在“饭”，而在“局”。从这个角度讲，饭局体现的是一种进退得失、一种人情世故、一种博弈手段，更是一种独特的文化与处世智慧。

“执古之道，以御今之有。”我们可以借古鉴今，古为今用。翻开青史，便知饭局文化之所以源远流长，不在于美食佳肴，而在于利益得失，更在于难以揣测却亘古不变的人心、人性。

二桃杀三士，晏婴用两个桃子便搞定了万夫莫敌的三杰；专诸宴王僚，屠夫烤鱼藏剑，刺杀一国之君；鸿门宴，项羽在酒酣耳热之后，慎重思考，放掉刘邦；煮酒论英雄，刘备韬光养晦，恭维东家曹操，终逃虎穴；濡须宴，孙权安排周泰叙功饮酒，帮助他树立威望；上源驿宴，一场饭局成了梁晋两国几十年厮杀不休的导火索；杯酒释兵权，举杯谈笑间，赵匡胤一番推心置腹，解决了军权分散和危机……

饭局千古事，得失唇齿间。古人偏爱将重要的事情在饭桌上解决，因为饭局最适宜成为交易的场所。如果一顿饭有皇帝参加，或者由皇帝做东，那么杯觥交错之间，更加惊心动魄！

古人在饭局上的精彩手段，令人叹服，足可令今人揣摩学习。本书从史书中精选了二十场最经典的饭局，或充满权谋智慧，或改变时局，或彰显人文精神，将人物的悲欢离合、历史的精彩多姿娓娓道来，徐徐拉开中国饭局历史的大幕。

在写法上，本书与一般的历史类书籍略有几分不同。在每个故事开头，为了便于读者感受历史现场，笔者采用镜头聚焦法，先展现饭局的画面，然后介绍人物背景、故事情节、权谋手段、矛盾冲突、意义教训等。内容方面，原则上以正史为基础，史书叙述不到之处，则辅以合理的揣摩、分析、推理，使故事尽可能丰满，贴近真实。

“太阳底下没有新鲜事。”本书通过讲述帝王、将相、名士的饭局，希冀读者朋友在会心一笑的同时，能增加对历史人物的认识，感悟古人举杯谈笑时的韬略权谋、人格魅力、处世智慧。

希望读者朋友读完此书，能收获启迪与思考，应酬饭局时，站在更高的维度，从不同的角度游刃有余地处理人际关系，实现人生价值。

是为序。

目录

齐桓公宴：史上最励志的祝酒词

公元前667年的一天。齐国临淄王宫一间侧殿，齐桓公邀请国相管仲、大夫鲍叔牙、大司田宁戚，叙说往事，饮酒作乐。

四个乐师持着小木槌，敲击悬挂在木架上的几排大小不一的铜钟。一阵阵乐声奏响，如水滴石板、雏凤鸣啼般清脆动听。

两鬓斑白的齐桓公坐在主位上，笑视着坐在下首的三位老臣。他左手揉捏着美姬丰腴的腰肢，右手端着造型古朴的青铜酒樽与老臣们频频举杯，似乎对食案上几个鼎镬中色鲜香溢的佳肴视而不见。

老臣们一个个须发灰白，衣冠楚楚，红光满面，精神矍铄，饶有兴趣地欣赏着二十几位舞姬翩翩起舞时的绰约身姿。

齐桓公笑道："寡人能成为诸侯长，诚念仲父尊王攘夷之策，感激鲍大夫、宁大夫夙兴夜寐。来来来！寡人敬诸公一杯！"

管仲忙道："多赖主公洪福，臣等敢不竭力！主公请！"

话音刚落，宁戚道："老臣虽然经常喝酒，唯独主公的酒滋味不同，最是香醇可口。喝了主公的酒，浑身舒坦，精神抖擞。主公请！管相请！鲍大夫请！"

看上去最苍老的鲍叔牙，一声不吭，仰起脖子，一饮而尽。

齐桓公哈哈笑道："所谓好事成双，咱们君臣再来一杯！"

管仲、宁戚右手举杯，叫道："饮胜！"左臂举起广袖，一饮而尽。

鲍叔牙皱着眉头，不耐烦地推开依偎在身边的俏丽佳人，轻轻抿了一口。

齐桓公看到这一幕，呵呵笑道："鲍爱卿，也说两句祝酒词，给寡人和两位大夫听听。"

管仲与宁戚纷纷起哄，道："鲍兄，请！""鲍大夫，请！"

鲍叔牙长叹一声，右手紧握着酒樽，猛然站了起来，苍老犀利的目光从齐桓公、管仲、宁戚的脸上一一扫过。齐桓公等三人望着鲍叔牙严肃的样子，缓缓站了起来。

鲍叔牙慷慨激昂，说了一番祝酒词后，齐桓公离座而起，向鲍叔牙深深鞠了一躬。管仲、宁戚向鲍叔牙躬身一拜，表示一定不忘鲍大夫的教诲，牢记于心。

1

鲍叔牙说了什么祝酒词呢？

将时间暂时拉到公元前694年，齐国的国君是齐襄公姜诸儿（姜诸儿是春秋时期君主中的一位奇葩，此公不顾世俗的眼光，与同父异母的妹妹发生了超越伦理的爱情。后来妹妹被许配给了鲁国国君鲁桓公）。一日，姜诸儿借着请鲁桓公吃饭的机会，杀了自己的妹夫兼情敌。面对舆论压力，姜诸儿的办法只有一个字：杀。杀了一群劝谏他的大臣，杀红了眼之后，便淫乱大臣的妻子。有敢反对者，继续杀！国都人人自危。

姜诸儿还有两个弟弟，二公子姜纠还有三公子姜小白。春秋时期讲究"名正言顺"。名字包含了很多信息。比如"公子姜小白"，"公子"的意思是"公的儿子"（春秋爵称，分为王、公、侯、伯、子），"姜"是姓（齐国的第一位国君便是姜子牙），"小"是因为他是齐僖公最小的儿子，"白"是指皮肤白皙。公子纠的心腹管仲、召忽对他说："国君荒淫残暴，国内必有大乱。臣怕他浑水摸鱼，将您一块收拾了。我们必须‘战略转移’！”

齐僖公在弥留之际，死攥着姜诸儿的手，道：“纠是一个好孩子。你去世前，要将王位传给他。”姜诸儿握紧父亲的手，哽咽着答应了。

时过境迁，公子纠发现自己大哥的行为不像是守信的人的表现。选择一走了之，至少能保住一条性命，等待时机，公子纠便咬牙答应了管仲、召忽。他们逃到鲁国避难。

听说公子纠等人逃跑后，公子小白的心腹鲍叔牙慌了，他对公子小白说：“二公子跑了，只剩下您最有资格继承国君之位。身处险邦，必有灾殃。我们还是赶紧逃吧！”

公子小白也很果断，他带着鲍叔牙逃亡到了莒国。

兄弟二人为何一个投奔鲁国，另一个投奔莒国呢？因为公子纠的母亲曾是鲁国公主，他的姐姐是如今鲁国的太后。国君鲁庄公是他的亲外甥，打断骨头连着筋的血亲。而公子小白的姥姥是莒国老太后。公子有危险，便投奔母系亲戚，政治避难，以图东山再起，是春秋时期的常见情况。

莒国是华夏最东方的一个小国，西边与鲁国接壤、北边与齐国毗邻。

逃亡途中，公子小白与鲍叔牙风餐露宿，还要担忧大哥是否派兵追杀。一路心惊胆战，终于到了莒国。面对公子小白一行，莒国国君很够意思，管吃管住。但也仅此而已，并没有重用公子小白等人。无数次，公子小白遥望故国，徒呼奈何；无数次，公子小白心灰意懒，不再对前途抱有希望。

当时公子小白不过二十岁左右，离开了富贵荣华之地，背井离乡，寄人篱下，滋味一定不好受！

虽未找到关于公子小白受苦难的文献，但是多年以后，公子小白称霸天下，管仲、鲍叔牙等人多次以勿忘在莒地受过的苦楚来激励他，便可知他在莒地的生活质量、娱乐条件、社会地位是何等境况。

鲍叔牙勉励小白，坚持便有希望，耐心等待齐国局势发生改变。

春去秋来，9年过去了。公元前686年，齐国高层发生政变。

齐襄公外出打猎时，被公孙无知（姜小白堂哥）联合大夫连称、管至父发动叛乱杀害。连称、管至父二人掌握军权后，架空了公孙无知。公孙无知不甘心做傀儡，联合别的大夫，又伏杀了连称、管至父。大夫雍廪曾被公孙无知虐待过，怀恨在心，又趁乱击杀了公孙无知。

“乱哄哄，你方唱罢我登场！”一系列政变，使齐国国君的位置空了出来。按照封建血统继承原则，最有资格继位的是二公子姜纠，其次是三公子姜小白。

听到消息，远在鲁国与莒国的两位公子大喜，准备向各自投靠的国君请辞，返回母国，争夺王位。谁跑得快，抢先返回齐国，说服诸位大夫，便有机会继承王位。

鲁庄公抖了个机灵，暂时拖住了公子纠。他认为，拖住公子纠的时间越长，便可将竹杠敲得越响。即使别人继位了，他也不介意。因为公子纠是第一顺位继承人，其他人无论谁坐到齐国国君的位置，都是叛逆。到时，鲁庄公便打着帮助公子纠的旗号，攻打齐国，名正言顺。事成后，多占据几座城池，也是应有之义。

公子小白向莒国国君借了三十辆战车、一队精锐步兵，火速向齐国都城临淄进发！

当公子小白在途中疯狂赶路时，他突然惊奇地发现几十辆鲁国的战车堵在赶往临淄的必经之路上。

原来是管仲唯恐公子小白抢先回到临淄，便以齐国两座城池为代价向鲁庄公借兵，意图狙杀公子小白。

公子纠在手，大义我有。鲁庄公巴不得齐国高层自相残杀，便借给了管仲一队车马。

当管仲看到莒国车队时，大喜，带人拦住了公子小白、鲍叔牙一行。距离二人三十步外，管仲朗声道："三公子、鲍兄，经年不见，别来无恙！"

公子小白、鲍叔牙相对苦笑，拱手还礼。管仲道："前日，主公返回临淄，继承了王位。在下奉新君之令，恭迎三公子、鲍兄！"

闻听此言，公子小白、鲍叔牙脸色苍白，万念俱灰。管仲看到他们的反应，满意地点点头，道："两位请随管某上路！"

管仲扭过身，忽然俯身操起弓箭，轻喝一声，拉满弓弦，又猛然扭身，瞄准公子小白的胸膛，"嗖"的一声！

公子小白眼见一点寒芒射来，下意识闪身躲避，终究慢了一拍，被射中肚脐。他惨叫一声，口吐鲜血，闭上双眼，倒在地上，一动不动。

管仲哈哈大笑，快马加鞭，逃之夭夭。因为公子小白被射死了，他便没有必要与一群哀兵血战了。

鲍叔牙抱着小白不知所措，号啕大哭，突然，小白睁开了双眼，笑道："管仲乃世间高士，不顾道义射杀我，说明二哥必定还在鲁国！我们快走！"

原来管仲一箭射中了公子小白的带钩（古代贵族的腰带扣子，多为青铜铸成），小白急中生智，咬破舌尖，吐血装死。

管仲返回鲁国的途中，遣人通知了鲁庄公与公子纠，二公子小白已被射杀。于是，鲁庄公更不急着送公子纠返回临淄了。

这便是："鲁闻无知死，亦发兵送公子纠，而使管仲别将兵遮莒道，射中小白带钩。小白佯死，管仲使人驰报鲁。鲁送纠者行益。"

2

公子小白抢先返回临淄，在齐国继承了齐国国君之位，史称齐桓公。公子小白相比公子纠是没有资格担任国君的，为什么却得到了齐国大夫们的支持呢?

史书给的理由是一个"贤"字。但是，背后应该是一个"利"字。首先，公子小白的支持者莒国是一个小国，没有能力敲诈勒索齐国。其次，公子小白许诺不再追究齐国两任国君被弑杀的事，维护了齐国大夫们的利益，当然能获得他们的支持。

鲁庄公听闻公子小白继位，勃然大怒，点齐兵马带着公子纠，以维护道义，围剿篡逆者为名，攻打齐国。客观地说，鲁庄公无论兵力，还是舆论皆占优势。可是，在乾时这个地方，两国决战，鲁国却大败而归。

可以理解，齐国“篡位者”们是为了保全身家性命，必须拼命。尤其是齐桓公，如果败给了鲁国，大哥与堂哥便是自己的榜样！

鲁国上下表面是为了维护正义，实质上为了占便宜，犯不着拼命，所以积极性不如齐国。

齐桓公打败了鲁国后，站稳了脚跟，便遣使为鲁庄公带了一封信：“子纠兄弟，弗忍诛，请鲁自杀之。召忽、管仲仇也，请得而甘心醢之。不然，将围鲁。”

意思是公子纠是我的亲哥，我不忍心杀他，请你替我杀了。召呼、管仲离间我和哥哥的兄弟情谊，我要亲手把他们剁成肉酱蘸饭吃。不答应我的两个条件，我便攻打鲁国。

鲁庄公看了书信后，表示理解。所谓天无二主，国无二君。换成自己也不愿意背负篡位的名声，杀了公子纠才能除去心腹大患。

鲁庄公也不含糊，杀了公子纠，囚禁了管仲、召忽。召忽性格刚烈，不甘囚禁之辱，怒吼一声，撞墙自杀。管仲长叹一声，主动请求鲁国人将自己装在囚车里，送往齐国。这便是：“鲁人患之，遂杀子纠于笙渎。召忽自杀，管仲请囚。”

管仲的主公被杀了，同事也自杀了，他为什么没有勇气随之而去呢？如果失去生命，管仲一身志向便化为乌有。到了齐国，多活几天，说不定命运便有转机。有时候，屈辱地活着比痛快地死去更需要勇气。

回齐国的途中，管仲坐在囚车中闭目等死，内心升腾着担忧、恐惧、绝望。既担心鲁国将士比较“热心肠”，一刀砍下自己的脑袋，又害怕回到齐国，被齐桓公剁成肉酱。

管仲想到自己时运不济，命途多舛，年过四十，身处囹圄，壮志难酬，命在旦夕，忍不住双手抓紧囚栏，仰天长叹，泪流满面。

齐国王宫，鲍叔牙劝谏欲将管仲杀而后快的齐桓公，问道：“主公想做守成之君，还是称霸天下？”齐桓公道：“人生苦短，譬如朝露。谁不想在有生之年，干一番轰轰烈烈的大事，益于当世，名垂史册？”

鲍叔牙道：“主公若想治理齐国，鲍某足可辅佐；主公欲成王霸之业，非管仲不可。管仲辅佐哪个国家，哪个国家便会兴盛！我们万万不可失去管仲。”（“君将治齐，即高傒与叔牙足也。君且欲霸王，非管夷吾不可。夷吾所居国国重，不可失也。”）

齐桓公相信鲍叔牙看人的眼光，决定暂时放弃一箭之仇，给管仲一次面试的机会。这里其实还有一个原因，管仲是公子纠的心腹。齐桓公毕竟不是最合乎“名”的继位者，重用管仲可以缓解舆论压力。你看，大哥的心腹都在支持我，说明我真的很贤明！

囚车一路颠簸，进入齐国境内。鲍叔牙唯恐夜长梦多，便带领一支人马在边境迎接管仲。他对坐在囚车中的管仲道：“贤弟，愚兄等候多时了。”

管仲苦笑道：“鲍兄，来看小弟的笑话吗？”

鲍叔牙道：“天下虽大，生你者父母，知你者鲍叔牙。大丈夫生于天地间，功业未建，奈何死乎？”

一句“生你者父母，知你者鲍叔牙”，激起了管仲深情的回忆。

当初管仲、鲍叔牙一起做生意，管仲投资少，分红时却多拿多占。鲍叔牙对别人说，管仲不是因为贪婪，只是家庭条件比较困难。管仲参军打仗，每当战事不利，便做逃兵。鲍叔牙认为管仲不是懦弱无能，是为了留有用之躯，孝敬年迈的母亲。

管仲曾拉着鲍叔牙的手道："生我者父母，知我者鲍叔牙也。"

想起往事，管仲长叹道："唯恐齐公不忘一箭之仇！"

鲍叔牙笑而不语，挥挥手，便有一群人上前打开囚车，簇拥着管仲，洗澡换衣。

齐桓公真不愧是一代雄主，他面见管仲时，开门见山道："齐国公室衰微，两任国君死于卿大夫之手。屡经政变，民生凋敝，寡人欲行王霸之业，先生请教我！"

管仲一口气问了齐桓公三个问题："你有钱吗？你有兵器吗？你占据道义吗？"齐桓公皱着眉头，仔细想了想，道："寡人没有，请问先生，如之奈何？"

管仲清清嗓子，发表了一番改变自身与齐国命运，改变中国历史走向的见解：

"没钱，好解决。首先，我们不仅要鼓励农耕，更要大力发展商业。这是一个增加国家收入的方法。另外，齐国靠近大海，我们可以奖励捕鱼晒盐，国家控制盐业，提高税收。至于没有兵器，更好解决了。国内实行犯罪罚兵器制，犯了杀人、盗窃等罪的人必须缴纳不同的兵器。咱们还要打出尊重周天子，维护天下稳定的名义，内平叛乱，外抚诸戎……"

齐桓公与管仲越聊越开心，很快便拜管仲为"仲父"。（仲者，夷吾之字；父者，事之如父。）

齐桓公真不愧是霸主之才，因为管仲的奇才，便不仅不记一箭之仇，还事之如父，将军政大权交给了管仲。管仲掌握权力后，便进行了大刀阔斧的人事改革，他提出一个在当时堪称石破天惊的观点："德义未明于朝者，则不可加于尊位；功力未见于国者，则不可授以重禄；临事不信于民者，则不可使任大官。"说白了就是任命提拔官员必须讲究能力与政绩。在当时，任命官员看的是血缘，其次才是品德。由此不得不说，管仲任人为才的观点，具有划时代的意义。

正是因为这些因素，齐国吸引了大量人才。最具有代表性的便是宁戚。

此公是卫国人，出身贫寒，却心怀大志，不甘眼前的生活。他想到临淄求职时，没有车费，便找了一份工作，为前往临淄的商人赶牛车。

虽然到了临淄，可是他毕竟身份低微，无钱住在城里，便夜宿城墙外，等待改变命运的机会。一日，齐桓公送客至郊外。宁戚远远看到齐桓公的车马，便拍打着牛角高声唱歌："南山灿、白石烂，中有鲤鱼长尺半。生不逢尧与舜禅，短褐单衣才至骭。从昏饭牛至夜半，长夜漫漫何时旦？"

这首歌抒发了怀才难遇之情："我因为没有身逢尧舜那样的盛世，才穿着下等人的破烂衣裳。早晨贩牛到深夜。长夜漫漫，何时天亮？谁是我的伯乐？谁能让我施展抱负？"

宁戚深情凝视着不远处的齐桓公，一遍又一遍拍打着牛角，大声唱着自编自谱的歌："……生不逢尧与舜禅，短褐单衣才至骭……"

如果齐桓公再没有反应，可怜的牛也许便被拍死了。庆幸的是，齐桓公终于听到了。若没有《诗经》的底子，不可能编出这首歌。齐桓公道："好歌，请那个唱歌的人过来。"

恭喜宁戚获得了一次面试机会，结果是非常喜人的——"宁戚见，说桓公以治境内。明日复见，说桓公以为天下。桓公大说，将任之"。

宁戚的满腹才华令齐桓公非常满意，便打算给他一个有实权的职位，看他到底是不是像他自己说的那样有才干。有人劝说齐桓公："卫国离我们齐国也不远，不如派人去打听一下。如果宁戚真是贤者，再重用也不晚。"

齐桓公的回答颇有王者之风："不然。问之，患其有小恶。以人之小恶，亡人之大美，此人主之所以失天下之士也。"意思是，不能这样做，如果派人去打听，人无完人，一定会听到宁戚的缺点。以人才的小毛病，来否定他的大才能，这是为君者失去人才的原因。

齐桓公的这句话，千百年后听起来依旧掷地有声。金无足赤，人无完人。

君主用人，应用人之所长，舍人之所短，不重出身、资历。管仲与宁戚交谈后，也十分推崇宁戚，他建议立宁戚为大司田（主管农业的官员）。管仲常对人说，宁戚是农业专家，在农田水利领域，自己不如他。

宁戚任职期间，主持开垦农田，兴修水利，奖励垦荒，薄取租赋，齐国更快地走向富裕强盛。这便是“宁戚饭牛”的典故。

在齐桓公、管仲、鲍叔牙、宁戚等人的努力之下，君臣齐心，励精图治。齐国的发展令人惊叹，开启了史称“九合诸侯，一匡天下”之路。

3

公元前681年，三十多岁的齐桓公在北杏召集宋、陈、邾、蔡，举行五国会盟，意在尊崇周王室，稳定天下秩序，避免众多小国被大诸侯国兼并。宋国君主并不买账，白吃了一顿饭，抹干净嘴巴，扬长而去。

同年，齐桓公邀鲁庄公在柯地会盟。鲁国大将曹沫突然拔剑，挟持了齐桓公当肥羊，勒索了三座齐国的城池。事后，齐桓公意图反悔，管仲劝他忍一时之辱，割让城池，树立言出必践的形象。

坦白讲，齐桓公前两次组织诸侯会盟，挺丢人的，并不成功。由此可见，成大事者鲜有一帆风顺。

从第三次会盟开始，效果便渐渐彰显。公元前679年，齐桓公请周天子派人支持自己，约卫、郑、宋三国国君在鄄地会盟。各国诸侯看到周天子也派代表参会，再加上齐桓公的主张确实维护了大多数国家的利益，遂遣使表态，共推齐桓公为诸侯盟主。

齐桓公与诸侯约，内辅周天子，建立国内秩序，外抵抗北戎的扰乱。齐桓公的霸主地位开始确立。

从此以后，齐桓公坚持“尊勤君王，攘斥外夷”的战略，渐渐成为华夏境内最有权势的人。齐国君臣权势地位提升后，开始好声色、奢靡。

当时齐国的娱乐业在华夏境内最为发达，齐桓公娶了几十房妻妾。上有所好，下必甚焉。一时间，国内渐有靡靡之音，少了锐意进取之风。

鲍叔牙忧心忡忡，他意图劝谏齐桓公，可是又怕显得太突兀。他决定耐心等待机会，最好能在饭局上说。因为有饭必有酒，酒后吐真言，最能达到当头棒喝的效果；酒后谈事，也是一项悠久的传统。

公元前667年的一天，齐桓公为了庆祝老对手卫国衰败，顺便也犒劳一下管仲、鲍叔牙、宁戚等人的辛劳，便请管仲等三位老臣在王宫饮酒作乐。

齐桓公先敬酒，其次是管仲等还敬。轮到鲍叔牙敬酒时，他的敬酒词振聋发聩，慷慨激昂。

鲍叔牙端着酒樽，大喊道："今日酒酣耳热，放浪形骸之时，希望主公不要忘记流亡在莒国时寄人篱下，担惊受怕之日；希望管仲不要忘记被捆绑在鲁国，闭目等死之日；希望宁戚不要忘记穷困潦倒，割草放牛之日。"（"使公毋忘出如莒时也，使管子毋忘束缚在鲁也，使宁戚毋忘饭牛车下也。"）

话音刚落，大殿内瞬间静得落针可闻。

鲍叔牙这番话的核心只有一个意思：靡不有初，鲜克有终；不忘初心，方得始终。我们齐国虽然取得了令人骄傲的成绩，你齐桓公成为有史以来第一位霸主，管仲成为天下第一相，宁戚成为励志楷模、大齐重臣，可是千万不要忘记了当年吃过的苦，不要对不起吃苦受累的日子。

过了片刻，身为领袖的齐桓公站了起来，对鲍叔牙躬身行礼："寡人与二大夫能无忘夫子之言，则国之社稷必不危矣。"意思是，我和两位大夫牢记鲍大夫的教诲，不忘记当年的艰难岁月，国家社稷便不会危殆！

这便是成语"勿忘在莒"的来历，指不忘本，不忘初衷，不忘峥嵘岁月。

成大事者，皆坐起而行。齐桓公下令撤去酒宴，赶走了美女，与管仲、鲍叔牙等共商国是。

又数年，齐国君臣时常以"勿忘在莒"相互勉励，不懈努力，为华夏安定统一做出卓越的贡献。公元前664年，北方戎族大规模南下进扰。首当其冲的燕国，几乎被灭国。燕国君臣在绝望之中向齐桓公求救。

六十多岁的管仲说服了五十多岁的齐桓公，他们亲率诸侯联军，千里远征，北上攘夷，与戎族连番血战，终于大胜，扩地八百里。

千百年后，齐国霸业已经化为烟云，但是齐桓公、管仲等人勿忘在莒、筚路蓝缕、开创大业的事迹，仍激励着一代又一代的华夏儿女不懈奋进。“勿忘在莒”的精神，即不忘峥嵘岁月，牢记初心，也成为华夏民族阳刚雄健精神的组成部分。在历史的长河中依旧回荡着鲍叔牙铿锵有力、气贯山河的祝酒词：“使公毋忘出如莒时也，使管子毋忘束缚在鲁也，使宁戚毋忘饭牛车下也。”

二桃杀三士：晏子巧借饭局除三杰

公元前528年6月的一天，齐国临淄王宫大殿。鲁昭公与大夫叔孙蜡访问齐国。齐景公热情接待，安排相国晏婴主持饭局，齐国文武重臣作陪。

酒至半酣时，晏婴起身，对齐景公躬身施礼，道："君上，园中金桃已熟，请摘几枚给贵客尝尝鲜吧！"齐景公道："相国言之有理，可命侍从取之，以招待贵客。"

晏婴忙道："君上，此桃珍贵异常，老臣当亲自去摘。"齐景公道："有劳相国。"晏婴拱手告退。

齐景公对鲁昭公君臣道："此乃万寿金桃，三十年一开花，三十年一结果。园中只有六个，寡人不敢独自享受，特取来与贤君臣共享。"

鲁昭公君臣连忙称谢。不一会儿，晏婴带着低头捧着盘子的园吏，快步走入大殿。盘子中放着六个桃子，个个硕大新鲜，香气扑鼻，令人垂涎三尺。

晏婴按照礼仪，分别为鲁昭公、齐景公献上了一个桃子。

晏婴道："叔孙大夫贤名遍于四海，请食一桃。"

叔孙蜡连忙道："晏相国内辅国政，外使诸侯，天下咸知，此桃应让相国吃。"齐景公笑道："既然公孙大夫谦让相国，二位可各吃一个。"

二臣跪而领之，晏婴道：“盘子中尚有二桃，君上可传令诸臣，谁的功劳大谁吃。”

齐景公道：“此言甚善。阶下诸臣，自信功劳深重者，能食此桃者，出班自奏。”

阶下诸臣中，三位身材高大的壮汉，再也按捺不住，紧握着佩剑，争先恐后地跳了出来。

1

两个月前，一个普普通通的日子，齐国相国晏婴走在宫外，迎面走来三位虎背熊腰、满脸横肉的壮汉。这三个人是齐国妇孺皆知的勇士——田开疆、公孙接、古冶子。他们曾立有大功，均有万夫不当之勇，搏虎擒熊之力，也是结拜兄弟，在齐国被称为“三杰”。

晏婴看到他们之后，立刻挂着笑脸，快速迈着小碎步上前打招呼。三大汉鼻孔朝天，大摇大摆从晏婴身旁走过，没有搭理他。正是：“晏子过而趋，三子者不起。”

无端受辱，晏婴面色瞬间涨得通红。不过，他终究是满腹韬略的名相，做了一个深呼吸便平复了心情。他从自己身上寻找原因：嗯，一定是因为自己太矮了，三位身材高大的猛士，走路昂着头没有看到自己，并非刻意无视。

此公乃一代奇人。小学课文中至今仍有《晏子使楚》的故事。它讲的是晏婴在担任齐国外交官期间，曾出使楚国。楚国君臣紧闭城门，在门侧挖了一个高不过六尺的洞。

为什么呢？因为史称晏婴“身不满六尺”。面对楚国君臣的侮辱，晏婴面不改色，对负责招待他的人道：“只有出使狗国，才钻狗洞。请问你们楚国是什么国？”

楚国无奈之下，只能邀请晏婴从城门进入。

大殿上，楚国国君看到身材矮小的晏婴，不屑道：“齐国无人了吗？”晏婴一本正经地道：“齐国仅都城临淄便有七千五百户人家。大家张开袖子，便能遮天蔽日；挥洒汗水，如同暴雨倾盆；街上行人往来，肩膀靠着肩膀，脚尖碰脚后跟，怎么能说我齐国无人呢？”

楚国国君被气乐了，笑道：“既然如此，怎么打发阁下前来？”

晏婴装作一脸为难，道：“那些优秀的人被派遣出使到德才兼备的君主所在的国家，无才无德之人派遣到无德无才之国。我晏婴最不贤，只好出使到贵国来了。”

楚国国君的鼻子差点气歪了，不过他为贬低齐国又出了一招。两名官吏带着一个被捆绑的人，走进大殿。楚国国君与臣子演起了双簧。

楚国国君道：“这是什么人？干什么的？”

臣子道：“齐国人，犯了盗窃罪。”

楚国国君道：“齐国人如此没有出息，难道都喜欢盗窃？”

楚国君臣哈哈大笑。

晏婴冷哼一声，眯着眼睛道：“臣尝闻生长在淮河以南的橘子是蜜橘，生长在淮河以北的便是苦枳。什么原因呢？环境不同而已！百姓生活在齐国安居乐业，遵纪守法，到了楚国便做贼偷窃，莫非楚国的环境容易使百姓变成小偷？”

楚国国君三次出招，均被晏婴轻松化解。他明白盛名之下无虚士，便开始正视身材矮小、相貌平凡的晏婴了。楚国国君为自己找了一个台阶，自嘲道：“圣人是不能与他开玩笑的，是寡人自取其辱了。”（“圣人非所与熙也，寡人反取病焉。”）

这便是晏婴，遇事不乱，临大节而不辱，娴于辞令。《晏子使楚》贡献了“举袖成云”“挥汗如雨”“比肩继踵”“橘生淮南”“自取其辱”等成语。

晏婴的成就又岂止在外交与文化领域？此公内辅国政，使齐国富强；克勤克俭，为世人之楷模，他是史家公认堪比管仲的政治家、思想家。

晏婴去世四百多年后，司马迁在《史记·管晏列传》中充满了对晏婴的仰慕之情：“晏子俭矣，夷吾则奢；齐桓以霸，景公以治。假令晏子而在，余虽为之执鞭，所忻慕焉。”意思是，晏婴勤俭，辅佐齐景公治世；管仲豪奢，辅佐齐桓公称霸。如果晏婴还活在世上，能给他当车夫，就是我的荣幸啊！

2

俗话说：“宰相肚里能撑船。”三个莽夫的无视，根本不值一提。可是凡事就怕“认真”二字，晏婴开始认真思考三杰的行为：

田开疆、公孙接、古冶子三个人居功自傲，嚣张跋扈，罔顾法纪，对自己这位名闻诸侯、大权在握的齐国相国都如此无礼，那对臣民什么态度，就可想而知了。更有甚者，恐怕对国君也不如何尊重。猛将骄横之心，若被有心之人利用，行弑君篡位之事，会造成多大危害？

（晏子与孔子是同时期的人，他们所处的春秋时期，周王室的势力渐趋没落，诸侯国征战不断，国内卿大夫势力膨胀，仅《春秋》和《左传》中记载的弑君事件便有几十起。）

这便是一代名相的格局，从个人受辱的小事件，联想到国家的命运前途。

于是，第二天，晏婴便觐见齐景公，道：“臣闻明君之蓄勇力之士也，上有君臣之义，下有长率之伦，内可以禁暴，外可以威敌，上利其功，下服其勇，故尊其位，重其禄。今君之蓄勇力之士也，上无君臣之义，下无长率之伦，内不以禁暴，外不可威敌，此危国之器也，不若去之。”

意思是，臣听闻圣明的君主，培养的勇猛之士，应该达到四个标准：第一，明白君臣之间的礼仪；第二，服从上下级的规矩；第三，对内可以禁止暴乱；第四，对外能威慑敌人。所以，真正的勇士对上有利于君主的功业，对下能得到臣民的钦佩，理所应当得到高官厚禄。现在您培养的勇士，不懂得尊重君主，也不遵守对领导同事的礼仪，对内不能禁止暴乱，对外不能威慑诸侯。不如将他们早点除掉，以绝后患！

齐景公作为一国之君，听闻相国要除去自己麾下的勇士，他的回答非常值得玩味：“三子者，搏之恐不得，刺之恐不中也。”意思是对这三个人，无论是抓捕还是刺杀，都非常不容易。

晏婴并未指名道姓说除掉谁，可是齐景公却说“三子者”，这说明他心里清楚田开疆、公孙接、古冶子三个人便是晏婴要解决的人。

齐景公并没有让晏婴进一步论证，对这三位勇士“为什么要杀”“能不能不杀”，而是直接在操作层面上表示，杀他们比较困难，询问“应该怎么杀”。

由此可见，齐景公对田开疆、公孙接、古冶子三个人已经厌恶，甚至有点忌惮，欲除之而后快，却不敢轻易下手，生怕造成不良的影响。

为什么呢？因为当时齐国田氏公卿的实力已经强大到可以威胁齐国国君姜氏的地位了。身为君主的齐景公，为了江山稳定，必须采取措施限制田氏的发展。

晏婴做过预言：“齐国政权最终将归田氏。田氏虽无大的功德，但能借公事施私恩，有恩德于民，得民拥戴。”晏婴去世后一百多年，田氏果然篡夺了齐国政权。

据说，景公看到豪华的宫殿叹气道：“宫室如此漂亮！我死后会归于谁呢？”晏婴道：“恐怕是田氏了。您的后代如果稍微怠惰，而田氏势力仍然没有衰落，那么齐国便会为田氏所有。”

齐景公忧心忡忡道：“那应该怎么办呢？”晏婴答道：“只有利用一个礼字。符合礼，士大夫家族对百姓的施恩不能超过君主，民众便不会迁移；士不失职，官吏不怠慢，大夫不占取公家的利益。”

此处的“礼”，并不单指礼仪、规矩，更是宏观层面的道德观念社会秩序。

由此可知，晏婴意图杀掉田开疆等三人，并非挟私报复，而是为了齐国安定，贯彻落实最高领导的意图，制定并执行国家安全战略。对不遵守“礼”的田开疆等悍将，必须“不若去之”。

面对忌惮三杰的齐景公，晏婴成竹在胸，淡淡道：“此皆力攻勍敌之人也，无长幼之礼。”意思是，这三个家伙都是卖力气的人，不知长幼之礼，不用你操心，我来搞定他们。

齐景公道：“长幼之礼也能杀猛将？”

3

机会终于降临了。公元前528年6月的一天，发生了本故事开头的一幕。

此时，齐国摆出最高接待规格招待外国元首，阶下皆是文武重臣，田开疆、公孙接、古冶子三个人迫不及待地跳出来，可见平时是何等嚣张跋扈。晏婴称他们“不知长幼之礼”，真是实话！

晏婴看着跳出来的三条大汉，捋着胡须，笑眯眯道：“你们有三个人，桃子只剩下两个了，你们按照功劳大小来分桃吧？”（“三子何不计功而食桃？”）

历史的魅力之一，便是微小处藏大气象。

为什么剩下两个桃子，而不是一个桃子呢？剩下一个桃子，三个人分桃，是最优先者得之。剩下两个桃子，三个人分，必有一个人得不到桃子。得不到桃子的人便是功劳最小的！

春秋时代的文化主流是“士为知己者死”“君子重然诺，轻生死”“君子不吃嗟来之食”“君以国士待我，我当以国士报之”。

士人视尊严远胜生命。田开疆、公孙接、古冶子怎么会认为自己是功劳最小的呢？

晏婴称他们三个人“皆力攻勍敌之人也，无长幼之礼”，由此可知他们三个人皆非公卿豪门，所以才不知礼仪。即使是田开疆，也只是田氏的分支庶子。

田开疆等三个人正是靠搏命立功才换来功勋地位的。他们的房子、车马、土地、女子、财物、奴仆等，全是靠实在的功劳换来的。否定自己的功劳，等于否定自己的全部。

晏婴的一句“三子何不计功而食桃”等于为田开疆等三个人出了一道选择题，要友情还是要功劳？什么是堂堂正正的阳谋，这便是。晏婴真不愧是一位世事洞明、人情练达的心理学大师。

三位勇士面面相觑，谁也不肯承认自己没有功劳。

公孙接长叹一声：“晏相国不愧是咱们大齐的智者。他叫我们按功劳大小分配桃子，我们若不敢接受桃子，便是无勇之辈；可接受桃子，却又人多桃少，这便只有按功劳大小来分吃桃子。国君狩猎时，我曾赤手空拳打死一头野猪与一头猛虎。我的功劳可以独自吃桃子吧。”（“晏子，智人也！夫使公之计吾功者，不受桃，是无勇也，士众而桃寡，何不计功而食桃矣。接一搏猏而再搏乳虎，若接之功，可以食桃而无与人同矣。”）

说罢，他便拿起一个桃子。

田开疆眼见只剩下一个桃子，大声道：“我曾披坚执锐，两次击退敌军。像我这样的功劳，也可以独吃一个桃子，无须与人共食一个。”（“吾仗兵而却三军者再，若开疆之功，亦可以食桃而无与人同矣。”）

于是，他也拿起一个桃子。

古冶子眼见没有桃子了，气得双目通红，他声嘶力竭地说：“杀虎杀人又算得了什么？我当年护国君渡河，河水里突然冒出一头鳄鱼一口咬住国君的马车，拖入水中。我虽然不会游泳却潜入水中逆流百步，顺流追杀九里，才杀了这头鳄鱼。”（“吾尝从君济于河，鼋衔左骖以入砥柱之流。当是时也，冶少不能游，潜行逆流百步，顺流九里，得鼋而杀之。”）

“当我浮出水面时，一手握着割下来的鳄鱼头，一手拉着国君的坐骑，当时大伙都吓呆了，以为河神显圣！”（“左操骖尾，右挈鼋头，鹤跃而出。津人皆曰：‘河伯也！’”）

“我是勇敢不如你们，还是功劳不如你们？可是桃子却没了！”（“若冶之功，亦可以食桃而无与人同矣。”）

“铿锵”一声，古冶子抽出了宝剑，对着公孙接与田开疆喝道：“你们两个把桃子拿出来！”（“二子何不反桃！”）

当面对是选择友情还是功劳这道选择题时，三位博士均毫不犹豫地选择了功劳。

当古冶子抽出宝剑的时候，公孙接与田开疆也面对一道选择题，选择尊严还是生命？

公孙接与田开疆对视了一眼，对古冶子道：“我们论功劳不如你，勇猛更不如你，却抢先取桃子，这是贪婪。如果没有勇气自杀，那么便连勇气也失去了！”

二人拔剑，自刎而死。鲜血汩汩地流到地上，满堂皆惊。齐景公与晏婴沉默不语，做客的鲁昭公与叔孙蜡只是来吃顿饭而已，面对齐国内政也不好说什么。台阶下大臣们冷眼旁观。

当公孙接与田开疆自刎时，也为古冶子出了一道选择题，选择尊严还是生命？

古冶子面色苍白，身躯颤抖，羞愤的目光缓缓地扫了饭局上所有人，讷讷道：“他们都死了，我却活着，这是不仁；用言语羞辱别人，吹捧自己，这是不义；悔恨自己的言行，却又不敢去死，这是无勇。”

古冶子大喝一声，亦举剑自刎，用力过猛，险些将脖子割掉，鲜血喷洒而出，与两位结拜兄弟的血混在一起，染红了大殿的地面。在一片惊呼声中，鲁昭公站了起来，对齐景公道：“我曾闻三杰神勇无敌，没想到，今日全丧命了！”

闻听此言，齐景公面色不豫。晏婴道：“这些人只是匹夫之勇，何足挂齿。”

鲁昭公长叹一声，带着叔孙蜡告退了。齐景公安排以勇士之礼厚葬了田开疆等三个人。（“公殓之以服，葬之以士礼焉。”）

这个故事便是“二桃杀三士”，后演变成了一条成语，意指用计谋杀人。此计之所以能够成功，固然离不开春秋时期阳刚雄健的文化氛围，但也离不开人心与人性。

世上没有一个拥有荣誉感的人，会认为自己是小团队中最差的一个。不想当最差的人便会争夺，争夺便会有损伤。还有一个不容忽视的因素，谁能想到，在气氛热烈的饭局中，杯觥交错之际，会面对一道艰难的选择题——生命与尊严哪个更重要？

“二桃杀三士”的含义，是用有限的资源及美好事物，引诱厉害的人自相残杀。最终谁会得利呢？自然是抛出两个桃子的人。

大约七百年后，青年时期的诸葛亮遥想那场饭局，作诗一首，赞美三位愿用生命来践行尊严的勇士，讥讽利用饭局杀人的晏婴，诗为《梁甫吟》：“步出齐城门，遥望荡阴里。里中有三墓，累累正相似。问是谁家墓，田疆古冶子。力能排南山，文能绝地纪。一朝被谗言，二桃杀三士。谁能为此谋，国相齐晏子。”

专诸刺王僚：一条烤鱼引发的惨案

公元前515年，时令刚过立夏，天气暖洋洋的，令人浑身舒坦。

吴国公子光府邸内外站满了披甲持矛的武士，一个个面色肃穆。屋顶上也蹲着几十名高举短剑的悍卒，似乎随时准备将剑掷出。虽然他们的造型看上去随时准备暴起杀人，但其身上却没有散发丝毫杀气，因为武士们并不是因为将要杀人，而是为了像往常一样，保卫自己的君主。

大厅正中主位上跪坐着一位圆脸大胡子的人，只见他身材肥胖，脖子短粗，面色威严，身披重甲，正大快朵颐。下首坐着一位一脸精悍之色、笑容满面的中年男人，说着好话，殷勤地向主位敬着酒。

一个个奴仆恭敬地站在走廊上，端着一盆又一盆热气腾腾的美食，空气中弥漫着浓郁的酒香、肉香。

每一个奴仆，趋步至大厅前，要脱光衣服，只穿亵裤，跪在地上，双手举着菜肴，膝行而前。两名士兵跟在后面，手持长矛，顶着奴仆赤裸的后背。每一道美味佳肴，均是如此端上餐桌。

一个浓眉大眼、身高八尺的壮硕奴仆，开始在大厅外熟练地脱掉衣服。

下首男人向主位拱手道："王兄，臣弟腿伤复发，疼痛难受。请允许臣弟到内室换药！”

王兄微笑着，微微颔首。

当下首的男人笑眯眯地走出客厅时，他抬头看了一眼天空。瓦蓝的天空上，一道白色的光芒拖着长长的尾巴，飞射向西方！

1

将时间暂时拉回到数年前，地点在楚国王宫。

楚平王情不自禁地睡了自己的儿媳妇。这位儿媳妇是太子建的正妃。太子建无胆反抗父亲，吓得逃离楚国。时任太子太傅的楚国大夫伍奢因与太子建关系密切，便入宫劝说楚平王承认错误，将太子建请回国内，父子团聚，重归于好。

楚平王勃然大怒，起了诛杀伍奢全家之心。

楚平王道：“伍大夫，我听闻你有两个儿子，均文武双全。你何不请他们入王都父子团聚，我想赐宴，与你们父子痛饮一场？”

伍奢已知楚王欲杀自己，他长叹道：“老臣的长子伍尚为人忠厚仁义，一定会来。其弟伍子胥性格刚烈，足智多谋，又极善隐忍，必不会轻易入国都。”

楚平王不信，派遣使者宣伍奢二子入都城觐见。

使者见到了伍家兄弟后，道：“楚王有令，请二位公子即刻入宫，便放汝父归家团聚。若是二位公子不从，便杀了汝父！”

楚平王为何不直接杀了伍尚、伍子胥二人呢？因为伍家世代为楚国大臣，无错而被诛，不利于楚王团结公卿。所以，楚平王意欲将伍家父子三人，骗入宫中，悄悄杀掉后当成失踪人口处理。这便是“宁使人知，莫使人见”。

楚王为伍家兄弟出了一道选择题，是今日入宫被杀还是逃跑后以叛国罪名被诛杀？

伍尚为人果然忠厚，立刻便欲动身。伍子胥双目通红，拉着伍尚的袖子轻声道："大王宣我们入宫，非为饮宴，实为斩草除根！他用父亲大人做人质，我们兄弟二人入宫之后，父子三人便会遇害！同去赴死，于父无益，不如留有用之躯，逃往他国，再寻机报仇雪恨！束手待毙，有何益处！"

伍尚面色从容，轻声道："愚兄知道应诏前去，不能保全我们一家性命。可是逃走之后，将来又不能报仇，只会令天下人耻笑！二弟，你快逃吧！一定要为父亲大人报仇雪恨！愚兄今日便去赴死。"

伍子胥向兄长躬身一拜，飞速跑向马棚。使者急忙率人追赶，伍子胥跃上战马，抽弓，给箭上弦，射杀数人。众人不敢再追。

伍奢听闻伍子胥出逃后，长叹道："我们楚国将要陷入战乱了！"没过多久，伍奢与伍尚从容赴死，伍家满门遇害。

楚平王下令举国通缉伍子胥，并派遣军中高手追杀。伍子胥舍弃战马，腰挎宝剑，沿着山间小路出逃，意图逃往吴国。当他逃到大江边时，望江兴叹，无可奈何！幸亏有一位老渔夫载他过江。伍子胥知恩图报，解下宝剑，对渔夫道："此剑价值百两黄金，赠予恩公，以谢救命之恩。"

老渔夫道："楚平王为抓捕阁下，以五万石粮食作为赏金；禀报阁下下落者，便可获得大夫的爵位。老夫不贪图赏金、爵位，又岂会在乎区区百两黄金？阁下快逃命吧！"

一石为一百二十斤，五万石即六百万斤粮食。伍子胥的父亲伍奢也不过是大夫爵位。楚平王为了得到伍子胥的人头，开出的价码不可谓不高。

伍子胥抱拳一谢后，大步离开，继续逃命。他身无分文，只好以乞讨为生。适遇一位为人洗衣服为生的女孩。女孩看伍子胥可怜便给他吃了一顿饱饭。伍子胥狼吞虎咽地吃完饭后，对女孩道："请姑娘勿泄露我的行踪！"

女孩勃然变色，认为自己受到了轻视，跳江自杀。多年以后，伍子胥领军伐楚，在女孩跳江自杀之处，投放了黄金千两。这便是后世"千金小姐"的由来。

伍子胥若想彻底逃离楚国的追杀，还要过最后一道关隘——昭关。

此处守卫森严，关隘墙上张贴着伍子胥的画像。前有关隘，后有追兵，伍子胥忧心忡忡。

“今日若死于昭关外，血海深仇如何能报！”整整一夜，愤怒、惊恐、忧虑、不甘，种种情绪在伍子胥的心头一一浮起。次日，当伍子胥紧皱着眉头，到小河边饮水的时候，忍不住哈哈大笑！

原来，伍子胥乌黑油亮的须发在一夜之间变得洁白如雪。这便是“伍子胥过昭关，一夜白头”。伍子胥大摇大摆走出昭关。守军亦未料到，此白发老翁竟然是正值盛年的伍子胥。

伍子胥身无分文，一路乞讨到了吴国都城，也就是今天的苏州。伍子胥为什么要跑到吴国呢？第一，吴国距离楚国比较近，可以节省路费。第二，吴国也是大国，与楚国是世仇。

值得一提的是，伍子胥被后世乞丐拜为祖师爷。春秋时期，社会上讲究“君子不吃嗟来之食”。伍子胥乃楚国贵族出身，自然不会以求爷爷告奶奶的方式乞讨，他决定为街上行人吹箫。

伍子胥衣衫褴褛，蹲在大街上，面色沧桑，眼神忧郁。他轻声吹着箫，述说着满腔不甘、愁苦、怨恨。他的脚边还放置着一个不知从何处捡来的带豁口的粗瓷大碗。十几天后，伍子胥跪坐在了吴王僚的大殿里。

伍子胥分析了攻打楚国的十几种方法和能获得的多少种好处。吴王僚热血沸腾，召集大臣开会，令公子光领军攻打楚国。

公子光与吴王僚是堂兄弟，他们的爷爷是吴王寿梦。寿梦死后，四个儿子中的前三个儿子诸樊、余祭、夷昧相继即位，四王子季札无心王位，向往诗、酒、梦、歌、田园的生活。

夷昧病故后，他的儿子僚即位，为吴王僚。公子光是诸樊的儿子。公子光认为自己父亲兄弟四人，按照兄及弟终的传统，应当四叔当君主。四叔不愿意。论资排辈，也应该是自己。但三叔传位给了自己的儿子，这忒不地道！所以公子光对率兵攻打楚国非常不情愿。在攻下楚国的两座城池后，公子光认为即使继续取得胜利，对自己而言，不过是锦上添花，功劳属于上级领导指挥有方。万一败了，是丧师辱国。兵凶战危，谁能保证自己百战百胜？

公子光对吴王僚道：“伍子胥全家死于楚王之手，他劝我们攻打楚国是为了报自己的私仇，并非为了咱们吴国的利益！”（“彼伍员父兄皆死于楚而员言伐楚，欲自为报私仇也，非能为吴。”）

公子光作为吴国宗室重臣，表态不支持攻打楚国。吴王僚虽然是一国之君，也要尊重臣子的意见，便暂时放弃了攻打楚国。

伍子胥眼见失去一次报仇机会，捶胸顿足。不过，他终究是坚忍不拔、足智多谋之人，很快便冷静下来分析吴国局势：伐楚是有利于吴国的，为什么公子光不同意伐楚？对公子光而言，做什么事情会比伐楚获得更大的利益呢？只有王位了！公子光觊觎王位，自己应当如何选择？如果自己继续效忠吴王僚，对一国之主来说，不过是锦上添花；而效忠公子光，才是雪中送炭。如果自己能助公子光除去吴王僚，论功行赏，吴国的“领导班子”必有自己的一席之地！自己也可以获得对吴国的话语权。

厘清思绪后，伍子胥自言自语道：“公子光这家伙想要在国内称王，现在还不到与他谈论对外战争的时机。”（“彼光将有内志，未可说以外事。”）

伍子胥坐起而行，当日便夜访公子光的府邸，表示效忠之心。公子光对伍子胥是极为欣赏的，当即对伍子胥表示，若能帮他干掉吴王僚，他便助伍子胥攻打楚国报仇雪恨！

两人一拍即合，相见恨晚。

春秋时期，通过宫廷政变杀掉君主取而代之的事情不少。吴王僚不是傻瓜，他控制的军队数量在公子光之上。伍子胥的办法是两个字——“刺杀”。公子光摇头道：“刺杀？谈何容易。”伍子胥走到公子光的耳边，说了一套连环计，听得公子光眉飞色舞，赞叹不已。

2

一个春暖花开、阳光明媚的日子，伍子胥带着公子光拜访国都的杀猪屠夫专诸。

专诸是伍子胥在都城大街上乞讨时认识的。当时伍子胥看到一位虎背熊腰、高额大眼、一身戾气的剁肉屠夫，被老婆训斥得像孙子一样。伍子胥找屠夫聊天，问他为什么怕老婆。

专诸答道："夫屈一人之下，必伸万人之上。"伍子胥大吃一惊，暗暗感叹，果然高手在民间。

于是，伍子胥便不顾阶级鸿沟，与专诸培养了深厚的"友谊"。可以理解，伍子胥为了复仇，不会放弃任何可以利用的资源。

公子光在伍子胥的引荐下，带着贵重的礼物，对专诸折节下交、嘘寒问暖。了解到专诸家的生活条件后，公子光当即表示，以后府里的猪肉，全部从专诸处采买。

专诸全家受宠若惊。更令他们全家吃惊的还在后面，公子光坚持为专诸家送礼。第一日，为专诸的老母亲送去珍贵的药材。第二日，给专诸的老婆送去华丽锦服、胭脂水粉。第三日，为专诸的儿子送去精致、昂贵的玩具。第四日，为专诸送去美酒佳肴。每一次，都是强行送礼，不允许专诸拒绝。当然，专诸也没资格拒绝。

专诸全家老小也从惊喜变成了惊吓，甚至惊恐、焦虑。因为礼下于人，必有所求。位高权重的公子光对一位屠夫如此恩赏，必有原因。

春秋时期，流行"士为知己者死"——真正的男人勇于为赏识自己的人献身。

一天晚上，专诸痛饮美酒，大醉一场。次日，他便登门拜访公子光。专诸道："请公子明言，需要在下做什么？"

公子光简单地讲述了自己家族的恩怨并抒发了自己的理想抱负后，一脸期待地盯着专诸。

专诸沉思片刻后，道："我可以去杀吴王僚，可是我的母亲怎么办？"公子光当即表态："你妈就是我妈！"（"光之身，子之身也！"）

专诸咬牙道："我这便去刺杀吴王僚！"

公子光道："壮士，无人可以带着武器靠近王兄半步。"公子光告诉专诸，吴王僚是一个爱吃的人，尤其爱吃烧烤。烤鱼更是他的最爱。太湖那边的烤鱼，在全国最为著名。你先去学习烤鱼，我请他吃饭，再寻找机会杀掉他。

专诸带着公子光"赞助的学费"，当天便去了太湖，拜访名厨，学习烤鲫鱼。苦学三个月，终于厨艺大成。

专诸明知这是死路，为什么还积极配合公子光呢？专诸没有被伍子胥"青睐"之前，是一位孝顺老母亲、疼爱孩子、怕老婆的强壮屠夫，是一位普通的、拥有自己幸福生活的市井小民。

当伍子胥将专诸引荐给公子光时，当公子光将一件件礼物送至专诸家时，专诸便一步步陷入泥潭，没有脱身而出的能力了。他对伍子胥与公子光来说，只是进行政治斗争的一件工具罢了。

面对公子光的拉拢，专诸有三个选择：一是带着一家老小逃出吴国，但以伍子胥与公子光的缜密、狠辣，一定会被追杀；二是向吴王僚告密，无论结果如何，全家必死；三是跟着公子光一条道走到黑，失败了，全家死，成功了，自己惨死，家人会大富大贵。

专诸虽然愿意舍命一击，但是刺杀吴王僚并没有那么容易。吴王僚时常身处王宫，两个弟弟与儿子均有万夫不敌之勇，还拥有几万人的嫡系军队。而且吴王僚小心谨慎，外出时穿三层重甲。一层重甲便可防备普通兵器，三层重甲如何刺破？更何况任何人接近吴王僚均不能携带兵器，至少经过三重搜身。

机会留给有准备的人。伍子胥的老仇人楚平王病故了。得知消息后，伍子胥立即献策，请公子光忽悠吴王僚派兵伐楚。公子光面有难色，道：“王兄定会派遣我统率大军。”伍子胥缓缓说出六个字：“骑马，掉下，断腿。”

公子光咬牙答应。他一瘸一拐地去见吴王僚，劝说伐楚之利。吴王僚正有此意，他想趁着楚平王去世捡些便宜。既然公子光的腿脚已受伤，吴王僚便派自己的两个亲弟弟领兵攻楚。

当吴军高歌猛进时，伍子胥又献一计，请公子光利用军中的人脉，故意泄露吴国的军事部署。于是，吴王僚的两个弟弟的后路被楚军抄了。公子光请某位大臣向吴王僚献计，令庆忌去前线监军，打通吴军后路。吴王僚无奈同意，军队在自家人手中才放心。公子光现在是一个瘸子，总不能派他出去吧！

此时，吴王僚的羽翼已被剪除，下一步，便要调虎离山了。伍子胥与公子光商议后得出结论，吴王僚的三个帮手都不在，此时发动政变可以最大限度地保存吴国元气，减少损失。

公子光对专诸道：“我万万不能失去这次机会，如果失去了这次机会，我什么也得不到了。”（“此时不可失，不求何获！”）

专诸目光坚毅，咬牙点头。

公子光找到吴王僚道：“王兄日夜操劳国事，形容日渐憔悴。臣弟请了一位擅长做烤鱼的太湖名厨，以飨王兄。臣弟在家中略备酒水，请王兄赏脸光临寒舍。”

公子光为吴王僚出了一道选择题，去还是不去？去的话，既可以吃到太湖美味，又可以培养一下兄弟感情。如果不去，会拂了弟弟的一番美意，不利于吴国领导班子的团结。

吴王僚沉吟片刻，便答应了。公子光大喜，大张旗鼓地张罗，营造了一种热烈欢迎吴王僚莅临的假象。吴王僚并非穿越者，他并不知道公子光打算借助饭局除掉自己。公子光以有心算无心，饭局尚未开始，已占据了优势。

公子光又重金购买了一把短小精悍、锋利绝伦的鱼肠剑。据传此剑是铸剑大师欧冶子所制，他使用了赤堇山之锡，若耶溪之铜，经雨洒雷击，得天地精华，历时九九八十一日，方铸造成功。

专诸将剑放置在鱼腹中，长短大小正合适。

吴王僚赴弟弟的饭局之前，王宫卫队接管了公子光府邸的布防，团团包围了公子光的府邸。门户、台阶两旁，都是吴王僚的亲信。夹道站立的侍卫，举着长戈，戒备森严。在屋顶上还站着几十名卫队高手，握着短剑。

吴王僚身披三层重甲，大摇大摆地走进公子光的府邸后，饭局开始了。公子光殷勤敬酒，酒酣耳热之际，兄弟二人回忆童年趣事，畅想吴国的美好未来，哈哈大笑，热血沸腾。公子光表示，绝对服从吴王僚，以忠君报国的精神，为吴王僚赴汤蹈火、死不旋踵，为吴国的霸业抛头颅、洒热血。

吴王僚对公子光的态度给予高度赞赏，并当场表态，一定给予公子光大力支持，与公子光同甘苦，共富贵。说到动情处，兄弟二人离开座席，执手相望泪眼。

吴王僚看到公子光的眉头越皱越紧，还用手摸着伤腿，关心地问道："光弟，怎么了？"

公子光倒吸一口凉气，道："臣弟腿伤复发，该去换药了。"吴王僚摆手道："光弟，速去，速归！"公子光拱手后，一瘸一拐着走出大厅。

此时，专诸赤裸着身体，跪在地上，举着一盘热气腾腾、香喷喷的烤鱼，缓缓向着吴王僚膝行而前。当然，专诸的背后还有两位精锐士卒手持长戈顶着他的后背。

吴王僚瞅着金黄肥美的烤鱼，情不自禁地闭上眼睛，深吸一口气，咽了一下口水！

专诸端着烤鱼，恭恭敬敬地放在了吴王僚的食案上。吴王僚睁开了眼睛，他对专诸不屑一顾，他的目光望向大厅外的天空，一轮银白色的圆月当空照着，突然一道长长的、形如扫把的亮光从旁边闪过！月亮微微晃了一下。

吴王僚以为自己眼花了，急忙揉了揉眼睛。电光石火的一刹那，专诸双目圆睁，左手抓碎了鱼尾，右手抠出鱼肠剑的同时，八尺身躯猛然跃扑！专诸咬紧钢牙，用全身的力气将鱼肠剑刺入了吴王僚的胸膛！

吴王僚彷佛听到了一层层铠甲被刺破的声音，心脏“扑哧”被刺裂了！他张大嘴，白眼上翻，惨叫一声，向后倒去。专诸想抽出鱼肠剑，再补一下，耳畔炸起两声怒吼，两柄锋利的长矛刺穿了他的胸膛，将他挑了起来！专诸四肢下垂，向上伸直着脖子，瞪裂了眼珠，口中喷出鲜血，大叫一声：“士为知己者死！死得其所！”

在他意识消失的最后时刻，白发苍苍、一生操劳的母亲，虽然凶巴巴却深爱着自己的妻子，虎头虎脑的宝贝儿子，一一在他脑海中清晰地闪过！吴王僚的几十名手下疯狂地冲了进来，须臾之间，便将专诸剁成了肉酱。

当时，苍天似乎也在为专诸的壮举放了鞭炮——“专诸之刺王僚也，彗星袭月。”

3

吴王僚的卫士们抱着他的尸体，惊慌失措！公子光高举着长剑，率领藏在地下室的武士们冲了出来，逢人便砍。王宫卫队听说吴王僚已被刺杀，便失去了战斗意志，很快被消灭了。

公子光自立为吴王，将专诸的儿子封为上卿。（“公子光出其伏甲以攻王僚之徒，尽灭之，遂自立为王，是为阖闾。阖闾乃封专诸之子以为上卿。”）

多年以后，伍子胥担任了吴国国相，他率领吴兵，攻破了楚国的都城，将楚平王掘墓鞭尸，报了血海深仇。伍子胥辅佐公子光，也就是吴王阖闾，内修国政，外伐诸侯，吴王霸业崛起，阖闾成为“春秋五霸”之一。

“专诸刺王僚”也成为中国历史上最为著名的饭局之一。饭局的主菜烤鱼虽然色香味俱全，但无论是布局者还是入局者，均不是为了“饭”，而是为了

"局"。饭局开始前，布局者与入局者的态度，已经决定了饭局的胜败及各自的命运。

对公子光而言，这是个千载难逢的机会，败则全家获死，胜则自己获得王位。伍子胥同样没有后路，只有助公子光夺得王位，自己才能有机会报血海深仇，如果刺杀失败，自己就只能陪着公子光共赴黄泉。

对专诸来说，无论临场退缩，还是刺杀失败，全家都将必死无疑。只有刺死吴王僚，公子光继位后，家人才能得到富贵。

作为入局者的吴王僚，虽然小心戒备，却棋差一着，丢了性命。假如吴王僚对公子光存有戒备之心，将三位帮手留一位在身边，那么公子光也许便不敢轻易发动政变；假如吴王僚推辞这次饭局，老实地待在王宫，公子光便无法下手。

假如吴王僚的保卫工作更周密一点儿，将端菜的人换成自己的心腹侍卫，专诸岂能侥幸得手?

假如吴王僚的卫队工作态度更仔细一点儿，用剑刃往烤鱼上割几刀，或者两位用长戈顶着专诸的侍卫注意力更集中一些，在专诸抽出鱼肠剑的一刹那，刺出长戈！吴王僚的性命便保住了，历史便改写了。

"专诸刺王僚"的本质，是三个下定决心拼死一搏的人，克服重重苦难，营造了一场暗藏杀机的饭局，对付一位自以为准备周全的人。

心态决定胜败，胜败决定命运。饭局的结局是吴王僚失去了生命，沦为后世的反面教材。公子光得到了王位与一位能臣，成为一方霸主。伍子胥得到了身居高位的机会，终于报仇雪恨，建功立业，名留青史。

专诸以失去生命为代价，为后代谋到了富贵，也赢得了身后千百年的赞叹。颇有意思的是，以勇士形象闻名史书的专诸因为曾在太湖边学烤鱼之术，被后人奉为"厨师之祖"之一。"专诸之刺王僚也，彗星袭月"也永远铭刻在史简中。

吕不韦宴嬴异人：史上最投机的饭局

公元前260年，漫长而严寒的冬天已经过去，温暖的春天徐徐降临到中原大地。赵国邯郸城郊西区有一座不起眼的府邸，在宽敞明亮的大厅里，两位衣冠楚楚之人，东西相对，各自跪坐在一张六尺长、两尺七寸宽的乌木食案后。

西向者名叫嬴异人，一袭黑袍，年龄不过20岁，脸色黑里透红，双目明亮。与之相对而坐的人名叫吕不韦，刚过而立之年，却有着远超同龄人的沉稳之气。

侍立的家老吆喝道："宾客安座，奏乐！布酒置菜！"

悦耳、铿锵、清脆的秦筝响起，一位位美丽的侍女鱼贯而入，将菜肴放在食案上。

片刻后，只见两座食案最左侧各摆着热气腾腾的老秦风酒与青铜酒爵，往右，依次放着浓稠雪白的关中老牛骨汤、金黄的炖肥鸡、厚实喷香的大麦饼、油绿清脆的苦菜、油滋肥嫩的烤羊腿和一盅姜汁。

一时间，客厅里弥漫着酒肉之醇香，嬴异人食指大动，哈哈笑道："吕公对异人之恩，天高地厚，日月可证！今日又烦吕公破费，异人不胜惶恐！"

吕不韦端起酒爵，笑道："哪里，哪里，公子潜龙之时，吕某能有幸追随，实是三生有幸！今寒尽春来，不韦仅以一爵热酒，为公子寿！”

嬴异人忙双手端起酒爵，道：“异人当为吕公贺！”

“饮胜！”“饮胜！”

家老悠声道：“乐起——舞！”

骤然，乐声起，从屏风后转出一妖娆的美人，款款莲步，一双桃花眼水汪汪的，澄然如秋水，肩若削成，腰如约素，凌波微步，罗袜生尘。

随着铿锵有力的秦筝弹奏，美人明眸善睐，艳若桃花，摇着皓腕，扭动蛮腰，莲步轻移，红唇轻启，吐气如兰道：

“北阪有桑，南山稻粱。高谷如函，大河苍苍。

北阪有桑，南隰有杨。有车辚辚，远别我邦。

黑发老去，烈士相将。西望关山，念我故乡。

长谷如函，大河苍苍。君子去也，我多彷徨。

关山家园，与子共襄。萧萧雁羽，诉我衷肠。

子兮子兮，道阻且长。雨雪霏霏，知音何伤。

死生契阔，赤心煌煌……”

歌词悲凉，声音柔美，音调清越，徐徐展开了一幅秦人在艰难岁月里，告别亲人，南征北战，九死一生，黑发变白首，却难返回故乡的悲壮画面。

嬴异人两眼含泪，轻敲着节拍，痴痴地盯着正在歌唱起舞的美人。吕不韦撕着鸡腿，狭长的双眸渐渐眯在一起，微笑着看着这一切。

1

此饭局的客人嬴异人，出生于公元前281年。他的父亲安国君嬴柱是秦昭襄王次子，上有长兄无缘王位。所以，安国君放飞自我，常花天酒地，不干正事，妻妾甚多，生了二十几个儿子。异人便是安国君的第十一子。其生母夏姬只是安国君府舞姬，出身贫寒。

嬴异人的少年时期，正是秦昭襄王大展宏图之时。秦与赵、楚等六大强国连番大战，胜多败少。秦国虽然声威煊赫，但是也架不住被诸国屡次围攻。所以，秦国的邦交政策是远交近攻，拉拢一部分，打击一部分。

赵国乃是东方六国之中唯一能与秦国在军事上一较高下的强国。为了拉拢赵国，秦国便派质子到赵国。所谓质子，便是诸侯王的子孙去别国当人质。在战国时代非常流行。

嬴异人在秦昭襄王的孙子中，非常普通，便被送到赵国邯郸当人质。在秦都咸阳，嬴异人虽然不得父亲宠爱，但到底是王子皇孙，享受着荣华富贵，一朝为质邯郸，背井离乡，寄人篱下，滋味当然不好受。

秦国与赵国之间明争暗斗，打打杀杀，不过家常便饭。邯郸官民对嬴异人自然非常不满，可杀了嬴异人并不能打击秦国，因为他的地位不高也不得宠，反而有失赵国泱泱大国的风范。但是让嬴异人在邯郸吃香的、喝辣的，又对不起战死在秦军锐士手中的赵国勇士。于是，赵国朝廷便从经济上制裁嬴异人。

民间传说，秦异人初入邯郸时有随从百余人，而邯郸负责管理质子的部门每日仅给他们提供两人的吃穿用度。嬴异人等无奈，只好典当带来的玉器、服饰、车马，坐吃山空，随从或饿死，或逃亡，最后只剩下嬴异人与一个老仆相依为命。

嬴异人甚至不敢轻易出门，因为邯郸市民会对着他的马车指指点点，甚至扔些烂菜叶子、砖头。嬴异人的困苦、郁闷可想而知。

这便是："子楚为秦质子于赵。秦数攻赵，赵不甚礼子楚。子楚，秦诸庶孽孙，质于诸侯，车乘进用不饶，居处困，不得意。"

岁月匆匆，七八年过去了，嬴异人已经由一个未经世事的膏粱子弟，变成一位性格隐忍、寡言的青年。他改变命运，影响中国历史走向的机会终于降临了。

公元前265年，秦昭襄王因长子去世，便改立安国君嬴柱为太子。秦国乃当时华夏大地第一强国，如此巨大的人事变动自然也引起了各国名士的关注。

一位叫吕不韦的商人，敏锐地意识到这是一次机会。据说吕不韦是姜子牙的二十三世孙，卫国濮阳人（今河南省滑县）。作为一位生意人，吕不韦走南闯北，见多识广，世事洞明，人情练达，积累了大量财富。吕家数代经商，乃是一时之巨贾，社会地位自然不低。可是古时有“士农工商”之说，国之四民，商人居末。

吕不韦不甘心永远做一名善贾，他从小就佩服自己的老乡——同是卫人的商鞅。商鞅以一介布衣之身，入秦辅佐秦孝公变法图强，内建耕战体系，外斗天下诸侯，使秦称霸至今。吕不韦亦有经世济民之志。

等待机会是一种十分笨拙的行为。强者抓住机会，至强者致力创造机会，勇于投机。

吕不韦听说安国君被秦昭襄王立为太子后，心思便活络起来。他冷静分析，秦昭襄王已经六十多岁了，寿命不多。安国君宠爱的华阳夫人无子。得到华阳夫人青睐的王子，便可被立为嫡子！安国君诸子皆在咸阳，只有一子嬴异人在邯郸。

吕不韦便至邯郸偷偷观察嬴异人。但见嬴异人是一位清瘦黝黑的年轻人，一领黑袍缀满了大小补丁，脚步虚浮。吕不韦暗暗点头，秦国服饰尚黑，此子困居邯郸多年，依然穿黑袍，说明不忘本；脚步虚浮，说明三餐不继，难以果腹；皮肤黝黑，像秦人的子孙！

想到这儿，吕不韦得意地笑了，道：“嬴异人这小子，如今是一件奇货。可先笼络起来，以待高价售出。”这便是成语“奇货可居”的来历，意思是指把稀有的货物储存起来，等待高价卖出。

吕不韦心中虽有了一个大胆的计划，但是一时无法下定决心去实行，因为付出代价太大，风险亦大。家有一老，如有一宝。于是，吕不韦请教经商一世的父亲，发生了以下的经典对话：

吕不韦道：“父亲，投资耕田，可以获得多少倍的收益？”（“耕田之利几倍？”）

吕父摊开一双手，散开十根手指，道：“十倍。”

吕不韦又问道：“贩卖珠宝，可以获得多少倍收益？”（“珠玉之赢几倍？”）

吕父伸出一根手指，道：“一百倍！”

吕不韦点点头，最后问道：“立一位国家的君王，可以获得多少倍的收益？”（“立国家之主赢几倍？”）

吕父沉默了片刻后，缓缓道：“无数倍。”

吕不韦拍掌道：“好！辛苦耕田劳作，尚不能丰衣足食；拥立君王之功，却可泽被后世。儿子决定做这笔买卖！”（“今力田疾作，不得暖衣余食；今建国立君，泽可以遗世。愿往事之。”）

吕父看着神采飞扬的儿子，犹豫了片刻，便将家里财库的钥匙递给了儿子，道：“大丈夫活着，如不能列五鼎而食，那么死时就受五鼎烹煮的刑罚好了！你不要忘记今天这番话。”（“大丈夫，生不五鼎食，死即五鼎烹尔！孺子勿忘今日之言。”）

吕不韦接过钥匙后，躬身一拜，抬起头后，双目充满着坚毅、疯狂。

作为富有上进心的巨商父子，为了十倍的利益，便敢于违反邦国律令；为了百倍的利益，便敢于冒死一拼；为了无数倍利益，付出任何代价，吕家在所不惜。当时，吕父尚在，没有他的鼎立支持，吕不韦根本不可能倾尽全部家财，做一笔未知的风险投资。

2

吕不韦趁夜拜访嬴异人。

吕不韦说：“我能让阁下变得有权势。”（“吾能大子之门。”）

异人笑道：“你先自己有权势，再使我有权势吧！”（“且自大君之门，而乃大吾门！”）

吕不韦说：“你不知道，我的权势要靠你的权势来提高。”（“子不知也，吾门待子门而大。”门者，门第，此处指权势。）

饱经忧难的嬴异人颇为睿智，他明白自己除了一个秦国王孙的虚名之外，一无所有。因为一无所有，所以他不怕失去，便邀吕不韦进一步深谈。

吕不韦为嬴异人推心置腹，道：“令尊被立为太子。他非常宠爱华阳夫人，华阳夫人却膝下无子。你的兄弟有二十多人，你又不受长辈宠爱才长期留在赵国当人质。等令尊继位，轮不到你坐太子之位！”

很实在的一段话，分析了嬴异人现在的处境。嬴异人瞬间激动了，觉得遇见了知己，一位愿意设身处地为自己考虑的人！他期待着吕不韦继续说下去。

吕不韦说：“公子，你很穷，又在异国他乡寄人篱下，没钱给长辈送礼，结交宾客。我虽然不富裕，但愿意拿出千金为你去秦国游说，讨好安国君和华阳夫人，使他们立你为太子！”

说罢，吕不韦淡淡地盯着嬴异人，等他表态。

嬴异人记忆中的大秦王国，兵强马壮，率土几千里，猛将如云，谋士如雨，秦国的王便是世界上最有权势的人，他渴望成为大秦的主宰。但谁也不会吃饱了没事，大半夜来找自己聊天，他相信吕不韦，也明白世上没有免费的午餐。

嬴异人对着吕不韦深深地鞠了一躬后，紧紧握着吕不韦的手，说了一句很经典的许诺：“如果事成了，我和你平分秦国！”（“必如君策，请得分秦国与君共之。”）

当然，这句话，无论是吕不韦还是嬴异人皆是不信的，只是嬴异人表达一种真诚的态度。得到嬴异人的许诺后，吕不韦斗志昂扬，变卖了大部分家产，得一千金，五百金赠予嬴异人，使其有活动资金，结交宾客，另外五百金购买珍贵礼物。结交的宾客也属于士的阶级，数量庞大，掌握社会舆论话语权，用来摇旗呐喊是不错的选择。

吃人家的嘴短，拿人家的手软，宾客们受了嬴异人的好处，自然要帮着宣传。一时间，质子嬴异人成了仁义爱士的典范。

吕不韦携带着名贵礼物，到咸阳后开始公关。一介商人不易直接面见处在深宫的华阳夫人。他拿出了千百年来屡试不爽的一招，从贵人的身边人下手。

怀揣着各种珍稀礼品的吕不韦成了华阳夫人姐姐的座上客。

双方简单寒暄后，吕不韦开门见山，说出自己的来意，请她转告自己的妹妹："以色事人者，色衰而爱弛。今夫人事太子，甚爱而无子，不以此时蚤自结于诸子中贤孝者，举立以为适而子之，夫在则重尊，夫百岁之后，所子者为王，终不失势，此所谓一言而万世之利也。不以繁华时树本，即色衰爱弛后，虽欲开一语，尚可得乎？今子楚贤，而自知中男也，次不得为适，其母又不得幸，自附夫人，夫人诚以此时拔以为适，夫人则竟世有宠于秦矣。"

这番话，有三层意思。第一，分析华阳夫人的现状。今以美色侍奉君主，年老色衰后，便不会受到宠幸。而且华阳夫人还没有儿子。

第二，分析问题。有了一个孝顺的儿子后，丈夫在世时，可以受到尊重；丈夫去世后，也能保留权势。不在年轻受宠时为自己留后路，等到失去宠爱后，与丈夫说一句话，恐怕也会很艰难。

第三，提出对策。子楚仁孝又有才能，生母并不得宠，本无资格成为继承人。夫人如果能提拔他为继承人，一定能获得他的感激，获得丰厚的回报。夫人付出的代价，只是区区几句好话。

区区一百多字，堪称经典的策论文，提出问题，分析问题，解决问题，论证严谨，鞭策入里，句句直击华阳夫人的要害。"以色事人者，色衰而爱弛"成为千古名言，后世引用不绝。

吕不韦打动了华阳夫人，她派人去邯郸打听嬴异人的名声，果然好评如潮。她非常满意，意图收嬴异人为子，便经常对安国君吹枕头风。

枕头风有时比飓风更有杀伤力。在邯郸被遗忘多年的嬴异人，在安国君的心中便有了一席之地。吕不韦在咸阳的投资，收到了第一笔回报——安国君夫妇送了很多礼物给他，并请吕不韦担任他的老师。（“安国君及夫人因厚馈遗子楚，而请吕不韦傅之。”）

吕不韦取得了“立国家之主”的初步胜利后，并未满足。他需要进一步加强与嬴异人的关系。正如吕不韦所说，“以色事人者，色衰而爱驰”，那么以财交者，财尽则友散，唯有以心相交，方能成其久远。

说句难听点的话，如果嬴异人成为秦国国王后，过河拆桥，甚至卸磨杀驴，怎么办？为了防患于未然，吕不韦要与嬴异人“以心相交”。

爱美之心，人皆有之。吕不韦为了赢得嬴异人的友谊，便为他准备了秦国的乐器、美酒、美食，还有邯郸的美人。嬴异人离开故乡很多年，又正处于血气方刚的年龄，如何能够拒绝这些？

不过，吕不韦有点儿缺德。他献的美人，是一位邯郸绝美的舞姬，可是已怀了吕不韦的骨肉。《史记·吕不韦列传》中记载：“吕不韦取邯郸诸姬绝好善舞者与居，知有身。”吕不韦在公元前260年的春天，邀请嬴异人到吕府吃饭，发生了本故事开头的一幕。

3

嬴异人和吕不韦饮酒，看到此女后非常喜欢，就站起身来向吕不韦祝酒，请求把此女赐给他。借着酒劲，向吕不韦敬了一杯后，表示自己今晚想与美人彻夜长谈。（“子楚从不韦饮，见而说之，因起为寿，请之。”）吕不韦很生气，但转念一想，既然已经为嬴异人破费了大量家产，为的是借以钓取奇货，于是就献出了这个女子。此女隐瞒了自己有孕在身的事实。嬴异人就立此姬为夫人。

公元前259年正月，赵姬生了一个男婴，起名嬴政。穷困潦倒的嬴异人遇到吕不韦后，地位、夫人、儿子、财富均有了，简直走上了人生巅峰。

在嬴异人幸福生活的时候，秦赵两国爆发了长平之战。纸上谈兵的赵军统帅赵括，败给了杀神白起，四十万赵国将士沦为俘虏。白起坑杀四十万降卒，天下惊骇！秦昭王又派遣大将王龁进攻邯郸！

吕不韦生怕赵国朝廷用嬴异人的脑袋祭旗，便带着异人在夜间逃走了。城门尉不开城门，吕不韦的办法简单粗暴，用钱砸——“行金六百斤予守者吏，得脱”。

嬴异人匆匆逃回秦国时，将夫人和孩子留在了邯郸。

嬴异人返回秦国后，将华阳夫人当成政治资源。他刚进入咸阳，吕不韦便建议嬴异人换掉黑色衣裳，改穿戴楚人衣冠，见华阳夫人。

华阳夫人见到故国衣冠十分高兴，认公子异人为子，并替他更名为“楚”。所以，嬴异人又被史书称为子楚。华阳夫人不仅是安国君嬴柱的宠妃，更是楚贵族势力在秦的代表。读者如果看过《芈月传》，应该知道楚贵族势力一直是秦国朝廷的重要力量之一。

公元前251年，一代雄主秦昭襄王病故，其子安国君继位，史称秦孝文王。

在华阳夫人的运作下，再加上子楚本就沉稳、坚韧，又有在赵国做质子的资历，便被秦孝文王立为太子。值得一提的是，秦昭襄王、秦孝文王、子楚，包括嬴政，连续四代英主，皆在赵国当过质子。也许这便是经历风雨才能见彩虹吧。

秦孝文王当了几天的秦王呢？仅仅三天便去世了。子楚继位，史称秦庄襄王。

水涨船高，吕不韦获得了丰厚的回报——“以吕不韦为丞相，封为文信侯，食河南雒阳（今洛阳）十万户。”丞相是百官之首，文信侯是爵位，拥有十万户的地盘。这让世人不得不感叹，“立国家之主”果真是赢利无数倍。

紧接着，吕不韦受秦庄襄王的委托，赴邯郸，以重金打通关系，接回了赵姬母子。嬴政被立为太子。吕不韦在庄襄王的支持下，纵情挥洒自己的才干，甚至带兵灭掉了位于巩邑的东周公，正式终结了周朝八百多年的统治！

秦庄襄王只做了三年皇帝便病逝了，其子嬴政继位为王，吕不韦为辅政大臣，走上了人生巅峰。

只有13岁的嬴政拜丞相吕不韦为“仲父”，秦朝国政悉仰赖于吕不韦。（“太子政立为王，尊吕不韦为相国，号称“仲父”。”）

战国七雄，秦国第一。吕不韦简直是天下最有权势的人。人生如此，夫复何求？可是一位妇人却不满意，她就是皇太后赵姬。赵姬经常邀请吕不韦去皇宫陪伴。

吕不韦是一个有抱负的男人，不愿意沉溺于赵姬的温柔乡中，吕不韦为了事业，放弃了爱情，还很贴心地为赵姬准备了一位男宠——“大阴人”嫪毐。终于，他摆脱了赵姬的纠缠。

权势、地位、财富，吕不韦一样不缺。他有了更高雅的追求，著书立说。吕不韦召集三千门客，编纂了一套皇皇巨著，自认包括了天地万物，以及古往今来的所有事理，书名为《吕氏春秋》。

吕不韦对这套书自诩颇高，将之刊布在咸阳城门附近，称若有人能增删一字，便给予一千金的奖励。这便是成语“一字千金”的由来。

永远不要小看女人。赵姬特别能折腾。她封嫪毐为长信侯，还给嫪毐生了两个儿子。嫪毐小人得志，公开对外宣称：“老子是秦王假父（继父）。”

他甚至滋生了野心，想发动政变干掉嬴政，自己当秦王。

嬴政已经21岁了，明断天启，雄才伟略，三下五除二，便车裂了嫪毐，杀了两个弟弟。他做出指示，一定要将与嫪毐有关系的人，一查到底！

结果查出是文信侯吕不韦进献嫪毐于太后，吕不韦本人还与太后保持着不正当男女关系。嬴政便免除了吕不韦的职务，将他撵回河南封地！

吕不韦黯然回到封地后，宾客依旧络绎不绝。嬴政便给吕不韦写了一封30字的书信——“君何功于秦？秦封君河南，食十万户。君何亲于秦？号称仲父。其与家属徙处蜀！”

吕不韦捧着这封书信，万念俱灰。

君要臣死，臣不得不死。话不必说得太直白。君不见，二十年前，秦昭襄王给白起一把剑，白起便自刎了。吕不韦选择了饮鸩自杀，落了一个囫囵尸首，结束了自己充满投机的一生。

《剑桥中国史》称“吕不韦是中国历史上达到如此显赫地位的唯一商人”。

须知，吕不韦的“立国家之主”之路，是非常有风险的。假如他并未能成功游说华阳夫人呢？假如嬴异人没有逃离邯郸呢？假如秦孝文王不愿意立嬴异人为太子呢？假如嬴异人过河拆桥呢？幸运的是，每一步，吕不韦都投机成功。

商人在中国古代的地位是颇为低下的，吕不韦从一介商人，封侯拜相，建功立业，留下“奇货可居”“一字千金”等千古佳话，公元前260年春天的那场饭局，至关重要。

每一场饭局均可看成一场投资，所收获的无非是感情、财富、权势、地位等。吕不韦宴请嬴异人后，在后来的岁月里也正收获了这些。

他也功成名就流芳百世。可是，吕不韦做梦也想不到，这场饭局间接对中国的历史发展产生了深远的影响。

因为吕不韦所赠美女肚子里的孩子继承了秦王之位。嬴政，中国历史上第一位大一统皇帝，统一六国，北修长城，南取百越，书同文，车同轨，修驰道，分郡县，奠定中国本土的疆域和两千年政治制度基本格局的千古一帝。

如果从后世影响力来看，吕不韦宴请嬴异人的饭局，堪称史上最投机的饭局。

鸿门宴：每一位参与者，均是胜利者

咸阳城通往潼关的官道上有一个叫鸿门的小村落，以此为中心，驻扎着密如蚁群般的四十余万大军。军营鳞次栉比，连绵数十里，一面面旗子在风中飞舞，一队队士卒在军官的率领下，巡逻、操练、喂马、搬运粮草、修理军械、加固营寨、生火做饭。

正中央中军高大的白色帐篷正前方，“项”字帅旗下，百十名披甲精兵面无表情，手持长戈列成两队。

帐篷内正举行一场小型宴会，伴随着铁剑破空的声音，一位矮小彪悍的青年武将与一位圆脸的中年武将相对舞剑。

朝东的主位上，端坐着一位浓眉重瞳、身高八尺、相貌堂堂、威风凛凛的青年武将。只见他一只手玩弄着酒樽，观赏着舞剑。

朝南坐着的老头，须发雪白，脸上皱纹密布，他左手抚着一块玉玦，右手指轻轻敲着桌子，双眼如欲喷火，盯着中年圆脸武将。

向北坐着的人约莫五十余岁，高大魁梧，长着高挺的鼻梁，浓密的须发。他端着酒樽，挂着真诚、忐忑的笑容，狭长的双眸却轻轻地眯着。

向西坐着一位清秀瘦弱、面白无须、笑容和煦的中年美男。他温润的双眸闪过几分担忧、焦急之色。

1

这场宴会发生在公元前206年12月中旬。

这一年，大秦帝国军队主力被项羽率军消灭，刘邦趁机率军杀到秦朝国都咸阳城下。10月，秦王子婴投降，大秦帝国宣告灭亡。刘邦认为“且人已降，杀之不祥”，并未屠戮嬴秦宗室、遗老遗少。

咸阳城是当时中国的“第一大都市”，刘邦看着美轮美奂的阿房宫，无数美人与珍宝，他喜欢酒色的毛病，一下子严重起来。

刘邦命令大军驻扎在咸阳城外的霸上，自己则以征服者的姿势，大摇大摆地住进了阿房宫，每日饮酒作乐，不理民政军务。有了刘邦的“率先垂范”，手下将士们积极效仿，纷纷涌入咸阳城吃喝玩乐。

成大事者，须有纠错能力。有时主动，有时被动。

刘邦的连襟樊哙虽是屠狗户出身，却颇有见识。他闯入阿房宫，对刘邦怒斥道：“大哥啊，你是想统一天下，还是做土财主？如果没有这些美女和金银财宝，秦朝就不会灭亡！大哥请你立刻返回霸上军营！”

醉醺醺的刘邦，对樊哙破口大骂，将他撵了出去。

谋主张良也看不下去了，对刘邦说道：“因为秦王无道无义，所以您才能攻入这座咸阳城。您既然为天下百姓铲除了祸害，就应布衣素食，保持节俭、爱民的形象，以争取民心！良药苦口利于病，忠言逆耳利于行，请沛公别闹了！”

这句话的潜台词是说，你如果那么快就原形毕露，迟早是第二个秦王！为了得到天下，你必须坚持保持忠厚老实、德高望重的形象。

刘邦幡然醒悟，命人收拾行李，返回霸上军营，整顿军纪。将士们看到主公返回军营了，无奈之下，也成群结队地溜了回来。

刘邦真不愧是以一介布衣之身，提三尺剑取天下的雄主，虚心纳谏，作起而行。他在张良等人的劝说下，张榜安民，废除严苛的秦法，与关中父老豪杰，约法三章，即“杀人者死，伤人及盗抵罪”。并安排士卒四处张贴公告：“余悉除去秦法。诸吏人皆案堵如故。凡吾所以来，为父老除害，非有所侵暴，勿恐。”意思是，我废除了所有的秦法，保留原有的行政机关。我是来救你们的，不要害怕！

关中百姓大喜之下，自发组织，扶老携幼，赶着牛羊，担着酒食，浩浩荡荡，犒劳刘邦的军队。

刘邦禁止将士接受关中父老的东西，他表示：“我们粮食多，不要麻烦父老乡亲了！”

史称：“人又益喜，唯恐沛公不为秦王。”意思是，关中子民更开心了，也更害怕了。害怕什么呢？害怕刘邦不能成为秦王。沛公，即刘邦。因为刘邦中年时，在沛县起义，所以时人尊称为沛公，即沛县德高望重的长者。

而此时，项羽统率着四十多万联军，旌旗遮日，刀枪蔽空，逶迤数十里，踏起无数黄尘，朝着关中大地进军。

项羽赶到函谷关下，惊奇地发现，关上飘扬着一杆杆“刘”字大旗，函谷守军拒绝项羽入关。

项羽大怒，我在巨鹿与秦军主力拼死拼活，你刘邦在关中捡桃子！他一声令下，部将们奋勇当先，攻克了函谷关。

项羽大军火速入关后，驻扎在新丰鸿门一带，与霸上的刘邦大军相隔不过四十里。两军态势敌意甚浓。项军四十万，刘军十万，局势一目了然。

大难来时，人心难测。刘邦麾下左司马曹无伤决定跳槽。左司马是一个管理后勤粮草的职位，曹无伤有机会洞悉刘邦集团的战略意图。

曹无伤无外乎三种选择：第一，弃官跑路；第二，两军大战，或死于乱军之中，或做俘虏，或等刘邦集团侥幸取得胜利后取得高官厚禄（但这种可能性太低）；第三，投靠项羽，有更大机会升官发财。

辛辛苦苦混到这么高的职位，任谁也不会轻易放弃。但为刘邦牺牲，曹无伤也不乐意。所以，他选择第三条路，告诉项羽关于刘邦的真实意图。

于是，项羽收到一封信："沛公欲王关中，使子婴为相，珍宝尽有之。"意思是，刘邦想在关中称王，让子婴（秦朝最后一位统治者）担任丞相，稳定局势。刘邦意图独占关中所有的珍宝。

有必要提一下项羽四十万大军的组成。在巨鹿之战前，项羽本部兵马是以八千子弟兵为骨干，招募的五六万大军。即使后来连番大战，伤亡也不大，又招募了一些新兵，嫡系部队也应该不会超过七八万人。其余三十多万大军，多是属于魏、齐、燕、赵、韩等国的诸侯联军，只是在名义上服从项羽的指挥。

如果刘邦真想独霸关中，意图成为第二个秦王，项羽与诸侯联军当然不会同意，他们只有一种选择，那便是两军开战。以项羽的军事才能，四倍的优势兵力，又占据大义，刘邦可以说几乎无胜算。

所以，项羽毫不犹豫地签发军令——"旦日飨士卒，为击破沛公军！"（明日犒劳士卒，为我击破刘邦的军队。）

项羽的军中谋士——亚父范增也在旁边煽风点火，道："沛公居山东（崤山以东）时，贪于财货，好美姬。今入关，财物无所取，妇女无所幸，此其志不在小。吾令人望其气，皆为龙虎，成五彩，此天子气也。急击勿失！"

意思是，刘邦过去贪财好色，现在入关后，不贪图财宝，不贪恋美色，由此可见他的志向不在小处！我找人看过他军营上空的云彩，呈五彩龙虎之形，这是天子的云气。千万不要错过机会，抓紧时间消灭他。

局势，千钧一发！

第二日，静谧的夜色缓缓降临。一位圆脸中年武将，单人独骑离开楚营，飞驰刘邦军营。此公名叫项伯，是项羽的亲三叔，担任楚国左尹，类似于副丞相。

项伯的救命恩人张良在刘邦军营，他要劝说张良与自己一起离开，以免明日遭受池鱼之殃。不久，项伯进入刘邦军营。他向张良道明来意后，张良胸中已激起万丈波澜，但是表情依旧很平静。张良道："我答应韩王送沛公至此，逃走不义。兄长，请稍等我片刻。"

项伯一边想，张良还是那么够义气，一边点头答应。

张良面见刘邦，将事情的经过告诉了他。睡眼惺忪的刘邦立即吓醒了，惊问道："子房，这该怎么办？"

张良问道："是谁劝大王派重兵把守函谷关的？"（谁为大王献此计者？）刘邦道："有一个小子，对我说，守住函谷关便可在关中称王了。所以，我便听从了。"（"鲰生说我曰：'距关，毋内诸侯，秦地可尽王也。'故听之。"）

当然，这个小子也许是刘邦本人。

张良翻了翻白眼，道："大王，咱们的军队能抵挡项羽吗？"（"料大王士卒足以当项王乎？"）

刘邦双眉紧皱，面色时而狰狞，时而惶恐，双拳紧紧握住，又松开，终于长叹一声，道："难以抵挡！你说该怎么办？"（"固不如也！且为之奈何？"）

张良温润的双眸迸射出一缕精光，一字一顿道："请您过去告诉项伯，您不敢背叛项王。"（"请往谓项伯，言沛公不敢背项王也。"）

张良凭借着对人性的洞察及对时局的把握，敏锐地意识到破局的关键在项伯身上。

刘邦面色迟疑道："你和项伯还有交情？"张良淡淡道："当年，我和项伯曾经结伴而行，项伯杀人后，险些被抓，是我救了他。"刘邦又问道："你和项伯谁的年龄大？"张良道："项伯的年龄比我大。"刘邦击掌道："你替我把项伯请来，我要认他当大哥。"

当项伯被张良邀请到中军大帐时，刘邦已经火速安排人准备好了简单的酒菜。他热情邀请项伯坐主位。项伯推辞，刘邦道："您是子房的大哥，也是我的大哥！"

一番谦让，项伯便坐了主位。

刘邦频频向项伯敬酒。（千百年来，酒桌上的套路，未曾改变。"那个谁，你认识吗？""哦哦，我认识，我们是哥们儿。""还有谁谁，我们一起吃过饭。""嗯嗯，我也认识。吃过两顿饭。"）

刘邦有意奉承项伯，再加上张良在旁边适时说一些好听的言语，项伯很快便放松了下来，与刘邦结成了儿女亲家。酒过三巡，菜过五味，双方心照不宣地停止饮酒，开始谈正事。

刘邦道："天地良心，我入关中后，可没有拿一针一线啊。我统计关中的官吏、百姓，封存府库，就是为了等待项将军。之所以派兵守住函谷关是为了防止别的诸侯乘虚而入。我日日夜夜都在盼望项将军啊，怎么敢反叛呢！请您转告项将军，我刘邦对他的心意可昭日月。我从不敢忘记他的恩德！"（"吾入关，秋毫不敢有所近，籍吏民，封府库，而待将军。所以遣将守关者，备他盗之出入与非常也。日夜望将军至，岂敢反乎！愿伯具言臣之不敢倍德也。"）

名留青史的王侯将相，没有一个是傻瓜。项伯自然也不例外。他当然知道刘邦这番话的漏洞——你刘邦如果真心想将关中留给项王，为何不派人打声招呼？为什么项王入关中后，仍然不遣使解释？

中国人在酒桌上说话，很少撕破脸皮，说话均留三分余地。

项伯淡淡道："你明天不可不早点向项王道歉。"（"旦日不可不蚤自来谢项王。"）

这句话有两层意思：第一，这事，包在我项伯身上，我去和项羽解释一下；第二，仅仅交出关中的土地、钱粮还不够，你要表现出足够的诚意，亲自到项军大营道歉。

人精如刘邦自然也听懂了项伯的潜台词，只回答了一个字：“好！”（“诺。”）

项伯满意地点了点头，告辞而去。

2

项伯并非穿越者，他并不知道，几年后刘邦会成为项家死敌。也许在他心中，刘邦只是一个有点儿野心，有点儿运气，又会做人的老头罢了。

作为项军的高层领导之一，他担忧一旦项刘两军交战，各国诸侯仍然会像巨鹿之战那般，作壁上观。那样项羽即使取得了胜利，也难免元气大伤。而众诸侯则会渔翁得利！如今，刘邦主动低头，项家可以兵不血刃，得到几千里的关中之地，何乐而不为呢？

项伯连夜面见项羽，将自己的分析一一道来。项羽被说动了。项伯又趁热打铁道：“刘邦愿意放弃关中，那是立了大功！如果我们坚持要消灭他，那便是不仁不义！趁此机会，明天我们好好招待他。”

如果刘邦不愿意放弃关中，对项羽集团来说，最佳的选择便是裹挟众诸侯，消灭刘邦集团。如今刘邦放弃了关中，皮球便踢到了项羽脚下，项羽便有两种选择。

第一，使用军事手段，坚持消灭刘邦。在刘邦放弃关中的情况下，诸侯与刘邦无冤无仇，犯不着与刘邦拼命。那样局势就会变成项羽的嫡系部队七八万人与刘邦的十万大军大战。

兵凶战危，即使勇如项羽也不敢保证一定能大胜刘邦。最大的可能是，刘邦败亡，项羽元气大伤，诸侯渔翁得利。

第二，使用政治手段，通过谈判进一步削弱刘邦的实力，且以此为契机，增强自己的威望与实力。

毫无疑问，第二种选择，项羽稳赚不赔。所以，面对项伯的建议，“项王许诺”。

次日，晨曦微露，刘邦、张良率樊哙等百余骑士，一路快马加鞭，赶赴鸿门的项军帅帐。

刘邦是中国历史上第一位布衣开国之君，张良是千古谋圣，他们之所以敢率百余骑兵，深入虎穴，便是因为他们洞悉了项羽集团的战略后，得出结论，项羽不会杀他们。

此行，有惊无险。

可惜，刘邦、张良忽略了一位七十多岁的老头子——范增。这位老人，将会给刘邦带来“惊喜”，也让名传千古的鸿门宴更加精彩。

刘邦拜见项羽后，开门见山，说了两句水平很高的话：“我与将军一起奋力攻打秦国，将军战于河北，我战于河南，没有料到自己会先攻入函谷关击破秦军，从而在这里再次见到将军。现在有小人给您说了一些话，导致将军与我产生隔阂。”（“臣与将军戮力而攻秦，将军战河北，臣战河南，然不自意能先入关破秦，得复见将军于此。今者有小人之言，令将军与臣有郤。”）

这两句话有三层意思：第一，我们曾经是并肩作战的袍泽，是平等的战友关系，我并不隶属于你。第二，关于敏感的关中问题。我刘邦并没有想到自己能先你一步进入关中。况且恰恰因为你项羽消灭了秦军主力，我刘邦才能顺利进入关中。第三，关于即将发生的军事冲突，这个问题更敏感，刘邦轻飘飘一句，“今者有小人之言，令将军与臣有郤”便揭过去了。而且刘邦自称为“臣”，便是承认了项羽的领导地位。

什么是高超的语言艺术，这便是。

项羽哑口无言。于是，项羽抛出了一个人，推卸责任：“这是你军中的左司马曹无伤说的，不然怎么会到这种地步？”（“此沛公左司马曹无伤言之，不然，籍何以至此？”）

意思是，我项羽军中可没有小人，是你刘邦自己的责任。

闻听此言，刘邦与张良暗暗松了一口气，便知项羽无心杀害他们。

中国自古以来，便是礼仪之邦，刘邦风尘仆仆赶来了，于情于理，项羽也应该管一顿中午饭。项羽、刘邦皆为诸侯，他们的饭局有一个更高大上的名字——宴。

虽然，主人未必是真心邀请，客人也不想留下吃饭，但是，出于礼仪，双方必须吃一顿，喝两杯。项羽若不挽留，便是不懂礼数；刘邦若不应允，便是不给项羽面子。

因为这场宴会的地点在鸿门，所以史称鸿门宴。

按照饭局礼仪，项羽作为东家兼楚国上将军，坐在朝东的主位上。项伯因为是楚国左尹兼任项羽的亲叔叔，所以坐在项羽下首。范增因为是楚国次将军，又是项羽的亚父，所以向南坐。刘邦是客人，只能坐在范增对面，比范增又低了一等。至于张良——“西向侍”，即朝西的陪坐，类似于今天饭局上靠门坐着的，一个端菜倒酒、喊服务员的角色。

项羽集团这般安排座次，意思很明显。你看，杀进关中，灭掉秦国，拥有十万大军的刘邦，地位还没我们项军中的范增高。你们别的诸侯，也老实点！

刘邦、张良皆是心性隐忍之辈，他们不动声色，赔着笑脸，只希望饭局早点结束。

我们通过揣摩项羽的言行，便可得出结论，项羽并未意识到刘邦是自己争夺天下的大敌。

论年龄，公元前206年，项羽只有27岁，还是一位风华正茂的青年。刘邦51岁，在当时已是高寿，也许今天脱鞋上床，明天便起不来了。

论出身，项家世代为楚将，项羽乃名将之后，属于楚国顶尖贵族。刘邦是楚国一位农民的小儿子，起义前，不过是一介泗水亭长。

论战绩，项羽自起兵以来，攻无不克，战无不胜，巨鹿之战，破釜沉舟，以绝对劣势兵力，消灭了秦军精锐主力。刘邦攻打一群老弱病残镇守的关中，还用尽了全力。

论地位，项羽是诸侯上将军，刘邦名义上只是楚国一路军马的统帅。论实力，项羽统率四十万诸侯联军，刘邦不过十万人。

若我们是项羽，会将刘邦视为自己同级别的对手吗?

年轻的项羽意识不到刘邦的威胁，阅人无数的范增洞察到刘邦绝非池中之物，决定将威胁扼杀在摇篮里。

于是，在饭局上发生了一件颇为有趣的事情，刘邦说着好话奉承着项羽，项伯为自己的亲家当捧哏，张良挂着矜持、谦卑的笑容。四人频频举杯，互相客套吹捧。

只有老范增多次给项羽使眼色，一而再，再而三地举着玉玦。玦者，决也！范增的意思是，请项羽干脆利索地干掉刘邦！

项羽瞥了一眼范增，不再理会。他心道，亚父真是老糊涂了，刘邦已经同意称臣，杀了他，有必要吗?在饭局上杀了刘邦，虽说易如反掌，可是以后诸侯谁还敢参加我的宴会?我项羽在诸侯圈子里怎么混?

范增至少比项羽大四十岁，二人在年龄上就有代沟。顶级贵族出身的项羽与草根出身的范增，还有着巨大的阶级鸿沟。项羽不是范增，可以为达目的不择手段。

两个人之间缺乏默契，可以理解。

老范增气鼓鼓的，起身走到军帐外，招来了一位身材矮小，却精干异常的青年武将，对他说："项王仁慈，不忍杀刘邦。你现在立刻进去，给项王敬一杯酒。然后，请求舞剑。趁机一剑刺死刘邦。刘邦不死，你们将来都要沦为他的俘虏！"（"君王为人不忍。若入前为寿，寿毕，请以剑舞，因击沛公于坐，杀之。不者，若属皆且为所虏！"）

未与上级领导请示，便自作主张，刺杀"兄弟单位一把手"，足可见老范增的狠辣、果决、远谋，不择手段。

此将名叫项庄，乃是项羽的族弟，以剑术高超闻名军中。项庄也不含糊，二话不说，大步走入帐中，向项羽敬了一杯酒后，道："军中无以为乐，请大王允许末将舞剑助兴！"

项羽答应了。

项庄抽出铁剑，左闪右跃，挥舞起来。十几息后，慢慢向刘邦的位置挪移！这便是"项庄舞剑，意在沛公"！

项伯心中大急，大叫道："舞剑须有对，我来陪阿庄舞剑！"项羽还未答应，项伯已经抽出铁剑，闪到刘邦身前，像老母鸡护小鸡一样，护着刘邦。

"锵！""锵！"

两把铁剑一阵阵撞击之后，再次分开，发出一阵铿锵之声。

项庄左突右冲，运剑如飞，抖出数朵剑花，直欲向前！项伯双腿时弓时扑，左臂张开，右手紧紧握着铁剑，大开大合，舞成一道道剑幕，死死护住刘邦。

范增的鼻子差点气歪了，项伯你这老小子，凑什么热闹。作为东家的项羽什么反应呢？项羽的反应便是没有反应，优哉游哉地品着小酒，欣赏二人舞剑。项羽也明白，有项伯护着，刘邦这老小子死不了。

刘邦的反应真令人钦佩，一边忍着心惊肉跳，一边奉承项羽。

项庄突然长啸一声，一跃而起，不顾中门大开，铁剑舞成浑圆之势，朝着刘邦劈去！

"铿锵"一声，两剑相交，中年武将，圆脸通红，奋力架住铁剑！

项羽哂然一笑。范增发出一声遗憾的叹息。正欲躲避的刘邦，身子放松下来，长呼一口气。

张良忍不住站了起来，朝着项羽告罪一声，匆匆走出营帐。樊哙迎了上来，扯着张良的衣袖，大声道："里面怎么样了？"

张良道：“非常紧急！刚才项庄拔剑狂舞，目的是刺杀沛公！”（“甚急！今者项庄拔剑舞，其意常在沛公也。”）樊哙叫道：“我这便进去，与大王同生共死！”张良小声在樊哙的耳畔吩咐了什么。

樊哙点头后，左手持着盾牌，右手提着铁剑，悍然闯入项羽中军帅帐。

项羽的亲兵们自然上前呵斥、阻拦。樊哙不愧是大汉开国第一猛将，臂力当真了得，项羽亲兵皆是百战精锐，竟然一个个被樊哙用盾牌直接撞飞在地！这便是：“哙即带剑拥盾入军门。交戟之卫士欲止不内，樊哙侧其盾以撞，卫士仆地。”

樊哙掀开帷帐，朝西怒视着项羽。项羽惊奇地发现，闯进来的这个人眼球外突，眼角开裂，额头上的青筋高高鼓起，头发根根直竖，一副想要咬死自己的样子。这便是：“哙遂入，披帷西向立，瞋目视项王，头发上指，目眦尽裂。”

项羽下意识直起身子，左手握紧了宝剑，他没有喊卫士直接将樊哙剁了，而是很有礼貌地问了一句：

“这位客人哪里来的？”（“客何为者？”）

张良慌忙答道：“这是沛公的司机——樊哙。”（“沛公之参乘樊哙者也。”）

所谓英雄惜英雄，项羽作为天下第一猛将，见了勇猛之士，情难自禁，吩咐道：“来人，赐酒！”

樊哙将剑插在地上，接过酒碗，咕嘟咕嘟，一饮而尽！还对项羽道了声谢。

项羽大感兴趣，道：“再赏一条猪大腿！”项羽的亲兵也许是为了报复樊哙，扔给樊哙一条生猪腿！樊哙也真不含糊，左手将盾牌置在地上，然后把猪腿放在盾牌上，用剑割着生肉，大口吞咽起来。（“项王曰：‘赐之彘肩！’则与一生彘肩。樊哙覆其盾于地，加彘肩上，拔剑切而啖之。”）

舞剑的项伯、项庄也停了下来，目瞪口呆地看着大口生吃猪肉的樊哙。

看着樊哙被噎得脸色发青，项羽不忍了，道：“壮士，再喝口酒吧！”（“项王曰：‘壮士！能复饮乎？’”）

樊哙终于等到项羽说话了，道：“我死都不怕，一杯酒有什么可推辞的？秦王有虎狼一样的心肠，杀人唯恐不能杀尽，惩罚人唯恐不能用尽酷刑，所以天下人都背叛他。怀王曾和诸将约定：‘先打败秦军进入咸阳的人封做王。’现在沛公先打败秦军进了咸阳，一点儿东西都不敢动用，封闭了宫室，军队退回到霸上，等待大王到来。还特意派遣将领把守函谷关，防备其他盗贼进入和意外的变故。这样劳苦功高，没有得到封侯的赏赐，您反而听信小人的谗言，想杀有功的人，这只是灭亡了的秦朝的继续罢了。我以为大王不应该采取这种做法。”（“臣死且不避，卮酒安足辞！夫秦王有虎狼之心，杀人如不能举，刑人如恐不胜，天下皆叛之。怀王与诸将约曰：‘先破秦入咸阳者王之。’今沛公先破秦入咸阳，毫毛不敢有所近，封闭宫室，还军霸上，以待大王来。故遣将守关者，备他盗出入与非常也。劳苦而功高如此，未有封侯之赏，而听细说，欲诛有功之人。此亡秦之续耳，窃为大王不取也！”）

面对樊哙的滔滔不绝，项羽没有回答，只是摆摆手，道：“坐吧！”（“项王未有以应，曰：‘坐！’”）

项羽不回答可以理解，因为他知道樊哙在胡扯。中国人在酒桌上很少撕破脸皮。项羽也懒得拆穿。范增乃一代名士，不屑与一位莽夫争论。

气氛一时很尴尬。刘邦担心老范增继续设谋阴自己，借口上厕所，拉着樊哙一起溜出来。

刘邦道：“我想直接跑，可是不打声招呼，很没礼貌！”

樊哙脱口而出两句通俗易懂、文辞简约的名言：“大行不顾细谨，大礼不辞小让。如今人方为刀俎，我为鱼肉，何辞为？”（意思是，做大事不必顾及小节，讲大礼不必计较小的谦让。现在人家好比是菜刀和砧板，我们则好比是鱼和肉，告辞干什么呢？）

刘邦摇摇头，又唤出张良，道："我距离军营不过四十里，你估计我返回军营后，再替我向项王辞别道歉。"张良想了想道："大王，来时带什么礼物了？"刘邦道："我带了一对玉璧，想献给项王，还带了一双玉斗，想送给亚父。正碰上他们发怒，没敢献。你替我把它们献上吧。"（"我持白璧一双，欲献项王，玉斗一双，欲与亚父。会其怒，不敢献。公为我献之。"）张良点头应允。

于是刘邦跑了——"沛公则置车骑，脱身独骑，与樊哙、夏侯婴、靳强、纪信四人持剑盾步走，从郦山下，道芷阳间行。"

这句话看似普通，细思极恐。

樊哙、夏侯婴、靳强、纪信四人皆是身经百战的猛将！刘邦率领一百余骑兵而来，根本不缺战马，此时却独自一人骑着战马。因为如果楚军追杀而来，在狭窄的小路上，这四位持着剑盾的猛将，便可为刘邦争取逃亡时间。

张良将玉器献给项羽与范增后，告辞而去。范增将玉斗扔在地上，拔剑撞之，失望地扫了项羽、项伯一眼，长叹道："这小子不值得和他共谋大事！夺项王天下的人一定是刘邦。"（"竖子不足与谋！夺项王天下者，必沛公也。"）

刘邦回到汉军营帐后，二话不说，先诛杀了曹无伤！

不久后，项羽分封天下诸侯，命令刘邦裁军，只允许保留三万人。项羽将刘邦撵到了巴蜀之地。

3

我们读史书，要将自己代入历史情景中，既要实事求是，也要就事论事。

这场鸿门宴，每一位参与者均有收获。对项羽来说，能通过政治手段，兵不血刃地解决了刘邦军团的军事威胁，得到了关中之地，便是最大的胜利。

假如没有韩信的横空出世，创造一个又一个军事奇迹，也许刘邦真的就老死在巴蜀之地了。即使刘邦后来得到了韩信的辅佐，仍然多次在项羽手中命悬一线。如果不是刘邦运气逆天，早就沦为项羽的俘虏了。比如彭城之战，刘邦亲自指挥的五十六万大军被项羽的三万铁骑杀得落花流水，如果不是天降沙尘暴，刘邦难逃此劫。所以，鸿门宴中的项羽，未将刘邦当回事，可以理解。

对刘邦来说，选择了隐忍，获得了难得的蛰伏之机，等待潜龙腾飞的机会。

对张良来说，最大的收获只有一条，那就是救了刘邦一命！对项伯来说，更是一箭双雕，既向张良报了救命之恩，又辅佐项羽和平化解了一场凶险的战争。

对范增来说，他身为项羽集团的谋主，必须将一切危险扼杀在摇篮里。因此，他也得以在青史上展现自己非凡的战略眼光、识人之能，以及狠辣和果决。

对樊哙来说，得以在主公刘邦面前，展现了自己忠心耿耿、智勇双全的一面。即使跑龙套的项庄，也秀了一手好剑法，体现了自己的业务水平、执行能力。

这一切只源于一场小小的饭局——鸿门宴。很多年后，鸿门宴用来泛指不怀好意的饭局。鸿门宴的意义，大抵是告诉我们面对错综复杂的饭局，甚至是人生的时候，每一个人安守本分，找准自己的定位，全力以赴做好本职工作，总会有所收获。鸿门宴的主角与配角们，难道不是这样做的吗？

陈平的饭局：一场太牢宴，离间楚君臣

公元前204年11月，天寒地冻，草木萧瑟，三十万楚军围绕着荥阳城，深挖高垒，安营筑寨，设置拒马护栏。楚军的白色营帐，密密麻麻，连绵不绝。

荥阳城上一杆杆赤色汉军大旗挺立在烽火硝烟中，一位位汉军将士紧握刀枪，宛如磐石，岿然不动。

城内汉军大营，护军都尉陈平受汉王刘邦的委托，正在接待西楚霸王项羽的使者。

陈平笑容满面，点头哈腰地将楚使引入偌大的宴客大厅。楚使大吃一惊，只见大厅内放置着两张崭新、宽大的楠木案几。案几上摆着锃亮的青铜酒具，古色古香，一看便知是珍品。

大厅一侧角落里，几名庖厨已经架起了用来烤肉的青铜大鼎和切肉砧板，另一侧，十几名乐师正准备着编钟、玉磬、笙箫等乐器。

楚使受宠若惊，自己只是无名之辈，汉营真是太有礼貌、太客气了。陈平笑眯眯地邀请楚使落座后，高喊道："食飨贵客！"

一声磬响，钟鼓齐鸣，笙箫吹起，大厅内响起了悠扬悦耳的楚乐。几名庖厨抬着干净、新鲜的猪肉、牛肉、羊肉到角落里，准备现场烹饪。

一位位婀娜多姿的宫装丽人，端着美酒、凉菜、熟食小心翼翼地摆在主人、客人的食案上后，便留在楚使身旁，用一双双柔荑为楚使捶腿，按揉肩膀。

陈平望着一脸舒爽的楚使，笑道："荥阳女子的身姿很是绰约，又妩媚多情，今日送给贵使了！"

"哎哟！"楚使眼睛亮了，嘴快笑歪了，大喜道，"陈将军一番美意，在下便却之不恭了。呵呵……"

陈平举起酒爵，笑道："些许小事，何足挂齿！今日为范亚父寿！"

楚使觉得这句话有些别扭，仍然举起酒爵道："为项王寿！为汉王寿！为亚父寿！"

陈平放下酒爵，问道："不知范增老将军遣贵使来此，可有指示？"

楚使慌忙解释道："在下非是奉亚父之命，乃是项王命在下前来与汉王商议和谈事宜！"

"什么！"陈平豁然起身，指着楚使道，"原来你不是范增老将军的使者！"

楚使吃惊道："陈将军，在下确是奉项王之命，不知陈将军……"

陈平冷哼一声，长袖一甩，下令撤去美女、美食、器乐。

1

范增何许人也？此公乃居巢人（今安徽巢湖），几乎做了一辈子隐士。直至陈胜、吴广在大泽乡起义，天下大乱，范增才收拾行囊，一把火烧了茅屋，出山辅佐明主，为反秦大业贡献智慧。

那一年，范增已经是70多岁的老人了。

范老先生平时注意养生，不熬夜，不喝酒，身体倍棒，腰不酸，腿不疼。他孤身一人，跋涉几百里，求见在楚地起义的项梁，道："秦灭六国，咱们楚国最冤！老楚人至今仍在怀念入秦和谈，丧命咸阳城的楚怀王，所以才有'楚虽三户，亡秦必楚’的预言。陈胜之所以那么快失败灭亡，就是因为没有立楚国王室为主，未得到楚国父老的支持。现在项将军您起兵江东，故楚豪杰纷纷投奔，正是因为您老项家世代为楚将，老楚人希望您能再建楚国社稷啊！您应该顺应民心，扶持楚王的后代为主，招揽楚地豪杰！大业可成。”

好经典的借尸还魂之计！利用无权无势的楚王后裔为幌子，招揽楚地百姓、豪杰，为我所用，扩充实力。待到大业成功之时，区区一个傀儡楚王，或杀或囚，小菜一碟。

项梁是一位饱经世事的中年人，略做沉思，便看出了范增计策的精妙之处。项梁采纳范增之谋，从民间寻找了一位放牛娃，对外宣称这便是遗落民间的楚怀王嫡孙——熊心。

项家借熊心的名义，统率各路义军，势力暴增，成为抗秦主力。

项梁投桃报李，将老范增视为军师。项梁战死后，范增便跟随项梁的侄子项羽。项羽对范增非常尊重，称其为亚父（仅次于父）。范增辅佐项羽在巨鹿之战中破釜沉舟，打败了20万秦军，威震天下。另一路楚国军队在刘邦的指挥下，趁着秦国主力被项羽牵制，顺利杀入关中腹地，灭了秦国。

项羽率军抵达关中后，范增凭借着老辣的目光及对人性的洞悉，准确判断出刘邦将是项羽未来的死敌，极力劝说项羽杀了刘邦，免生后患。

鸿门宴上刘邦装孙子，说好话，欺骗项羽。范增几次三番试图除掉刘邦，因未得到项羽的支持，均被张良等人巧妙化解。

刘邦看着范增凶狠的目光，心惊胆战，坐立不安，借着小解之名，仓皇逃走。

范增眼见刘邦逃走，几乎活活气死，他怒发冲冠，骂项羽：“竖子不足与谋！”惹得项羽心中极为不快。

在项羽分封诸侯时，范增又心生一计，提出将刘邦分封到流放犯人的巴蜀之地为蜀王。所谓蜀道难，难于上青天。范增意图凭着蜀道艰难，锁死刘邦。

毕竟刘邦当年也是五十几岁的人了。刘邦老死在巴蜀，对楚国来说，也是不错的结局。

可惜，张良用重金收买了项羽的叔叔项伯。项伯劝说项羽将汉中也加封给刘邦。项羽竟然同意了。后来刘邦出兵关中，夺取三秦，极为便利。

刘邦正式与项羽对决时，拥有了巴蜀、汉中、关中之地，韩信负责军事战争，萧何负责内政后勤，张良负责战略谋划，陈平负责刺探情报，监视众将。辅佐项羽的范增则一人身兼数职，既治理国家，也要分管后勤补给，更要出谋划策，与刘邦的智囊团斗智、斗勇、斗狠！

范增乃姜桂之性，老而弥坚，将纷杂的事情料理得井井有条。范增生前，项羽在与刘邦的较量中始终占据上风。后世三国时著名军事家蒋济曾感叹道："项羽若听范增之策，则平步取天下也。"

2

公元前204年，项羽率领大军到了，兵临荥阳城下。荥阳城是当时的军事重镇和水陆交通要道。秦灭韩后，设三川郡，把荥阳城作为进攻东方诸国的前沿阵地和桥头堡。

荥阳乃兵家必争之地，刘邦亲自率军，死死地守在荥阳，抵挡项羽大军西进。

项羽指挥三十万大军，切断了荥阳通往外界的运粮甬道，团团包围着荥阳城。荥阳城高粮足，刘邦麾下将士悍勇敢战，虽然一次次打退了楚军的拼命进攻，但是惊险万分。

刘邦便派遣使者求和，目的很简单，先把项羽骗走再说。即使项羽不同意，也不损失什么。项羽颇为意动，因为刘邦采纳张良的计策，策反了彭越、英布等诸侯王。这二人正攻打项羽的后方，屡次截断项羽的粮道，令项羽不胜其烦。

项羽打算暂且休战，重整军队，灭了彭越、英布，再调头收拾刘邦！项伯等人因军中粮草补给困难，荥阳不易攻下，也劝说项羽与刘邦和谈。

范增却劝谏道："大王，此时很容易便能击败汉军，咱们楚军粮草不济，汉军粮草只会更加匮乏。我们绝不能与刘邦讲和，一鼓作气，拿下荥阳，大王难道忘记鸿门宴了吗？彭越、英布之流不过癣疥之疾，刘邦才是心腹大患！劝大王与刘邦和谈者，尽斩之！"

项羽一听，亚父说的也有道理。项羽便下令诸营，轮番攻城。楚汉两军在荥阳城下反复厮杀，战火连天，双方均疲惫不堪。

范增笃信楚军一定能取得最后的胜利，先坚持不住的一定是刘邦。他鼓励项羽一定要咬牙坚持下去，不惜一切代价，攻下荥阳，擒杀刘邦。

楚军将士久攻荥阳不下，师老兵疲，充满怨言。荥阳城内的汉军同样损失惨重，休说继续正面坚守下去，恐怕连突围而出的实力，都不具备。

随着围城日久，刘邦的日子一天比一天难过。他有两位谋士，张良与陈平，前者善出阳谋，擅长战略规划，敌人往往在不知不觉间落入彀中；后者则擅长阴谋诡计，出其不意，如同一条潜伏的毒蛇，任何人被他咬上一口，不死也要脱层皮。

如今楚汉两军打的是堂堂正正的攻坚战，张良束手无策。

刘邦素知陈平擅出奇谋，心狠手辣，善于明哲保身，从不说没把握的话，便主动向陈平问道："难道我要被项羽困死在这儿了吗？"

主公主动问对策了，身为属下不能不拿出一套方案解决困难。陈平道："项羽妇人之仁，有勇无谋，少智多疑。麾下忠直能干的臣子也不过范增、钟离昧、龙且等寥寥数人，大王您给臣一些黄金，臣想办法离间他们君臣。必然可以使楚国君臣相互猜疑，甚至自相残杀。我们便可趁机取胜！"

刘邦问道："你需要多少黄金？"陈平道："至少也要黄金一万斤，才能让项羽麾下的那些小人，舍生忘死，为我们所用！"

一万斤黄金在秦末堪称天文数字，日后刘邦悬赏项羽的首级，也不过一千斤黄金。

刘邦陷入沉思，陈平这些年来对内监察汉军将士，对外刺探敌情，从未令自己失望过，希望这一次也不例外！

刘邦咬牙道："干大事，不能在乎钱财。老子把仓库里四万斤黄金全部给你！不必向老子汇报开支情况。只要能除掉范增老儿！倾家荡产，砸锅卖铁，老子也在所不惜！"

主公不在乎过程，只在乎结果。陈平非常满意。

陈平曾在项羽麾下效劳过一顿时间，熟人颇多。刘邦手下很多将士也是老楚人，与许多楚国军士原本就是乡亲。陈平拉关系，找熟人，以重金贿赂楚营中见钱眼开的下级军官。人为财死，鸟为食亡，收了钱的楚军，开始散布谣言：

"咱们这支军队，根本不姓项，而是姓范。范增老将军的智慧比项王强十倍！"

"龙且、钟离眜将军因为没有封王，对项王一肚子怨言！"

"范老将军已经与龙且、钟离眜商议好了，用项王的脑袋，与汉王和谈！"

"项氏宗族将领全是废物，主要靠范增将军等外姓人。"

……

一时间，楚营之中，各种谣言满天飞，一来二去，传到项羽的耳朵里。

不得不说，陈平太了解项羽的弱点了。项羽性格敏感，骄傲且多疑，只相信自己及项家子弟，不相信外人。哪怕是对"亚父"范增和对他一向忠心耿耿的钟离眜、龙且等大将也难以做到推心置腹。

用人不疑，疑人不用。

论用人，项羽远不如刘邦。

"三人成虎，众口铄金"，项羽的耳根子本来就软，听到的传言越来越多，渐渐对范增等人产生怀疑，总觉得范增等人不对劲。

因为下属的忠诚，在秦末乱世，是一件很难控制的事。

例如，秦始皇生前，丞相李斯、中车府令赵高皆是赤胆忠心，将秦始皇奉若神明，小心伺候。可是秦始皇病故后，李斯、赵高密不发丧，拉着秦始皇发臭的尸体，千里迢迢，返回咸阳；篡改遗诏，逼死秦长公子扶苏、大将蒙恬。尤其是赵高，掌握权势后，便虐杀了秦始皇30多个子女！陈胜揭竿而起时，何等英雄？仅仅数月，便拥兵数十万。最后，不还是被自己的心腹车夫刺杀了吗？

想起秦始皇、陈胜的遭遇，项羽心中越发不安。于是便派遣本家心腹为使，以和谈为名，到荥阳城内见刘邦，随便打探一下汉军是否真的与楚军大将勾结。

当楚使入城后，陈平大喜，以太牢（古代帝王祭祀社稷时，牛、羊、猪三牲全备为“太牢”）之礼，亲自接待。

用祭祀社稷的太牢来接待一位普通使者，接待规格不可谓不高。这便是：“项王使者来，为太牢具，举欲进之。”

于是，发生了本故事开头的一幕。

当楚使看到一位位汉军士兵将美食、美酒全部搬走时，目瞪口呆。尤其是美女鄙夷的眼神，令他暴怒：“陈将军，意欲何为？”

陈平道：“项王的使者，只配用粗茶淡饭。来人，送几个窝窝头来。”

楚使大怒，恨不得立即离去。但是身负项羽的任务，不得不忍一时之辱，在汉营虚与委蛇。

和谈结束后，陈平看着楚使气呼呼地大步离开头也不回的背影，得意地大笑道：“范增老匹夫，凶多吉少矣！”

使者回到楚营后，一把鼻涕一把泪，将自己的遭遇，对着项羽添油加醋地说了一番。项羽并非白痴，并未全信，可是他却面临一道选择题。

一是不相信范增背叛自己。可是如果万一范增背叛了自己，突然发难，那么自己不仅身家性命难保，项氏一族恐怕也会被诛灭，代价实在太大。

二是相信范增确是背叛了自己。假如使者中了汉军的离间计呢？自己岂不是失去了唯一的智囊，如同自断一臂？

项羽心中犯起了嘀咕，亚父苦劝我不顾一切猛攻荥阳，可是由于我主力大军在外，田横重新恢复了齐国，九江王英布投靠了刘邦，彭越攻打我的粮道。如果我没有听从亚父的建议，早早与刘邦在荥阳议和，后方不会出现这些危机！亚父莫非真被刘邦收买了？他一个70多岁的人难道还想裂土封王？

项羽苦思冥想后，决定以静制动，观察一段时间，再做决定。他将范增手中的权力收回，交给项家子弟。（“项王疑范增与汉有私，稍夺之权。”）稍不是稍微，而是渐渐的，指过程缓慢而有序。范增的权力渐渐被剥夺了。

在此期间，项羽暂缓了对刘邦的攻势，范增屡次向项羽进言，要加大对荥阳的进攻力度，项羽爱搭不理。

范增人老成精，明白了，项羽这是怀疑自己的忠心。自古君疑臣，则臣必死。范增心如死灰：“老夫已经70多岁了，军中劳苦，今天脱鞋上床，都不知道明天能不能爬起来！老夫呕心沥血，日思夜想，所做的一切，全是为了你项家的千秋霸业！老夫无儿无女，这么多年来，一直将你项羽看成自己的亲儿子啊！所以才愿意为你殚精竭虑，你竟然怀疑我！真是竖子不足与谋！”

范增很难过，他的高傲使他不屑向项羽解释。他给项羽写了一封辞职报告：“天下事大定矣，君王自为之，愿赐骸骨，归卒伍。”意思是，天下事大局已定，项王您自己看着办吧！希望您饶了我这把老骨头，让我回乡为民吧。

其实，范增心中还是希望项羽能够挽留的，可是项羽却在辞职报告上写了一个大大的“准”字！

范增盯着这个龙飞凤舞的“准”字，万念俱灰，仿佛失去了所有的精气神。他吐了一口老血，晕倒在地。等他清醒后，带着一名老仆孤零零地返回彭城。在途中，范增的后背上生的毒疮溃烂，秦末一代奇士，在身心双重巨痛中，黯然死去。

范增死后，项羽集团失去了第一智囊，屡次做出错误的战略部署，昏招迭出，一步步在楚汉相争中，落在下风。

公元前202年，项羽兵败身死。随后，刘邦统一天下，建国为汉。

多年后，刘邦在酒后对左右道："项羽只有一个范增还不好好用，这就是为什么他会被我消灭的原因啊！"（"项羽有一范增而不能用，此其所以为我擒也。"）

后人有诗叹曰："智士宁为暗主谟，范公曾不读兵书。平生心力为谁尽，一事无成空背疽。"

3

陈平能用一场饭局搞定范增，看似简单，实际上反映了陈平对人性的把握已经到了登峰造极的地步。

苏东坡在《范增论》中说得很清楚："物必先腐也，而后虫生之；人必先疑也，而后谗入之。陈平虽智，安能间无疑之主哉？"意思是说，食物必定先腐烂了，然后才会生蛆虫；人必定先有了怀疑之心，然后谗言才得听得进去。陈平虽说智慧过人，又怎么能离间没有疑心的君主呢？

首先，项羽不能成为"无疑之主"。

一是秦末乱世，背叛君王另谋高就是很常见的事。陈平、韩信本在项羽麾下，因为不受重用，便选择投靠刘邦。张良是韩王麾下的大司徒，号称"五世相韩"，却成了刘邦的谋主。英布是项羽的心腹爱将，跟随项羽南征北战，出生入死，被项羽封为九江王，可是却投降了刘邦，攻打项羽的大后方。

战乱年代，人与人之间的情谊是靠不住的。有这些例子在先，再加上军中谣言四起，无风不起浪，项羽如何能相信范增对自己一定忠心耿耿呢？采取断然措施，削去范增的权力，也情有可原。

二是项羽是一位非常自负的人，并没有深刻地意识到范增这种智谋之士对自己的重要意义。他自信凭借着自己的武力与韬略，足可以平定天下，不需要范增这种人对自己指指点点。

司马迁评价项羽："自矜功伐，奋其私智而不师古，谓霸王之业，欲以力征经营天下，五年卒亡其国，身死东城，尚不觉寤而不自责，过矣。"意思是，项羽盲目迷信武力，强逞个人能力而不效法古代霸主，他认为霸王之业，就是凭着武力来谋夺天下。仅仅五年时间便亡国，自己也惨死在东城，仍不醒悟，又不自我批评，真是大错特错。

其次，范增虽然足智多谋，可是性格却过分刚强。鸿门宴上，范增能准确判断出身处弱势的刘邦将会夺取天下，仅凭此，他便是当之无愧的智谋之士。在未得到君主允许的情况下，范增竟然屡次对一方诸侯刘邦下黑手，可见范增的杀伐决断，狠辣果决！如果项羽在鸿门宴上听从了范增的建议，也就没有后来的楚汉相争了。

当项羽疑心范增的时候，范增却选择负气出走，并不与君王坦诚沟通，可见他性格倔强、刚强的一面。假如白发苍苍的范增对项羽晓之以情动之以理，高傲的项羽难道还会怀疑70多岁的亚父背叛自己吗？

最后，不得不佩服刘邦的大气与陈平对人性的洞悉。刘邦将四万斤黄金交予属下，不问过程，这是何等的胸襟气魄？万一陈平贪污了，卷钱跑了呢？如果陈平计划失败，四万斤黄金岂不打水漂了？

陈平用重金收买楚国下层军官，散布谣言，多疑的项羽果然中计，派遣使者来打探情况。

陈平，真乃智谋之士，化腐朽为神奇，开发了饭局的新作用，将饭局当作施展离间计的舞台。虽然陈平一生参加了无数次饭局，可是荥阳太牢宴，应该是他一生中最得意的一场。

他利用一顿丰盛的酒菜，通过太牢宴与窝窝头的强烈对比，刺激楚使，使其为己所用，又利用了项羽的多疑、范增的刚强，使楚君臣分道扬镳。

失去了两鬓如霜的范增，项羽如同断了一臂。这为项羽日后败亡，汉朝的建立，埋下了威力巨大的隐患。

正是：“汉用陈平计，离间楚君臣。”

未央宫宴：不要问皇帝要筷子

公元前143年的一天，垂垂老矣的汉景帝刘启在未央宫侧殿宴请条侯周亚夫。

偌大的侧殿只有他们两个人坐着，负责传膳的侍从在旁边站着。面色慈祥的汉景帝瞅着腰杆挺得笔直、威武不凡的周亚夫，淡淡道："用膳吧！"

跪坐在下首的周亚夫向主位拱手道："诺！"他将目光放到食案上后，惊奇地发现，食案上只有一鼎煮熟的牛肉、一整块头颅大小的牛肉，还有浅浅的汤水。

周亚夫睁大了眼睛，轻咦一声，肉为什么不切开？食案上怎么没有放筷子？难道让老夫用手抓着吃？在天子面前，成何体统！他扭头对旁边的侍从道："给老夫拿一双筷子来！"

侍从面无表情，眼观鼻，鼻观心，没有搭理周亚夫。周亚夫勃然大怒，区区下人，焉敢无视自己。

坐在上首的汉景帝，笑了，笑得非常灿烂、和蔼，他轻声道："请你吃饭还不满足吗？"

周亚夫瞬间脸色通红，慌忙起身，迈着小步走到大殿中央，跪在地上，两手扶地，向着汉景帝深深埋下了头颅。

1

欲知后事如何，我们先将时光暂时拉回到十五年前，也就是公元前158年。那时，汉景帝的父亲汉文帝已经登基二十二年，大汉朝内有各地诸侯王对中央政权虎视眈眈，外有匈奴为祸汉朝边境。

匈奴三万铁骑攻打云中郡，汉文帝深恐匈奴直取大汉都城长安，便火速下令宗室重臣刘礼率领一支军队驻扎在霸上，祝兹侯徐厉领军守棘门，河内太守周亚夫率军驻守细柳。当时汉都长安城南面为秦岭，是天然屏障。霸上、棘门、细柳，分别在长安城的东、北、西三面。

任何一处军营被匈奴攻破，后果不堪设想。汉文帝乃是汉朝，乃至中国历史上最贤明的君主之一，不会将身家性命与王朝安危全部寄托在将士们的自觉上，他决定亲自到三大营视察，美其名曰：犒劳慰问。

汉文帝坐在马车上，带着百十名骑马的侍卫，飞驰到霸上、棘门两大军营。两处守门将士，遥遥看到天子旌旗、銮驾，非常有眼力劲，立刻大开营门，热烈欢迎汉文帝莅临！

刘礼、徐厉两位主将均是等到汉文帝驱车直至帅帐后，才在手下将领的簇拥下，慌慌张张地迎驾。

汉文帝认真听取了刘、徐两位主将对军营人员、装备、布置的介绍，视察了军营各处，详细询问了他们所遇到的困难后，鼓励刘、徐二将认真履责，率领全营将士，坚守岗位，不畏艰险，勇于杀敌报国。

刘、徐等将军纷纷表示，全营将士一定会与敌人战至最后一刻。在汉文帝銮驾离开军营的时候，刘、徐等将军率领全营将士目送。很多朴实的战士流下激动的泪水，久久不愿散开。

以上内容，出自长安城的官方邸报，这里只不过将文言文翻译成了白话文。这便是：“上自劳军。至霸上及棘门军，直驰入，将以下骑送迎。”

实际上汉文帝坐在驰往细柳营的马车上时，面色阴沉。他在心中哀叹，高祖皇帝平秦灭楚的百战精锐，怎么成了这样？汉文帝在位期间的的五位丞相，周勃、陈平、灌婴、张苍、申屠嘉，皆是身经百战的开国名将。汉文帝被他们耳濡目染二十多年，知道真正的精锐，必须杀气腾腾，令行禁止，严守岗位。霸上、棘门两处军营与开国时的精锐相比，简直不值一提！

当汉文帝一行到细柳营寨前时，便感到一阵阵惊人的杀气。只见一队队将士身披重甲，手持锋利的刀、剑、长矛，面容肃穆地盯着汉文帝的车队。竟然还有一队弓箭手拉圆了强弓，箭头瞄准了汉文帝一行！

汉文帝的侍从官纵马到军营大门时，一位守门都尉右臂举起喝道："准备！"

守门将士的长矛重盾，重重顿在地上。轧轧的机括声响起，又有几百把弩箭全部上弦，锋利的箭尖对准了侍从官。

侍从官也不含糊，喝道："放肆，陛下銮驾在此。尔等还不退下！"都尉手按环首刀，大喝道："周将军有令，军中只听将令，不听皇帝诏令。"

汉文帝不怒反喜，立刻命侍从官持符节通报周亚夫。周亚夫验符节后，下令搬开鹿角，打开寨门，迎接汉文帝。汉文帝的车夫早就不耐烦了，想像入前两个军营那样，纵马飞驰。一位军中校尉对车夫道："周将军有令，军营之中禁止车马疾行。"

闻听此言，汉文帝下令，命车夫控制缰绳，缓慢前行。

到了中军大帐前，周亚夫一身戎装，身披重甲，手握宝剑，率领几十名披甲握刀的悍将迎接汉文帝。

周亚夫并未跪拜，只是揖了一礼，道："介胄之士不拜，请陛下允许臣下以军中之礼拜见。"

已经老迈的汉文帝目光看着英姿勃勃的细柳营将士，龙颜大悦，他弯腰扶着车前的横木向将士们还了一个军礼。

劳军结束后，汉文帝欣喜不已，对着左右侍从道：“这才是真正的将军，霸上、棘门的军队，简直一无是处。如果匈奴偷袭，恐怕他们的将军也要被俘虏。谁能偷袭得了周亚夫？”（“嗟乎，此真将军矣！曩者霸上、棘门军，若儿戏耳，其将固可袭而虏也。至于亚夫，可得而犯邪！”）

一个月后，匈奴抢掠一番走了，长安的危困解除了。汉文帝便任命周亚夫统率京城的所有驻军。

两年后，汉文帝在弥留之际，吩咐太子，也就是即将继位的汉景帝刘启道：“如国家有战事，可任命周亚夫统率大军。”

2

汉文帝之所以如此器重周亚夫，除了他的军事才能外，还有一个重要的因素，便是周亚夫的父亲是周勃。周勃是乡村吹鼓手出身，跟随刘邦沛县起兵后，南征北战，立功无数。大汉建国后，官拜太尉（全国军事长官），汉高祖刘邦死前，留下遗言：“能安汉室者，必周勃也。”

刘邦病故后，吕后掌权。吕后死后，周勃、陈平等人荡平诸吕，迎接代王刘恒为帝，也就是汉文帝。周家不仅对汉文帝有大恩，更是大汉开国元勋中的扛鼎人物。周勃戎马一生，在军队中有多少门生故旧呢？这些强大的人脉自然会被其子周亚夫继承。

汉景帝继位后，便封周亚夫为车骑将军，职位仅次于大将军及骠骑将军。

当时汉朝的政权分为三大派系：一是以汉景帝、外戚势力、地方郡守等人为代表的皇权派。二是开国功臣派。汉朝开国以来，从萧何、曹参开始历任丞相皆是开国元勋，在朝廷上形成了很大的势力。三是诸侯王派。汉景帝时期，各地诸侯王全是刘邦的子侄后代，这些人在汉初时，对巩固皇权、维护中央集权的统治，起到了重要的作用。但到汉朝建立五十年后，已经形成尾大不掉、割据自立的局面。

西汉就像一块还未做大的蛋糕，地方诸侯每多吃一口，朝廷便会少一口。鉴于此，大夫晁错建议汉景帝削藩。藩，便是指各地藩王。刘邦建国之后分封了大量异姓诸侯王，如楚王韩信、梁王彭越、淮南王英布等。但是刘邦在十几年内，经过一系列战争，陆续消灭了所有的异姓诸侯王。

在刘邦之前，周朝实习分封制，几百年后，血缘关系越来越淡，实力强者为王，周天子沦为傀儡。秦朝实行的是郡县制，各地起义时，秦朝宗室手中无兵，无力抵抗，被项羽屠戮一空。不仅如此，秦始皇的三十多个子女全部惨死在权臣赵高的手中。于是，刘邦将分封制与郡县制结合，大汉中央政府掌管大部分郡县，关西部分膏腴之地分封给自己的子侄们。

大汉开国五十年后，藩王们的军队和人口不断增加，野心逐渐开始膨胀，经常不搭理中央政府。汉景帝决定采纳晁错的建议，逐渐消除藩王封地，减少他们的军队数量，收回他们的铸币权等。

各地诸侯王不乐意了，大家都是高祖皇帝的子孙，凭什么你刘启这一脉吃肉，不给我们一口汤喝？公元前154年，吴王刘濞、楚王刘戊、赵王刘遂、济南王刘辟光、淄川王刘贤、胶西王刘昂、胶东王刘雄渠七位诸侯王组成联军二十余万，又联合北方匈奴，以“诛晁错，清君侧”的名义攻打朝廷，史称“七国之乱”。

汉景帝也不含糊，立刻在长安东市腰斩了建议削藩的晁错。意思是，你们诸侯王不是要“诛晁错，清君侧”吗？我把晁错杀了，你们还能打什么旗号？而且这一举动还暂时稳定了那些没有造反的藩王。

刘濞等人当然不会退兵，气势汹汹，继续攻打朝廷。

闻战鼓，思良将。汉景帝任命周亚夫担任太尉，统率大汉朝能调动的所有机动人马前去平叛。因为匈奴在北方边境，陈兵十万，所以大汉边军不能调动。周亚夫直属军队不会超过四万人。当周亚夫临危受命的时候，吴王刘濞等正指挥军马日夜猛攻梁国。梁国位于山东南部、河南东部，正是吴楚联军攻打关中之路的拦路虎。梁王刘理还是汉景帝刘启的亲弟弟。

打虎亲兄弟，上阵父子兵，刘理自然支持自己的亲大哥，要与叔叔、堂兄弟们拼个你死我活！刘理战斗热情高昂，每天提着宝剑，亲自在城门上督战。

汉景帝问掌管帅印的周亚夫如何救援处在危机之中的梁国。周亚夫提出自己的规划："吴楚等地的兵马彪悍无比，不能正面对敌。不如放弃梁国，截断他们的粮道。那样我们就赢了。"（"楚兵剽轻，难与争锋。愿以梁委之，绝其粮道，乃可制。"）

周亚夫的意思很明确，就算梁国被攻破了，梁王被砍头了，汉军大不了继续坚守函谷关。这是将汉景帝的亲弟弟当肉盾，消耗敌军的战斗力呀。

要兄弟还是要江山？这个选题对汉景帝来说不难选择。他毫不犹豫地同意了周亚夫的方案。（"上许之。"）

周亚夫带领大军驻扎到距离梁都睢阳只有百里之遥的荥阳，深挖高垒，坚守不出。叛军日夜猛攻睢阳，梁国危急，刘理屡次遣使向周亚夫求救，周亚夫置之不理。刘理无奈，向大哥汉景帝求救，汉景帝派人督促周亚夫与叛军决战。

周亚夫置若罔闻，派精锐捣毁吴楚军后方屯粮大营，截杀叛军运粮队。刘濞等勃然大怒，带着主力换了一个目标——找周亚夫拼命。

周亚夫自然坚守不出。叛军断粮数日，军心大乱，只好引军撤退。周亚夫果断全军出击，一举消灭了叛军主力。这便是："吴兵既饿，乃引而去。太尉出精兵追逐，大破之。凡相攻守三月，而吴、楚破平。于是诸将乃以太尉计谋为是。"

浩浩荡荡的七国之乱，仅仅三个月便被周亚夫解决了。不得不说，这是中国军事史上的一个奇迹。七国之乱的平定，标志着汉朝中央集权的进一步加强，也代表着皇权派与开国武将派联手打败了地方诸侯派。

战后论功行赏，等老丞相退休后，周亚夫担任了大汉丞相，当然也失去了军权。

周家父子两代人担任汉朝太尉、丞相，均有救汉室江山于危机存亡的大功。一时间，周亚夫声望无二。可是，汉朝中央政府的主要矛盾已经由朝廷与各地诸侯王的斗争转化成皇权派与开国功臣派之间的斗争。

平定七国之乱时，周亚夫对梁王见死不救，梁王对周亚夫恨之入骨，周亚夫身为大汉武将勋贵派的领袖，也不在乎梁王的威胁。但是他也得罪了梁王与汉景帝的母亲窦太后。这位窦太后是汉文帝的皇后，以城府高深著于史册。她为周亚夫设了一个完美无缺的陷阱。

窦太后对汉景帝建议，封王皇后的哥哥王信为侯。汉景帝点点头，因为母亲想给儿媳妇的哥哥封侯，有利于家庭和谐。

汉景帝道："这个问题，要慎重研究，需要和丞相商议。"汉景帝这是把皮球踢给了丞相周亚夫。因为封自己小舅子为侯没什么大不了的，也能增加外戚的势力，但是自己以贤君自诩，总不能让臣子们说自己的闲话吧。

窦太后得意地笑了，她知道儿子的性格，也知道周亚夫的性格。

丞相周亚夫生性耿直，直接怼汉景帝："高祖皇帝当年召集诸将，斩白马为盟，留下誓约——非刘氏不得封王，非有功不得封侯。否则，天下共击之。如果封王信为侯，便是违背了先祖立下的盟约。"（"高皇帝曰：'非刘氏不得王，非有功不得侯。不如约，天下共击之。'今信虽皇后兄，无功，侯之，非约也。"）

自己爷爷留下的政治纲领，汉景帝当然一清二楚。你周亚夫为何说得如此直白，让我下不来台？汉景帝沉默不语。（"景帝默然而止。"）

周亚夫一番话不仅让汉景帝不开心，更是得罪了外戚。外戚集团在西汉，是依附于皇权的强大政治势力。

周亚夫大概忘记了，他少年时期，吕后掌权时要封她的兄弟子侄为王，父亲周勃和陈平叔叔是怎么回答的？——"高祖平定天下分封自己的子弟为王，今吕后坐天下，想要封自己的兄弟子侄为王，我们当然举双手赞成。"（"高帝定天下，王子弟；今太后称制，欲王昆弟诸吕，无所不可。”）

可是吕后死后没几天，周勃、陈平便迫不及待地发动政变，将吕氏族人赶尽杀绝，全族老幼，一个不留！这便是老一辈开国功臣的斗争智慧，该妥协时一定要妥协，该出手时绝不留情。周亚夫继承了其父的军事韬略，甚至青出于蓝，可是并未学会父亲的政治智慧。

不久后，五位匈奴将领打算投降汉朝。汉景帝大喜，打算分封五人为侯。周亚夫站出来反对，他道：“如果将背叛国家的人封侯，日后如何处置不守节的大臣？”

周亚夫为什么说这句话？一是因为他是一名性格耿直的军人，不容忍背叛；二是因为他身为功臣派领袖后人，维护高祖刘邦定下的封侯制度，也是维护本集团的利益。

闻听此言，汉景帝气乐了，韩信、陈平全是从楚国跳槽到高祖麾下，张良本是韩王的属下。没有他们哪来今天的大汉朝？难道投降来的匈奴将领，就没有韩信、陈平、张良吗？如今匈奴势力强大，鼓励他们投降，对大汉百利而无一害。

汉景帝当着满朝文武的面前，懒得解释，直接反驳周亚夫：“丞相的话，不能采用。”（“丞相议不可用。”）

汉景帝分封五位匈奴将领为大汉列侯。

周亚夫大概觉得很没面子，便给汉景帝写了一份“辞职报告”，大意是自己生病了，请求提前退休，回家养老。汉景帝看着周亚夫的报告，御笔亲批了两个字“准奏”。

3

汉景帝患有严重的肺痨，虽然在公元前143年只有46岁，可是身体非常不好，日夜咳嗽。他已经悄悄咨询过御医，自己只剩两三年的寿命。所以，汉景帝在人生最后两年，一直竭力为太子刘彻培养班底，扫清障碍。他甚至派遣酷吏逼死了自己的废太子刘荣，也就是自己的大儿子。

周亚夫44岁，身体康健。为了汉室江山，到底是将周亚夫当成“班底”还是“障碍”？这对汉景帝来说，是一道选择题。

周家父子，对汉室皆有力挽狂澜的大恩，周亚夫又是本朝第一军事大家，杀了，未免可惜。如果留着周亚夫，周家父子均担任过太尉、丞相，门生故旧如云似雨，势力庞大，年轻的太子能镇得住他吗？

经过苦思冥想，汉景帝决定设宴，请周亚夫吃饭，也就是设一个饭局来考验周亚夫。自古以来，饭局的作用除了可以吃饱肚子、培养感情、刺杀、谈事情等外，还可以考验一个人的心志。

当赋闲在家的周亚夫收到汉景帝的邀请后，还是挺开心的。他虽然失去了官职，但是他条侯的爵位还在，依旧是大汉贵族，当然不缺一顿饭吃。

周亚夫心道，陛下哪里是请我吃饭，分明是为了重新重用我。陛下还是离不开我啊！论带兵打仗，满朝文武，谁能比得上我？陛下龙体有恙，日后辅佐太子，内镇诸侯，外御匈奴，舍我其谁？虽然朝堂上闹了点不愉快，都是为了国家，不是为了自己。

当日，周亚夫早早地起床，洗了一个热水澡，换了一身新衣服，将头发梳得整整齐齐，一丝不苟，又戴了一顶帅气的头冠。他喜滋滋地坐上马车，赶往未央宫侧殿赴宴。过去的岁月里，周亚夫在未央宫吃过很多次饭，轻车熟路。但是，他做梦也想不到，这是他最后一次来吃饭。

当周亚夫挺直腰杆，目不转睛，趋步走进未央宫侧殿时，看到汉景帝坐在主位上，笑眯眯地看着自己。周亚夫不慌不忙地跪在地上，两手扶地行礼，道：“参见陛下！”

汉景帝瞅着跪伏在地的周亚夫，思绪纷飞：“当年你父亲周勃荡平诸吕，迎先帝入长安继承大统。自知功高盖主，主动辞去丞相的位置，回家做一赋闲老翁，你能像老周勃一样知进退，守臣子礼节吗？”

跪在地上的周亚夫内心还是比较激动的，自己父子在此处与高祖、吕后、惠帝、文帝及当今陛下，不知一起吃过多少次饭。我们对刘家忠心耿耿，不知出生入死多少次。我周亚夫也会延续父亲的辉煌，共谱君臣佳话。

汉景帝淡淡道：“亚夫，请起！坐！”

周亚父直起了身子，低着头，铿锵道：“诺！”大步走到下首左侧，唯一的食案后面，一撩长衫，目视前方，跪坐下来。

汉景帝对周亚夫严守贵族礼仪颇为满意，他凝视着周亚夫刚毅的侧脸，一幕幕往事浮上心头，你周家虽为我们刘家屡立奇功，可是你父亲周勃只是区区一个乡间的丧事吹鼓手而已，何等卑贱！如果不是幸遇高祖，你周家焉能成为王侯勋贵，钟鸣鼎食之家？你周亚夫也只是一介勋贵子弟，如果不是先帝与我，你能功成名就吗？可是你知足了吗？

想到这儿，汉景帝摆摆手，道：“用膳吧！”

侍从们敲奏起乐器，叮当！叮叮！叮叮当！

清脆悦耳的编钟声响起，周亚夫才低头看向自己的食桌，只见桌面上摆着一鼎热气腾腾的牛肉，白乎乎的油汤里有一整块头颅大小的牛肉。鼎镬两侧，既无餐刀，也无筷子！

周亚夫大怒，心想这些侍从的工作太不认真了，竟然没给我准备餐具，难道看我赋闲在家，就敢如此慢待我？周亚夫扭头对侍从道：“给老夫拿一双筷子来！”侍从低着头，装作没听见。

这便是：“条侯心不平，顾谓尚席取箸。”

汉景帝皱着眉头道：“亚夫，你大呼小叫的，干什么？”

周亚夫指着侍从，叫道：“陛下，他们欺负臣，不给臣筷子！”

汉景帝笑了，笑得非常和蔼，道：“请你吃饭还不满足吗？”（“此岂不足君所乎？”）

你的一切都是我赐予的，凡是我不想给你的，你想要也不能要！

周亚夫瞬间脸色涨红，他无论心眼多实在，也明白此时是汉景帝故意不给自己餐具。

周亚夫大步走到大殿中央，解下头冠放在地上，两手扶地，冲着汉景帝深深地磕下了头。可是他胸中怒火焚烧，心道：“陛下，你这是干什么？故意羞辱臣吗！”

汉景帝瞧着跪在地上的周亚夫，面无表情，抬手道：“起！”

周亚夫明白汉景帝是在羞辱自己，这顿饭不吃也罢，他豁然起身，向汉景帝告罪一声，趋步直接离开了！

汉景帝颤巍巍地站了起来，凝视着周亚夫大步离开的背影，双目杀机逼人，一字一顿道：“这不是一个能辅佐少主的人！”（“此怏怏者非少主臣也。”）

惜字如金的司马迁在《史记》中用了四个字描述汉景帝的反应——“以目送之”。可见其内心的波澜。按照汉景帝的逻辑，饭局犹如朝堂，饭局的位置便是官职地位，食物便是皇帝赐予臣子的权力。筷子同样是汉景帝的权力，周亚夫向汉景帝的侍从要筷子，便是主动向皇帝要权力。

汉景帝心道，自己请周亚夫吃饭，他向自己要筷子，明日辅佐太子就会向太子要兵马，要更多的权力，甚至问鼎皇位！

话说周亚夫回到家里后，明白自己失去了皇帝的信任，越想越气，便病倒了。西汉时期，活过四十岁便算长寿，贵族流行提前准备丧事。周亚夫的儿子便买了五百甲胄留着给周亚夫陪葬用。

得知消息后，汉景帝便将周亚夫关进了监狱，命令廷尉，也就是汉朝主管司法的最高官员亲自审问周亚夫。于是，发生了以下很经典的对话。

廷尉问道：“君侯，你想造反吗？”（“君侯欲反邪？”）

周亚夫道：“我家买的甲胄都是些陪葬品，一拳砸下去便碎了，怎么能说我是造反？”（“臣所买器，乃葬器也，何谓反邪？”）

廷尉道：“你就算活着不造反，死后也会在地下造反！”（“君侯纵不反地上，即欲反地下耳。”）

廷尉如此胡搅蛮缠，周亚夫痛苦地闭上了眼睛。他明白，没有汉景帝的授意，廷尉不敢明目张胆地威胁自己。

周亚夫在狱中的遭遇，司马迁的说法是“吏侵之益急”，结果是，周亚夫“因不食五日，呕血而死”。

也许，周亚夫呕血而亡之前，想起了出身卑微却充满智慧的父亲，想起了细柳营，想起了平定七国之乱——雄兵列阵，强敌在侧，旌旗十万，刀光剑影，鼓角争鸣。

周亚夫为什么选择绝食自杀？因为这是一种体面的死法。汉代刑法，对肉体极为残忍，在周亚夫那个时代，近有晁错被腰斩于东市，远有吕后将梁王彭越剁成肉酱，将韩信虐杀在未央宫。所谓“吏侵之益急”，难以想象，周亚夫遭受了怎样的肉体折磨。

未央宫侧殿，周亚夫主动要了一双筷子，汉景帝便认为他“非少主臣也”后痛下杀手。周亚夫的死，代表着西汉开国功臣集团被皇权彻底打压。汉景帝后来任命非开国功臣之后的卫绾为相，便是标志着自汉代开国以来，丞相皆是出自开国功臣一脉的局面被终结了。

《史记·绛侯周勃世家》中提到“条侯果饿死。死后，景帝乃封王信为盖侯”。王信便是王皇后的兄弟，汉景帝的大舅子。汉景帝渐渐重用外戚势力取代开国功臣，使其成为西汉重要的政治势力。

汉景帝死后，汉武帝继位，继续重用外戚，进一步削弱开国功臣与地方诸侯的权势，巩固皇权，加强中央集权，终于打造了一个庞大的大汉帝国。汉朝成为当时世界上最强大的国家。凡事有利必有弊，西汉末年，在汉哀帝早亡、皇权衰落的情况下，外戚王氏家族的王莽成功篡位。

值得一提的是，周亚夫在汉景帝的饭局上的遭遇，让一代代名将引以为鉴。他们深知伴君如伴虎的道理，绝不向皇帝要“筷子”，如唐代李靖、明代徐达等将，立下盖世功勋后，对皇权深深敬畏，低调谦逊，绝不越雷池一步，皆得善终，也成就了君臣佳话。

酒泉晚宴：共饮酒泉，马踏匈奴

公元前121年秋季的一天晚上，一轮金黄色的圆月挂在碧蓝的夜空上，下面是苍茫无际的草原和连绵不绝的祁连山脉。山脉的东北方向有一条蜿蜒的泉河静静流淌着，在月光下，银光闪闪。

不远处，一只数万人的骑兵队伍，将士红袍黑甲，马蹄铮铮，兵甲铿锵，如同一道庞大的洪流，在一杆霍字帅旗的指引下，沿着河西走廊前进。

帅旗下，扬鞭纵马，呼喝指挥的是一位浓眉大眼、英武非凡的青年将军。他便是大汉骠骑将军、冠军侯霍去病。几名斥候打马到霍去病面前，大声道："禀骠骑将军，前方便是金泉。泉水充沛，甘冽可口，足够三军人马饮用。"

霍将军道："斥候营侦查附近百里。传令各部，士不卸甲，马不解鞍，各营交替掩护，轮番到金泉取水。"左右传令兵轰然道："诺！"

一队队传令兵，逆着红色洪流大声呼喊："骠骑将军有令，士不卸甲，马不解鞍，各营交替掩护，轮番取水，不得有误！"

"骠骑将军有令，士不卸甲，马不解鞍，各营交替掩护，轮番取水，不得有误！"

…………

红色洪流，渐渐驻留，除了战马的嘶叫声外，几无嘈杂。将士们一个个脸上挂满喜悦之色，他们摘下头盔，轮番到河边舀水喝。

淡淡的月光下，霍去病带着几个亲兵，纵马巡视金河，只见水草丰茂，泉水清冽。将士们排列有序，在泉边饮水、喂马。

霍去病道："传令，各营宰杀牛羊，准备篝火。将陛下赏赐给我的几十车美食全部取出来，分赐有功将士。今夜我要举行篝火晚宴，犒赏将士们！把陛下赐我的一坛御酒拿来。"

左右亲兵一边兴奋地道诺一边纵马传令。

不一会儿，霍去病跳下战马，接过御酒，站在泉河边，心潮澎湃。

他高举着御酒对着三军将士大喊道："将士们，这坛酒是高祖皇帝生前存在酒窖中的，陛下将它赏赐给我时，对我说，'去病啊，如果踏平祁连山脉，便用这坛酒庆功！'我们连番苦战，收拾了河西走廊的几十万匈奴，这坛美酒便与全军将士们一起饮用！"

1

一坛美酒如何让全军将士饮用呢？我们先谈谈西汉初年的匈奴之祸。

公元前201年，匈奴进扰汉地，汉高祖刘邦统率30万开国之师北伐匈奴。可惜，在白登山被40万匈奴骑兵团团包围。刘邦用陈平计与匈奴和谈，才侥幸逃回长安。

那时，汉朝国力疲弱，皇帝驾车的马连四匹颜色相同的都凑不齐，一国丞相只能驾着牛车。

刘邦、吕后、文帝、景帝只有选择忍辱负重，与匈奴和亲十余次，陪嫁金钱财宝无数。即使汉朝如此忍让，尔后60多年，匈奴大军仍进犯汉朝边境20余次，杀掠军民数十万人，抢走牛羊百数万头。

匈奴之祸是西汉王朝建国以来难以承受之重。

汉朝经过文景之治，与民休养生息，渐渐恢复元气。到汉武帝继位时，史称："京师之钱累巨万，贯朽而不可校。太仓之粟陈陈相因，充溢露积于外，至腐败不可食。"意思是，府库里的大量铜钱多年不用，以至于穿钱的绳子烂了，散钱多得无法计算了。国家的粮仓储粮丰富，陈米过多，已经腐烂。

打仗，即是烧钱。汉朝具备了与匈奴决战的经济实力。年轻的汉武帝雄心勃勃，立志血洗几十年的仇恨，磨刀霍霍向匈奴。

闻战鼓，思良将。汉朝军民期盼着一位绝世名将，率领汉家儿郎，马踏匈奴，重振汉朝国威。

公元前141年2月的一天，平阳公主府的女仆卫少儿私通了平阳小吏霍仲孺。十个月后，卫少儿生下一位男婴。

霍仲孺不承认男婴是自己的孩子。这个婴儿只能以一个奴仆的私生子的身份降临人世。幸运女神很快便降临这个家庭，使男婴一家人的命运发生了翻天覆地的变化。同时，使汉匈之间攻守易形。

公元前139年春季，18岁的汉武帝刘彻看望姐姐平阳公主后，临幸了男婴的小姨，同样是平阳公主府奴仆的卫子夫。几个月后，发现卫子夫怀孕了，汉武帝大喜，封卫子夫为皇妃，对其宠爱有加。随着卫子夫的尊崇日隆，男婴的舅舅卫青从军，卫氏一家逐步显赫。

关于这个婴儿的名字，还有一个有趣的小故事。一日，卫少儿带着婴儿入宫探望妹妹卫子夫时，正逢汉武帝卧床感冒，婴儿的一声大哭将休息中的汉武帝惊起，流了一身大汗，病气尽散。

汉武帝欣喜之下，赐小外甥名曰："去病。"因为卫家的关系，霍去病得以常常出入皇宫。小小年纪的霍去病因为厚重寡言，敢作敢当（"少言不泄，有气敢任"），深得汉武帝的喜爱。

汉武帝便让霍去病领侍中，进入羽林军中历练。

当时，匈奴时常到汉朝边境作乱，烧杀掳掠，无恶不作。雄才大略的汉武帝一直致力于打击匈奴，开疆扩土。在这样的时代背景下，公元前130年，骑奴出身的卫青拜车骑将军，出上谷直捣龙城，斩敌七百，名扬天下。

霍去病从小就跟随卫青学习骑马射箭。卫青很疼爱这位与自己同样是私生子的外甥，闲暇时常常结合自己的实战经历为霍去病讲解兵书战策。这些生动的讲解让霍去病大开眼界，养成了不死读书，从实际出发的习惯。

汉武帝想将霍去病当成自己的徒弟培养。希望这个孩子将来能像他舅舅一样，为自己征伐匈奴，保境安民。霍去病少年时，汉武帝心血来潮，想亲自传授他孙吴兵法。

不料霍去病却对汉武帝说："顾方略何如耳？不至学古兵法。"意思是，打仗应该随机应变，古代兵法已经不适合了。汉武帝哈哈大笑道："这话也就你小子敢说。"

公元前123年春季，汉朝再次发动了一场对匈奴的反击战，史称漠南之战。以卫青为大将军总督十万大军，率领李广、苏建、赵信等大将，分领六路，浩浩荡荡，从定襄出发，出击匈奴。

未满18岁的霍去病请求随军出征，汉武帝欣然许之，并封他为骠姚校尉，统率八百精锐骑兵。漠南之战，打了两次。第一次汉军大胜，霍去病受到老将们的照顾，只是担任辅攻，没有机会独当一面。

到了夏季，战事不顺，大将赵信投敌。先锋苏建的先锋军全军覆没，孤身一人逃回。第二次漠南之战，即将以失败告终。

年少热血的霍去病一而再，再而三地请求大将军卫青，允许自己出击匈奴。卫青不厌其烦，打发霍去病率人去随便抓几个斥候意思一下，并交待他一定不能远离大军，一定要小心！

霍去病喜滋滋地率领八百骑兵冲出大营。初生牛犊不畏虎。霍去病凭着一腔血勇，轻装简行，长途奔袭，在大漠里跑了几百里，寻找匈奴踪迹。

这是霍去病第一次独立领军作战，只有八百骑兵，别说遇到匈奴主力，便是撞到几千人的匈奴偏师，后果也堪忧。而且他孤军在外，没有补给，没有援军。

匈奴人是游牧部落，全民皆兵，在茫茫草原上逐水草而居。平时是牧民，战时便是精锐骑兵。霍去病战前，做足了功课。他向出使西域回来的张骞虚心请教匈奴的风土人情，军政设置。八百骑兵中有很多从匈奴处跑回来的汉奴，他们熟悉匈奴的部落分布、生活习惯。

机会垂青于有准备的人。霍去病奇迹般地跑到了匈奴大后方，一场大战，斩杀了匈奴大单于叔祖父若侯产，俘虏了大单于叔父罗姑比及国相，斩获匈奴首级2028颗。

当霍去病带着胜利果实返回大营时，汉军沸腾了。因为这是汉匈作战以来，取得的最大战果。卫青很欣慰，因为他亲眼见证了一颗将星的冉冉升起。

汉武帝龙颜大悦，立即下诏，封霍去病为冠军侯，意指霍去病功盖诸军。后世国内体育比赛第一名称为冠军，出处便是霍去病17岁封冠军侯。

这一战对霍去病的意义，是他独创的长途奔袭战首战告捷。长途奔袭作战，将是霍去病未来屡战屡胜的不二法门，也成为几百万匈奴人永远的梦魇。

汉武帝爱煞了这位年少英勇的小外甥，亲自为他修建了一座宽敞华宅，意思是说，去病长大了，该盖房子，娶媳妇了。

整日待在军营的霍去病，连看都未看一眼。派人回话汉武帝："匈奴未灭，何以家为？"

这一宣言，千载之后读起来，依旧掷地有声。

2

公元121年春天，这是对每一个大汉子民来说极为重要的一年，也是霍去病彪炳史册的一年。

汉武帝将目光放在了河西走廊。河西走廊东起乌鞘岭，西至玉门关，东西长约1000千米，地形狭长且直，形如走廊，又因地处黄河之西，被称为“河西走廊”。汉初，这里本是大月氏国的地盘。匈奴人打跑了大月氏后，将河西走廊分给了浑邪王部、休屠王部、卢侯王等。

如果汉朝能够夺取河西走廊，至少有四大好处。

一是可重新打通丝绸之路，在经济上与西域诸国互通贸易，拉动国内经济增长，甚至可联络西域诸国夹击匈奴。

二是可解除匈奴人从西线威胁汉朝本土的可能性，大大增加汉朝本土的安全性。

三是河西走廊中部有个总面积300多万亩的大草原，足可以饲养几十万战马。冷兵器时代，拥有了数量庞大的战马，才能变被动挨打为主动出击并能有力防御。

四是如果能消灭盘踞在河西走廊的浑邪王部、休屠王部等部，不亚于砍断匈奴的右臂。

汉武帝对河西走廊志在必得，他做了一个堪称大胆的决定，任命年仅19岁的霍去病为骠骑将军，统率一万精锐骑兵从乌鞘岭沿着河西走廊去探路，摸清匈奴的虚实。

因为汉朝廷对河西走廊的了解，只是通过张骞出使西域途中，经过河西走廊时了解的很少内容。但汉武帝也没指望，这次霍去病率领的区区一万骑兵能取得什么战果，毕竟河西走廊的匈奴数量庞大。

这是霍去病第一次统率骑兵军团作战。他带着张骞画的地图，慨然领命。

霍去病指挥骑兵，在千里大漠中狂飙突进，6天之内，趁着匈奴尚未来得及集结，一口气扫荡了五个匈奴小王部落。在皋兰山，终于遇到了集结起来的匈奴卢侯王、折兰王两部骑兵。

狭路相逢勇者胜。匈奴惨败。卢侯王、折兰王直接被阵斩，汉军斩获首级8960颗。颇为可惜的是，匈奴休屠王部和浑邪王部侥幸逃走。霍去病一直杀到河西走廊的最西边，才意犹未尽地返回汉境。

年轻的霍去病还将匈奴民族的圣物抢了，运回长安给汉武帝当礼物。如果漠南之战有侥幸的成分，河西一战就是真正体现霍去病勇武韬略之战。两军争锋，正面拼杀，不可能存在侥幸。汉朝少年郎视霍去病为偶像，匈奴再次铭记了这位英武的少年将军。

汉武帝从霍去病身上看到彻底收复河西走廊的希望。到了夏季，汉武帝给霍去病东拼西凑了四万骑兵。不仅如此，汉武帝怕霍去病势单力薄，兴致勃勃地为霍去病配备了三位猛人。

第一位，老将李广。唐代王昌龄有诗云："秦时明月汉时关，万里长征人未还。但使龙城飞将在，不教胡马度阴山。"李广乃汉初一代名将，身经百战，多次重创匈奴，人送外号"飞将军"。

第二位，老将公孙敖。此公出身微末，靠着自己的本事，成为一代名将，与匈奴交手了几十年。其当时的名气还在李广之上。

第三位，张骞。众所周知，此公在后世被誉为"东方的哥伦布""丝绸之路的开拓者""第一个睁开眼睛看世界的中国人"等。

可以说，除了卫青之外，汉武帝将朝中最厉害的三位猛人，全部配给了霍去病。汉武帝命令老将公孙敖率领一支精兵，支援霍去病，李广与张骞各领一支军马出右北平，攻击匈奴。

四支军马雄赳赳，气昂昂，皆欲收复河西建立不世之功。结果却颇为尴尬。

"东方的哥伦布"迟到了。"飞将军"急功近利，孤军深入，遇到了匈奴左贤王主力，沦为俘虏。"东方哥伦布"听到李广全军覆没的消息，长叹一声，无功而返。更不可思议的是老将公孙敖竟然迷路了，到了约定时间，还未抵达与霍去病约定汇合的地点。

猛人组合宣告全军覆没。

到了约定时间，霍去病还未等到公孙敖。他皱着眉头，果断传出将令：

“全军出击！”

第二次河西大战，霍去病孤军深入，不带粮草，取食于敌，挥洒自己的千里大迂回战略。迂回，乃是进攻部队避开敌人整个防御体系，向敌之翼侧或后方实施远距离机动而形成合围态势的作战行动。

经过河西一战的洗礼，霍去病骑兵战术越发炉火纯青了。四万汉家骑兵，誓死追随年轻的统帅！

霍去病率军从居延出发，纵横几千里，一路杀至祁连山下，击溃匈奴一个又一个部落。取匈奴将士首级40000余颗，俘虏了匈奴王5个及王母、王子、相国、将军等120多个。

曾经对汉人为所欲为的匈奴不得不唱哀歌：“亡我祁连山，使我六畜不蕃息；失我焉支山，使我妇女无颜色。”到了秋季，盘踞在河西走廊的浑邪王、休屠王陷入深深的纠结中。既害怕因为多次战败受到匈奴大单于的杀害，又害怕被霍去病再来攻打一次。

哥俩商议了一下，索性直接投降汉朝。这是华夏历史上，第一次匈奴部族大规模投降。汉武帝高度重视，任命最能打的霍去病去接管匈奴。

谁知在半道上休屠王后悔了，浑邪王便把他杀了。休屠王部下反了，浑邪王压不住场子。

前来接受投降的霍去病，远远看到匈奴大乱，便率领亲兵直入浑邪王帅帐，喝令浑邪王立即安排手下下战马，扔掉兵器！

浑邪王慌忙答应。霍去病下令：“目之所及，凡匈奴骑马持兵刃者，尽诛之。”

汉军轰然领命。汉军大呼酣战，斩杀匈奴8000人。终于，无人敢逃。

这便是：“骠骑(霍去病)既渡河，与浑邪王众相望。浑邪王裨将见汉军，而多欲不降者，颇遁去。骠骑乃驰入，得与浑邪王相见，斩其欲亡者八千人，遂独遣浑邪王乘传先诣行在所，尽将其众渡河，降者四万余人，号称十万。”

霍去病指挥的三场河西大战，使得匈奴元气大伤，失去了从西边对汉朝廷的进攻威胁。匈奴单于被迫后撤，将大部分的民众北迁，仅在漠南留下少量作战部队。这是匈奴帝国的一次战略后撤。

汉朝取得河西走廊，打通了西汉与西域之间的通道，获得了养马基地，开通了光耀后世的丝绸之路。

3

大战胜利后，霍去病班师回朝，路过金泉，霍去病决定慰劳将士，发生了本故事开头的一幕。

当三军将士听说霍去病要将一坛美酒与大家共享时，露出不解之色。霍去病道："军中禁止饮酒。可是没有庆功酒，吃肉有意思吗？"将士们哄然大笑。

只见霍去病打开酒坛，沿着金泉大步走着，将一坛子美酒倒入其中，琥珀色的酒浆与清澈的泉水融为一体，浓浓的酒香四溢。

霍去病大声道："将士们，我们与匈奴人仇深似海。匈奴人杀我们父母兄弟，侮辱我们姐妹，烧我们的家园，抢我们的财物。我们浴血奋战，九死一生，终于一次又一次打败匈奴，报仇雪恨！今晚，饱餐一顿，共饮酒泉，庆祝我们马踏匈奴！"

三军将士纷纷高呼，霍去病蹲下身子，伸手捧起泉水，咕嘟咕嘟喝了两口，道："这泉水比御酒还香，你们也尝尝！你们快点喝，要不然酒味就散了！"

将士们发出善意的哄笑。

月光下，处处篝火，百胜归来的大汉将士啃着肥滋滋的烤羊肉，喝着混着御酒的泉水，心情舒畅。

不知谁轻声哼唱道："岂曰无衣？与子同袍。王于兴师，修我戈矛。与子同仇！"

渐渐感染了全军，霍去病与将士们引吭高歌道：“岂曰无衣？与子同泽。王于兴师，修我矛戟。与子偕作！岂曰无衣？与子同裳。王于兴师，修我甲兵。与子偕行。”

霍去病指挥的三次河西大战，终于使汉朝得到了河西走廊，汉武帝便在河西地区设立了四个郡，为丝绸之路奠立了基础。

第一个郡名曰：武威。取义大汉耀武扬威。

第二个郡名曰：张掖。取义大汉张开臂膀，拥抱西域。

第三个郡名曰：敦煌。取义为大汉昌盛、繁荣。

第四个郡名曰：酒泉。即昔日的金泉旧地，汉武帝听说霍去病将御酒倒入金泉的事后，特意下旨，改金泉为酒泉，并在酒泉设立酒泉郡，以彰显霍去病的功勋。

霍去病的故事没有结束。

公元前119年春季，休养两年后，汉武帝准备以举国之兵与匈奴决战，这就是漠北大战。汉武帝调集了10万骑兵，随军战马14万匹，步卒50万人。

卫青和霍去病各自统帅五万大军，分东西两路向漠北进发，这是汉朝规模最大的一次远征。

汉武帝下令，霍去病可以优先挑选作战人员。战争前发生了一件乌龙的事。汉军原计划由霍去病出定襄，直攻匈奴大单于。后从俘虏口中得知匈奴大单于在东面。汉武帝于是改变计划，令霍去病出代郡，卫青出定襄，兵分两路北进。由此可见，在汉武帝心中外甥比舅舅更能打。

卫青大军出塞1千余里，涉过大沙漠，与匈奴大单于主力相遇。歼敌约19000人。大单于跑路。卫青稳重，不愿意孤军深入，撤回汉境。

另一路，霍去病大胆地放弃了举国之力准备的物资，坚持取食于敌。他率五万大军深入大漠两千里，不要援军、不要补给，勇往直前。终于，撞到了匈奴左贤王部。

没有废话，直接开打。一场大战，汉军歼敌70400人，俘虏匈奴屯头王、韩王等3人及将军、相国、当户、都尉83人。霍去病乘胜追杀至狼居胥山，并举行了祭天封礼，在姑衍山举行了祭地禅礼。从此以后，封狼居胥，成了中华武将的最高追求。然后，霍去病领兵继续追杀匈奴残部，直至瀚海（今俄罗斯贝加尔湖)。

从此以后，“匈奴远遁，而漠南无王庭”。

困扰中原王朝数百年的匈奴之祸，得到解决。卫霍班师回朝后，举国振奋，汉武帝加封霍去病为大司马。公元前117年，年仅24岁的大汉军神霍去病陨落了。

两千多年了，酒泉至今挺立在河西走廊的要道，始终是一代名城。每一位经过酒泉这座城市的人，均会想起说过“匈奴未灭，何以家为”的霍去病，想起那一场痛饮酒泉的晚宴。

酒泉晚宴，不仅彰显了汉家男儿锐勇敢战、荡尽残贼的气魄，更凸显了霍去病的处世智慧。试问，无酒不成饭局，军中禁止饮酒，何以在晚宴上慰劳百战余生的猛士？

霍去病便将汉武帝赐给他的一坛美酒倒入泉水中，与将士们共饮。将士们喝的不是泉水，而是同甘共苦的精神，是朴实坦荡的情怀。当将士们饮着甘甜的泉水时，感受到与主将的心是连在一起的！

军中将士自然喜欢如此主将，愿意跟随他，保家卫国，建功立业。

无论岁月更迭，“共饮酒泉，马踏匈奴”这句豪言，回荡在河西走廊，彰显着我汉家儿郎的烈烈武功。

煮酒论英雄：天下英雄独使君与操耳

公元199年6月的一天，大汉大司空曹操府邸，后花园一座古朴典雅的凉亭下，两位中年男人正在饮酒谈话。

上等梧桐木制作的桌几上正煮着一鼎热气腾腾的青梅酒，还摆着一盘青梅和几道鲜嫩的时令蔬菜。两个中年男人相对跪坐在编制考究的蒲团上，开怀畅饮，谈兴正浓。

上首的男人，身穿一袭蜀锦黑袍，坐北朝南。他虽然身材矮小，皮肤黝黑，但是腰杆挺得笔直，狭长双眸在开合间，隐隐有一股吞天噬地的气势。

坐在对面的男人，穿一袭破旧的青色长衫，年龄应不足四十岁，皮肤白皙，头发乌黑，额头宽阔，长眉入鬓，一双光华隐现、大异常人的双眼，还有一双宽长浑厚的大耳朵。他肩宽腿厚，腰细臂长，动作天成，神态悠闲自得，再加上笑容和煦谦卑，给人一种亲近感。

原本晴朗的天空，突然阴云渐布。黑云吞吐之势，犹如龙形。两个中年男人喝酒聊天，不知不觉，饮了七八樽酒，上首的男人右手举着酒樽，面带微笑，左手缓缓抬起，食指指向对面男人，又自指胸口，轻声道："天下英雄独使君与操耳！本初等辈不足论！"

适逢一阵巨雷炸响，坐在下首的男人身躯一震，面色苍白，额头沁出冷汗，手中的筷子与勺子“啪啪啪”落到地上。

1

这场饭局坐在上首的男人叫曹操，坐在下首的叫刘备。曹操为什么宴请刘备吃饭喝酒时，说“天下英雄独使君与操耳”呢?

时间回溯到数月之前，大汉司徒府邸会议室里，曹操与麾下文武正在开会，讨论是否诛杀刘备。

此时，纵观天下局势，黄巾起义已经被平定了十几年，汉朝皇权衰落，各地军阀混战。

天下九州实际统治权落在袁绍、曹操等几大军事集团手中。实力最强大的军阀自然是袁绍，他刚击败盘踞在幽州的公孙瓒，统一了冀州、幽州、青州、并州，夺取了黄河以北的大片土地。

其次是曹操。曹操集团 “挟天子以令诸侯”于许昌，通过不断的兼并战争，势力东到兖州、豫州、徐州，西达关中，北至黄河，南至淮河、汉水以北，形成与袁绍集团沿黄河下游南北对峙的局面。

将中国地图沿着顺时针旋转。西北方向的凉州落在马腾、韩遂的西凉军事集团手中，往下依次是占据汉中的张鲁军事集团、占据益州的刘璋军事集团、占据荆州的刘表军事集团、盘踞在南阳的张绣军事集团、长江以南的孙策军事集团及占领小半个扬州的袁术军事集团等。

会议前一个月，曹操攻下了徐州，擒杀了吕布，带着刘备回到许昌。会议开始后，谋士程昱开门见山道：“刘备是世上少有的英雄，不如早点除掉吧。”（“刘备，世之英雄，不如早除之。”）话音刚落，便得到很多人的附议。

曹操将目光看向自己的心腹谋士、鬼才郭嘉。

郭嘉道：“刘备有雄才大略而且很得军心。张飞、关羽都有万夫不当之勇，可为刘备效死尽忠。我看刘备是不会久居人下的，他的图谋很不好说。古人说：‘一日纵敌，数世之患。’还是早点安排比较好。”（“备有雄才而甚得众心。张飞、关羽者，皆万人之敌也，为之死用。嘉观之，备终不为人下，其谋未可测也。古人有言：‘一日纵敌，数世之患。’宜早为之所。”）

郭嘉接着又道：“您披坚执锐，为了百姓，除暴安良，平定战乱，依仗诚心招纳俊杰，唯恐俊杰们不敢相信。刘备素有英雄之名，现在他穷困潦倒，我们却杀了他，不利于您的名声。天下智能之士，则会怀疑你的用心，重新换主公，您与谁来安定天下呢？杀了刘备一个人，令天下人失望，这是实在危险，明公不可不察。”（“然公提剑起义兵，为百姓除暴，推诚仗信以招俊杰，犹惧其未也。今备有英雄名，以穷归己而害之，是以害贤为名也，则智士将自疑，回心择主，公谁与定天下乎？夫除一人之患以沮四海之望，安危之机也，不可不察。”）

曹操做出总结，不能因为杀一个刘备，让天下人对我失望。（“不能因杀一人，而失天下之望。”）

那么，寄人篱下，无地盘、无军队的刘备，为什么被曹操集团称为英雄呢？有必要简单介绍一下刘备。

刘备出身于落败皇族，幼年丧父，少年时以织席贩履为生，奉养寡母。成年后，在同宗的资助下，入洛阳大儒卢植门下，学习数年。及黄巾之乱，他结交关羽、张飞等豪侠，毅然投身政府军，屡经血战，以军功授安喜校尉。因受不了上级勒索，鞭打督邮后，投奔辽东公孙瓒。公孙瓒表奏刘备为平原县令。刘备任职期间，外御流寇，内施仁政，英名渐渐远播。

当黄巾余寇攻打北海郡时，刘备率领县兵，毅然相救。当曹操亲率十万大军攻打徐州时，诸侯们坐观成败，刘备率领两千多人，千里救徐州。徐州牧陶谦年迈，欲让徐州于刘备。刘备坚持不就。陶谦死后，徐州文武世族，推举刘备为首，领徐州牧。他又收留了无家可归的吕布。曹操假天子诏书，命刘备攻打袁术。吕布趁机偷袭徐州。刘备无家可归，暂依吕布。

吕布欲杀刘备，刘备投奔曹操。曹操攻下了徐州，消灭吕布后，带着刘备返回许昌。

这便是刘备，以微寒之身，纵横天下十几年，在身无尺寸之地的情况下，获得勇武、仁义之名，令天下豪杰不敢轻视。即便刘备落魄至极，生死不过在曹操一念之间，曹操、郭嘉、程昱等智谋之士亦不敢轻视他。

2

那么，曹操是如何处理刘备的呢?

客观来说，曹操对刘备是极好的，刘备刚投奔曹操的时候，曹操表奏刘备为豫州牧。（“曹公厚遇之，以为豫州牧。”）

“复表先主为左将军”（左将军是中央军队的高级将领，原则上可以统率中央禁军与地方边军）。此时，刘备的官职全称是汉左将军、宜城亭侯领豫州牧。宜城亭侯是爵位，同样也是曹操借天子的名义册封刘备。

后又攻打吕布，夺回刘备妻女。《三国志·先主传》中记载：“曹公自出东征，助先主围布于下邳，生擒布。先主复得妻子，从曹公还许。”

当年刘备虽然帮助陶谦抵抗过曹操，可是曹操不计前嫌帮助刘备。虽然徐州并未还给刘备，也可以理解。因为曹操是从吕布手中夺的徐州，而且曹操是以天子的名义接管徐州。

曹操与刘备外出时坐同一辆马车，坐时则坐同一个席子。（“礼之愈重，出则同舆，坐则同席。”）

无论古今中外，下属外出时能与领导坐同一辆车子，开会时与领导坐在一起，均能说明领导对下属器重到了极致。

刘备如何对关羽、张飞呢？史称：“食则同器，寝则同床。如玄德在稠人广坐，关、张侍立，终日不倦。”意思是说，三兄弟吃饭时用一副锅碗，睡觉时睡一张床。如果刘备外出见客，关羽、张飞就站在旁边。

（没有“坐则同席”。那为什么也没有“出则同舆”呢？因为刘、关、张比较穷，马车毕竟是奢侈品。由此可见，曹操对刘备虽不知有多少真情实意，至少在形式上，不比刘备对关羽、张飞差多少。）

曹操进行这项投资，目的很明显，便是想收服刘备为己所用。东汉末年什么最重要？当然是人才。曹操有志于统一天下，结束乱世，自然离不开人才的辅佐。白手起家，成为一方诸侯的刘备当然是当世一流人才。曹操麾下文武，除了曹氏、夏侯氏的宗族势力之外，多是从别处跳槽而来的。

曹魏开国，战功彪炳的“五子良将”，只有乐进是曹操自己招募的。张辽曾是吕布部将，被俘后投靠曹操。徐晃曾是军阀杨奉部将，张郃曾是袁绍心腹，于禁是军阀鲍信爱将。曹操均对他们委以重任。

荀彧被曹操誉为“吾之张良、萧何”，郭嘉被誉为“吾之陈平”，这两位仁兄是从袁绍处跳槽而来。贾诩后来是曹操、曹丕的谋主，官拜魏国太尉，他曾是军阀张绣的谋主，多次将曹操折腾得灰头土脸。曹操却对他们言听计从，给与他们建功立业的平台。

曹操麾下之所以谋士如云，名将如雨，皆是因为曹操求贤若渴，胸襟似海。曹操并非穿越者，他并不知道刘备未来会成为自己一生的死敌。所以，他费尽心机，意图收服刘备，可以理解。

面对曹操的拉拢，刘备什么反应呢？史书并无记载。《三国演义》中的刘备种菜，不过是杜撰。不过根据史实，是刘备隐藏了自己的雄心壮志，韬光养晦，骗取曹操的信任之后，溜之大吉。

《三国志·先主传》中记载：“袁术欲经徐州北就袁绍，曹公遣先主督朱灵、路招要击术。未至，术病死。先主未出时，献帝舅车骑将军董承辞受帝衣带中密诏，当诛曹公。先主未发。”

意思是，袁术意图经过徐州，北上投奔哥哥袁绍。曹操派遣刘备总督朱灵、路招两路人马攻打袁术。尚未交战，袁术便病死了。刘备没有出发之前，汉献帝的舅舅车骑将军董承给刘备看了汉献帝衣带诏，秘邀刘备一起诛杀曹操。

（所谓“献帝舅车骑将军董承辞受帝衣带中密诏”，便是历史上著名的“衣带诏事件”。衣带诏是藏在衣带里的皇帝的命令。傀儡皇帝汉献帝受不了曹操的专权跋扈，便划破了食指、中指，书写了一份号召大汉忠臣义士诛杀曹操的血诏放在衣带里，赐予自己的舅舅车骑将军董承，请他负责联络忠臣义士，杀曹操，挽救汉室江山。）

董承联络了刘备。刘备有两种选择：一是答应。曹操权倾朝野，发动兵变成功的可能性几乎没有，只能靠刺杀。曹操出行，皆有勇猛甲士护卫，同样很难成功。一旦事情泄露，刘备必死无疑。二是拒绝。可是刘备自称汉室宗亲，素有忠义之命。如果拒绝董承，甚至向曹操举报，那么心怀汉室的忠义之辈便会对刘备敬而远之。

刘备都没选，而是对董承道：“这件事太重要了。让我慎重考虑一下。”这便是“先主未发”。意思就是刘备暂时没有答应。

如果董承侥幸成功，那么刘备一定没有告密。如果失败，刘备也没有参与这次行动。即使董承等人出卖了刘备，刘备最多也只是知情不报。

做人如此滴水不漏的刘备，终于初步取得了曹操的信任。曹操麾下名将如云，之所以令刘备总督两路军马出征，实质上是对刘备的一次考验。

如果刘备顺利完成任务，并返回许都，那么代表刘备是真心归附。如果刘备趁机逃跑，那么便趁他羽翼未丰，名正言顺地消灭他。

曹操如是打算。

曹操在派遣刘备出征之前，邀请刘备到司徒府吃饭、喝酒、聊天。

国人的饭局不是为了吃饭而吃饭，古今概莫能外。曹操的目的有三个：第一，通过喝酒聊天，进一步加强与刘备的感情；第二，酒后吐真言，曹操试探一下刘备是否真心效忠自己；第三，作为一位伟大的诗人、文学家，曹操具有浪漫主义情怀，他也为了向刘备抒发一番自己的雄心壮志。

说白了，曹操摆这场饭局更多的是为了驾驭刘备，为己所用。

在青梅成熟季节，曹操用青梅煮酒后，与刘备共饮，探讨天下英雄。所以，这场小饭局，被后人称为“青梅煮酒论英雄”。

当刘备被引到司徒府后花园凉亭，应该才略微放松下来。如果曹操因为衣带诏事件杀自己，就不会将自己带到家里的后花园。在东家后院吃饭，是表示亲近。

公元199年6月的一天。天气灰蒙蒙的，大雨好像即将降临，曹操与刘备喝着小酒，吃着小菜，酒过半酣。天上的乌云越来越厚，不断变化，犹如龙形。曹操与刘备开始了较量。

看上去醉醺醺的曹操双目明亮，开始抛出话题道：“您知道龙的变化吗？”（“使君知龙之变化否？”使君是能使百姓过上幸福生活的君子，此处是对刘备的美称。）

刘备一听，瞬间警惕。龙在中国传统文化中是权势、高贵的象征，又是成功或者杰出人物的标志，亦能代表皇权。

刘备道：“我不是很了解。”（“未知其详。”）

第一回合，曹操引出话题，刘备不知曹操的目的，选择了坚守不出。

曹操看着刘备恭谨的样子，慷慨激昂道：“龙能大能小，能升能隐；大则兴云吐雾，小则隐介藏形；升则飞腾于宇宙之间，隐则潜伏于波涛之内。方今春深，龙乘时变化，犹人得志而纵横四海。龙之为物，可比世之英雄。玄德久历四方，必知当世英雄。请试指言之。”

听着曹操说了一大堆话，历经磨难的刘备，心里明白领导酒喝多了，表达欲望增强。身为下属，万万不能抢领导的台词。

刘备试探着回答：“我刘备一个普通人怎么会认识英雄？”（“备肉眼安

识英雄？”）第二回合，刘备将曹操的皮球踢了回去。

曹操不肯接刘备的皮球，又踢给他，道：“别谦虚了，快说。”（“休得过谦。”）

刘备：“因为您的厚爱，我才侥幸身在朝堂，天下英雄人物，我真的不认识。”（“备叨恩庇，得仕于朝。天下英雄，实有未知。”）

曹操不耐烦了，说了一句重话：“你身为朝堂重臣，即使不认识天下军阀，不至于连他们的名声如何都没听过吧。如果你说没听过，未免太不实诚。”（“既不识其面，亦闻其名。”）

第三回合，曹操咄咄相逼，刘备以退为进，即承认自己只是听说过诸侯的名声，没有与他们交往。下面的英雄人物，全是道听途说。

刘备道：“淮南的袁术，兵粮充足，可以称为英雄吧？”（“淮南袁术，兵粮足备，可为英雄？”）

刘备抛出的第一个英雄是袁术，因为袁术曾将刘备打得全军覆没。刘备先说仇人，既体现了他气度恢宏的格局，也显示了他的机智。

曹操笑道：“袁术是坟墓里的枯骨头，我早晚能擒住他。”（“冢中枯骨，吾早晚必擒之！”）

刘备道：“河北的袁绍世代官居高位，现在占据冀州，有很多能干的部下，这可以称得上英雄吧？”（“河北袁绍，四世三公，门多故吏；今虎踞冀州之地，部下能事者极多，可为英雄？”）第二个英雄，刘备说了北面的袁绍。

曹操笑道：“袁绍是一个虚张声势，喜欢权谋却无胆识的废物。”（“袁绍色厉胆薄，好谋无断；干大事而惜身，见小利而忘命；非英雄也。”）

刘备道：“刘表名称八俊，威镇九州，是个英雄。”（“有一人名称八俊，威镇九州：刘景升可为英雄？”）刘备又提了南面的荆州集团的统帅刘表。

曹操道：“刘表虚有其表，不是英雄。”（“刘表虚名无实，非英雄也。”）

刘备道：“孙策血气方刚，是江东的领袖，是英雄吧？”（“有一人血气方刚，江东领袖——孙伯符乃英雄也？”）这一次，刘备说了江东军事集团的青年领袖孙策。

曹操道：“孙策只不过是一个靠着老子名声的官二代而已，不是英雄。”（“孙策藉父之名，非英雄也。”）

刘备道：“益州的刘璋可以称为英雄吗？”（“益州刘季玉，可为英雄乎？”）

曹操道：“刘璋只是一条看门狗而已，如何称得上英雄？”（“刘璋虽系宗室，乃守户之犬耳，何足为英雄！”）

刘备问道：“那像张绣、张鲁、韩遂等人呢？”（“如张绣、张鲁、韩遂等辈皆何如？”）曹操鼓掌大笑道：“这些都是碌碌无为的小人，不值一提。”（“此等碌碌小人，何足挂齿！”）

刘备道：“除了这些，其他的实在不知道有谁了。”（“舍此之外，备实不知。”）

第四回合，刘备历数天下诸侯，唯独没有提曹操，明显是将吹牛的机会留给曹操。

值得一提的是，刘备背后夸人十分有技巧。我们知道，夸人要夸到点子上。从当时的实际情况来说，袁术已经沦为丧家之犬了，何来的兵精粮足？袁绍以一渤海太守为起点，统一了中国黄河以北的广袤土地；刘表趁着董卓当权时，得到一个荆州牧的空名，单枪匹马，说服荆襄世族支持自己；孙策以三千人，征服江东六郡，又岂止血气方刚？

刘备揣摩曹操的心理后，对这些军阀明褒实贬。如果刘备真的举出袁绍、孙策等人英雄的事迹，领导曹操如何能通过贬低别人，提高自己呢？酒席便冷场了。

曹操将天下军阀黑了一番后，开始吹牛，道：“夫英雄者！胸怀大志，腹有良谋，有包藏宇宙之机，吞吐天地之志者也。”

曹操认为，所谓英雄有四个要素：第一是胸怀大志，第二是腹有韬略，第三是善于抓住时机，第四是能建功立业。

曹操当然是符合四个要素的，青少年时的曹操便不畏权贵，勤政爱民，为大汉朝不懈奋斗。曹操满腹韬略，少有人可比。善于抓住时机，更是曹操的绝活。此时，统一了中原的曹操当然也建功立业了。

如果是普通人，早就迫不及待地溜须拍马了。可是刘备依旧非常沉得住气，他诚恳地问道：“那谁能称得上英雄呢？”（“谁能当之？”）

刘备本以为曹操会拍着自己的胸脯说：“当然是我！”

谁知，曹操手指刘备，后自指，道：“天下英雄，只有你刘备与我曹操！袁绍这些人都不足挂齿。”（“今天下英雄，惟使君与操耳！本初等辈不足虑。”）

刘备感到一股凉气从脊梁骨直冲而上，心念急转：这天下虽大，也容不下两位英雄，曹操想当英雄，一定要杀了我啊！难道曹操看到了我的雄心壮志？

正巧，天边闪过一声巨雷。刘备胆战心惊，筷子与勺子均落到地上。

时间只过了几秒钟，刘备从容地弯腰，捡起了筷子与勺子，道：“我被雷声吓坏了！”（“一震之威，乃至于此。”）

曹操笑着问道：“大丈夫也怕打雷吗？”

刘备抹了一把冷汗道：“圣人也怕雷声，我怎么能不害怕。”

第五回合，曹操试探刘备的反应，刘备借助雷声掩饰了自己的失态。二人心照不宣地结束了饭局，没有再提英雄的事。

3

饭局上，曹操霸气逼人，对天下英雄指指点点，刘备为了获得曹操的信任，小心翼翼地当一个捧场者，将出风头、指点江山、吹牛的机会，全部让给了领导。

领导在酒后，悄悄对某个刚收服的下属说，全单位只有咱们两个是英雄，其余全是废物。首先，确是对这位下属的认可，其次也是抬高下属的身价，令下属感恩戴德。

当刘备的筷子与勺子均落在地上时，曹操错认刘备是受宠若惊，被自己的人格魅力、胸襟气度所折服。完全存在这种可能，因为中年曹操一直认为自己是大汉忠臣、能臣，从来没有认为自己是乱臣贼子。他意图收服对汉室忠心又有能力的刘备，辅佐自己兴复汉室，是正常的现象。

所以，曹操给了刘备领军出征的机会。

于是，刘备一去不回头。

岁月不居，二十年内，袁术被曹操逼死，孙策被刺杀，袁绍被曹操气死，刘表被曹操吓死，张鲁、张绣投降了曹操，刘璋被刘备解决。

曹操、刘备青梅煮酒时，谈论过的军阀全部灰飞烟灭。

公元219年，汉中。

曹操、刘备两位意气风发的中年人已经两鬓斑白、垂垂老矣，他们成了实力可以抗衡的诸侯，他们均是一方雄主，他们麾下均有无数精兵强将，他们站在时代顶点，进行宿命对决。

两人遥望对方军帐，耳畔响起青梅煮酒论英雄时的那句话："今天下英雄，惟使君与操耳！"

汉中之战，曹操败走，同年，刘备进位汉中王。

次年，曹操病故。其子曹丕篡汉登基，立国号为魏，尊曹操为魏武帝。公元221年，刘备在成都称帝，立国号为"汉"。公元223年4月，刘备病故，谥号昭烈帝，庙号烈祖。

群英会：同学聚会最好的样子

公元208年，深秋的一天。

江东军营帅帐内鼓瑟齐鸣，帐内弥漫着酒香、肉香。江东大都督周瑜身穿一袭便服，正在款待远道而来的同窗好友蒋干。宽阔的帅帐内，素土夯实的地面上，摆着十几张食案。案上摆着水果与酒食。

周瑜坐在居中朝北主位，蒋干坐在西向位，下首一位江东文士作陪，东向依次是老将程普、鲁肃等人，再往下是江东文士、将军。

国人热情好客，崇尚有朋自远方来，不亦乐乎，何况周瑜与蒋干本是少年时的同窗好友，经年不见，自然格外亲热。

坐在主位的周瑜，举起一杯酒，微笑着对蒋干道："子翼，你我学业结束后近20年没见。今日相逢，当不醉不归。饮胜！"

蒋干瞧着雄姿英发、神采飞扬的周瑜，端起酒杯道："公谨英名远播，名冠九州，真令我等故人不胜羡叹！饮胜！"二人将杯中酒一饮而尽。

坐在右上首的老将程普，从食案上拿起酒杯，问道："子翼先生，远来江东，所为何事？不知是不是受曹孟德之命？"

帐内热切的气氛，似乎因为这句话，略微冷了下去。蒋干捋着胡须，淡然一笑道：“蒋某此来，一来与公谨经年不见甚是想念，二来久闻江东英杰大名，特来拜会。实与曹公无关！”

程普嘿嘿笑道：“但愿如公所言，老夫先干为敬！”说完仰头便干了一杯。

蒋干一手举杯，一手颇为潇洒地举袖遮挡，道：“老将军，请！”

鲁肃道：“大都督挚友远来，今日当痛快饮酒，不谈俗事。来来来！我等共敬子翼先生一杯！”

周瑜看着众人笑道：“今日群英荟萃，这次宴会便叫群英会吧。”

1

饭局的东家周瑜，字公谨，出生于东汉灵帝熹平四年（公元175年）。

周瑜少年时曾居住在洛阳，跟很多士族子弟一样跟随大儒做学问。在学堂里，他结识了蒋干、顾雍等同窗，共同学习儒家六经等学问。

同窗的家庭背景、志向、性格本不相同，只不过因为求学同一位老师，在同一片环境下学习，才有了数年的交集。毕业后，大家吃一场散伙饭，互道珍重后，便各奔东西，追求各自的梦想，寻找各自人生路上的知己了。

历史的长河浩荡向前，总会将一些杰出的人推至风口浪尖。周瑜尚未成名时便是人中之杰。现在的我们仅仅从史书的只言片语中，便可略窥一二。

周瑜出身于官宦世家。堂祖父与堂叔皆曾官拜汉朝太尉（军队总司令），父亲周异曾任洛阳令（首都市长）。

周瑜身姿挺拔，相貌堂堂。史称：“长壮有姿貌。”而且他还精于音律。史称：“瑜少精意于音乐，虽三爵之后，其有阙误，瑜必知之，知之必顾。”这句话的意思是周瑜年少时，就精通音律。即使是酒喝多了，有人弹奏音乐时，节奏略不和谐，他也能听出来。然后，他会瞅一眼弹奏音乐的人。这便是“曲有误，周郎顾”的典故。

公元184年，爆发了黄巾起义，大汉朝九州震荡。尔后，黄巾起义被平定了，地方军阀开始厉兵秣马，对大汉朝廷爱搭不理。

在大汉朝京城，宦官集团、外戚集团、士大夫集团三股主要的政治力量明争暗斗，甚至浴血厮杀——“城头变幻大王旗，你方唱罢我登台”。

至西凉军阀董卓入京时，宦官集团与外戚集团几乎同归于尽，士大夫集团也元气大伤。皇权失去了保护力量。君子不立于危墙之下。这样乱哄哄的朝堂，周瑜的父亲周异辞去公职，举族搬回了故乡——庐江舒县。

公元190年，关东诸侯兴兵讨伐董卓。在平定黄巾起义中，战功赫赫的孙坚也率兵加入了讨董联军。出发前，孙坚将家人安置到了庐江舒县。

在此期间，孙坚长子孙策与16岁的周瑜一见如故，顿生相见恨晚之意。论年龄，两人同年出生，孙策仅比周瑜早出生几个月。而且二人皆是名门子弟。一个是性格刚毅、英武非凡的未来江东小霸王，另一个是性格儒雅、雄姿英发的未来江东美周郎。两位少年惺惺相惜、情投意合，周瑜为人大气，将自家一份大宅子送给孙家居住。

二人互访时，均先入后堂拜访对方的母亲。这便是成语“升堂拜母”的由来。与蒋干等因时而聚的同窗相比，孙策才是周瑜自由选择的知己。

天下一直在战乱中，军阀互相攻击，抢人、抢粮、抢地盘。一年后，孙坚攻打荆州时阵亡了。孙策继承了父亲的旧部，依附另一位大诸侯袁术，举家迁到江都（今江苏省扬州市）。孙策、周瑜挥泪作别。

2

岁月不居，到了公元195年。孙策在袁术麾下蛰伏数年后，向袁术请令，率领两千人马，攻取江东一带。大军开拔前，孙策给周瑜写了一封信，邀请他出山。

周瑜变卖家产，集合三千家丁部下拉着军需辎重，助孙策一臂之力。

孙策拉着周瑜的手，激动无比，道：“好兄弟，有了你，事就能成了。”

（“吾得卿，谐也。”）

周家在庐江是名门望族，以周瑜的才干韬略，如果自己创业，完全能打下一番基业，可他却甘愿率领全部家底帮助孙策。由此可见，在“义”与“利”面前，周瑜毫不犹豫地选择了前者。

在扫平江东大小军阀的战斗中，周瑜的军事才华日臻纯熟。

当孙策攻下横江、当利、秣陵、曲阿等处时，麾下已经拥有几万人马。他对周瑜说道：“我现在的人马攻打吴地，平定山越已经够了。兄弟，你替我镇守丹杨吧。”（“吾以此众取吴会平山越已足。卿还镇丹杨。”）

丹杨，今安徽宣城一带，正是孙策军马的后路所在。孙策考虑到大军的后路需要一位令他信任又能力超凡的人镇守。周瑜正合适。听到兄弟这样安排，周瑜二话不说，立刻返回丹杨，为兄弟看管大后方，使孙策能一往无前，攻略江东。

当然，也有另一种推测。亲兄弟也要明算账。

从名义上讲，孙策与周瑜是合伙关系，二人身份平等。从实力上，孙策攻打江东之初，只有两千人马，而周瑜却有三千。在能力、人格魅力、家世背景等方面，周瑜丝毫不在孙策之下。孙策需要更多的军功，来提高自己的威望。暂时支开周瑜，孙策占据绝对优势，确定君臣名分后，再收复周瑜，未尝不是一种理智的选择。

在周瑜返回丹杨途中，袁术已派自己堂弟镇守在丹杨。周瑜只好回家休息。袁术听说了周瑜的才干，想将周瑜调到身边重用。周瑜看出袁术不是一个能干大事的人，以年幼无知、能力有限为托词，委婉地拒绝了袁术。

周瑜那时还很年轻，只有21岁。周瑜的聪明之处，在于他并未彻底拒绝袁术。他请求袁术任命自己为居巢长，令自己有机会学习民政，将来为袁大将军效劳，如是云云。袁术同意了。

居巢在今安徽巢湖一带。居巢长就是类似于县令的职务。周瑜为什么选择居巢呢？因为此处靠近长江，随时可以再次投奔孙策。

周瑜在居巢认识了一位有趣的人。话说周瑜带着几百兵丁到了居巢后，缺粮食了，便向当地一位土豪借点。这位土豪家里有两大仓米，每仓有三千斛。听说周县长要借粮食，他指着一个粮仓道："直接拿去！"这便是成语"指囷相赠"的由来，意指慷慨地帮助朋友。

周瑜也被他的大气震惊了，从此，与他成为一生的好友。可以理解，在别人危难的时候，予以帮助，自然容易获得对方的真心相待。这位土豪叫鲁肃。

周瑜耐心地等待，孙策终于平定了江东大部分地盘，人称"小霸王"。孙策已经是一方实力雄厚的诸侯，在军中、民间拥有了绝对的威望。周瑜毫不犹豫地率领全族老小，渡过长江，投奔孙策。

孙策听说周瑜归来，大喜。他亲自率领麾下文武，出城几十里迎接。孙策对周瑜好到没的说，先封官，建威中郎将，又送两千士兵，五十匹战马。江东不产战马，一匹战马的价格远比十名士兵珍贵。

孙策又给周瑜在城里的黄金地段盖了一所大宅子（"为治馆舍"）；知道周瑜喜欢音乐，甚至还送给周瑜一个乐队（"策又给瑜鼓吹"）。孙策对周瑜的赏赐，超过同期很多人（"赠赐莫与为比"）。

孙策意犹未尽，在城里通知栏上张贴公文："周公瑾英俊异才，与孤有总角之好，骨肉之分。如前在丹杨，发众及船粮以济大事，论德酬功，此未足以报者也。"公文的意思是，周瑜是英俊潇洒的当世奇才，和我是亲如骨肉的好兄弟。之前在丹杨，周瑜倾家荡产，给我人马、钱粮、船只，帮我做事。论友情与功劳，无论我怎样报答他，都难以偿还。

那一年，周瑜与孙策均是24岁。江东之人称他们为"周郎""孙郎"。（郎就是年轻的小伙子、帅哥。）

这两个人不仅长得帅，行为也帅。二人联手攻城略地——"以瑜恩信著于庐江，出备牛渚，后领春谷长。顷之，策欲取荆州，以瑜为中护军，领江夏太守，从攻皖，拔之。”（中护军是孙家中军的统帅，江夏太守是民政“一把手”，军政大权一把抓。）

周瑜也没有令人失望，攻下了合肥一带。当时江东有一对美丽的姐妹——大乔与小乔。孙策娶了大乔，周瑜娶了小乔。

周瑜官场、情场、战场，场场得意。

幸福的时光总是短暂的。建安五年（公元200年），东吴基业的开创者孙策被刺杀身亡。他弥留之际，安排孙权继位，政务由老臣张昭辅佐，军务以周瑜为首。此时，周瑜还在江夏前线与黄祖厮杀，闻此噩耗，慌忙赶回吴郡。

在江东之外，有荆州刘表虎视眈眈，北方的袁绍与曹操正在生死大战，无论谁取得了胜利，都不会放过江东之地。甚至，江东内部也不安稳。

据《三国志·吴志·吴主传》中记载：“是时，惟有会稽、吴郡、丹杨、豫章、庐陵，然深险之地犹未尽从，而天下英豪布在州郡，宾旅寄寓之士以安危去就为意，未有君臣之固。”

孙权那时只有19岁，江东地盘还不是很大，而且内部并未完全臣服，那些士族随时准备为自己换一个老板。这样危机重重的时刻，周瑜强忍悲痛，做了四件巩固江东政权的大事。

一是从前线带领精兵返回吴郡，担任中护军。身经百战、威名赫赫的周瑜为孙权坐镇中枢，有异心之徒也不敢轻举妄动。周瑜与张昭共同管理军政。

二是以侍奉主公的礼仪对待孙权。孙权虽然在实际上继承了孙策留下的地盘，但是从名分上来说，只是一个普通的将军，再加上年幼，并无什么威望，江东文武普遍没把孙权当回事，见了孙权礼仪非常随便。名不正则言不顺，言不顺则事不成。周瑜以身作则，以臣子对待君王的礼仪侍奉孙权。有了周瑜的率先垂范，大家也只好跟着来。

三是推荐贤才。周瑜深知鲁肃的人品才干，热情邀请鲁肃到江东效劳。鲁肃欣然从之。孙权与鲁肃也是一见如故，被鲁肃的学识、眼光深深震惊了。当天两人便同榻而眠。鲁肃，杰出的外交家、战略家，后来成为东吴政权的擎天之柱。

四是拒绝向曹操送子为质。公元202年，曹操统一北方后，让孙权把儿子送来做人质。孙权举棋不定，便召集群臣会商。大臣们众说纷纭。周瑜立场坚定，坚决反对送人质："现在将军您继承父兄的余威、旧业，统御六郡，兵精粮足，战士们士气旺盛。人心安定，士风强劲，所向无敌。为什么要送质于人呢？人质到曹操手中，我们就不得不与曹操相呼应，也就必然受制于他。"

"南北必有一战，不必送儿子当人质。"

孙权情不自禁地夸赞周瑜："公瑾雄烈，胆略兼人。"又是数年过去，周瑜率领军马南征北讨，逐渐平定内部，江东的势力蒸蒸日上。

曹操渐渐扫平北方，拥兵百万，挟天子以令诸侯。他将目光投到了南方——盘踞在荆州的刘表、刘备，以及江东的孙氏政权。

公元208年7月，曹操进位丞相后，亲率20余万精锐南下，他的目标天下人都知道，那就是扫平刘表、刘备、孙权等南方诸侯，一统天下。

曹操大军轰隆隆南下时，荆州牧刘表病故。荆州新的继承人刘琮二话不说，果断投降。曹操几乎兵不血刃，就得了荆州之地。刘备势单力薄，只有南逃。曹操得到荆州的地盘、军队、人口、钱粮后，志得意满，给孙权写了一封信，语气还挺幽默："最近，我奉天子之命，讨伐叛逆，军旗向南，刘琮降服。我统领水陆军八十万人，将要与将军在吴地一道打猎。"

80万人，自然是吹牛了。曹操在对江东动用武力之前，先实行心理战。效果非常好。江东文武人心惶惶。孙权面色阴沉，召开会议，将这封信传阅给江东文武。一时之间，张昭、薛综等重臣用各种理由劝说孙权投降曹操。

张昭最为积极，道："曹公豺虎也，然托名汉相，挟天子以征四方，动以朝廷为辞，今日拒之，事更不顺。且将军大势可以拒操者，长江也。今操得荆州，奄有其地，刘表治水军，蒙冲斗舰，乃以千数，操悉浮以沿江，兼有步兵，水陆俱下，此为长江之险，已与我共之矣。而势力众寡，又不可论。愚谓大计不如迎之。”

这番话听起来冠冕堂皇，有两层意思：第一层，曹操的性子比虎狼还要凶残，又是大汉丞相，挟持天子以征战，以天子的名义发布命令。你孙权一个小小的臣子，抵抗曹操，名不正言不顺。

第二层，曹操与我们一样占有长江天险，有数以千计的艨艟战船，加上步兵的优势，我们细胳膊扭不过曹操大腿。所以，干脆投降曹操算了。

周瑜听不下去了，在孙权的会议室里，阐述了以下几点：

“操虽托名汉相，其实汉贼也。”——在政治上，否定曹操。

“将军以神武雄才，兼仗父兄之烈，割据江东，地方数千里，兵精足用，英雄乐业。当横行天下，为汉家除残去秽。”——分析抗曹的内因，主公英明神武、家族光荣、地盘几千里、兵精粮足、人才众多。应当横行天下，为汉家江山扫除曹操这样的污秽之辈。

“今使北土已安，操无内忧，能旷日持久，来争疆场，又能与我校胜负于船楫间乎？今北土既未平安，加马超、韩遂尚在关西，为操后患。且舍鞍马，仗舟楫，与吴越争衡，本非中国所长。又今盛寒，马无藁草。驱中国士众远涉江湖之间，不习水土，必生疾病。此数四者，用兵之患也，而操皆冒行之。”——曹军远途跋涉，疲惫不堪；天气寒冷，战马缺草吃；北方人惯习陆战不擅水战，水土不服；马超、韩遂尚在关西，为曹操的后患。

“将军擒操，宜在今日。瑜请得精兵三万人，进住夏口，保为将军破之。”——现在是活捉曹操的好机会，我带三万人马就能为你消灭他。

“况操自送死，而可迎之耶？”——论点是曹操来送死，我们就成全他。好一个“操自送死”，当时天下九州，曹操已经占据了七州。战绩上，天下枭雄除了刘备之外，几乎与曹操过招的全被除掉。兵力上，曹操雄兵百万，良将千员。政治上，曹操挟天子以令诸侯。

江东大部分重臣都想如何投降曹操，周瑜却说：“你们别怕，曹操是来送死的！”

江东群英目瞪口呆地盯着雄姿英发、侃侃而谈的周瑜。孙权热血沸腾，豁然起身，铿锵一声，抽出宝剑，大叫道：“曹操这老贼想要谋朝篡位也不是一两天了，他忌惮的只有袁绍、袁术、吕布、刘表和我而已。如今他们全被消灭了，只有我还在。我和曹老贼势不两立！公谨说得好，甚合我意，你简直是老天赐给我的！”（“老贼欲废汉自立久矣，徒忌二袁、吕布、刘表与孤耳。今数雄已灭，唯孤尚存，孤与老贼，势不两立。君言当击，甚与孤合，此天以君授孤也。”）

孙权又道：“我在后方为你准备粮草资助，你先上，如果干不过曹操，我亲自上！”（“卿能办之者诚决，邂逅不如意，便还就孤，孤当与孟德决之。”）

周瑜向着孙权抱拳一礼，大步离开，返回军营，点将出发。周瑜统率的数万精锐，将要与曹操指挥的几十万水陆大军过招。两军在赤壁相持。

3

北岸大营中的曹操，在谋士的建议下，决定派遣使者劝说周瑜投降。

曹操的想法不难猜测。能说服周瑜投降的话，就能兵不血刃地解决江东集团。即使周瑜不降，离间周瑜与孙权的关系，削弱一下东吴大军的抵抗决心，也不错。

曹操听说九江名士蒋干与周瑜在少年时期曾是同窗好友，便命蒋干为使。

蒋干，字子翼，在江淮一带非常有名气，史称：“干有仪容，以才辩见称，独步江、淮之间，莫与为对。”意思是说，蒋干长得帅，能言善辩，是江淮一带口才最好的人。

蒋干接到曹操的命令后，长叹一声，便穿戴着葛巾布袍，带着两个童仆，驾着一叶扁舟，渡过长江，去见周瑜。（“乃布衣葛巾，自讬私行诣瑜。”）

蒋干颇有名士风采。他受曹操的委托劝降周瑜，可是并未选择穿官服，带仪仗、随从，以朝廷或者曹丞相使者的身份，而仅仅以私人身份，着便服，孤身一人远赴敌营。自古以来，两国交战，不斩来使，可没有说不斩敌营故人的。

当周瑜听说多年未见的老同学来见自己时，明白曹操给自己出了一道难题。周瑜有两个选择：一是拒绝见蒋干，或者杀了蒋干。这样会弱化己方士气，缺乏气度、胸襟。二是见蒋干。即使义正词严地拒绝蒋干，那么也会传出闲言碎语。何况，江东士族抵抗曹操的决心很弱，老资格的武将程普等人并不服年轻的周瑜，如果他们利用此事大做文章，实不利于抗曹大业。

周瑜选择第三种方式，邀请帐下文武参加自己与蒋干的同学聚会。一切谈话光明正大，随便犒劳一下手下。

于是，便发生了本故事开头的一幕。酒足饭饱后，周瑜拉着蒋干，在江东群英的簇拥下，一同参观军营。周瑜大声道：“大丈夫处世，遇知己之主，外托君臣之义，内结骨肉之恩，言行计从，祸福共之。假使苏张更生，郦叟复出，犹抚其背而折其辞，岂足下幼生所能移乎？”

江东群英听到大都督慷慨激昂的话后，心中钦佩不已，胸中充满豪情。周瑜在江东军营的威望大增。

蒋干听闻此言，只是笑笑，没有说话。他心想，你周郎习文练武后，征战沙场，名震天下，连曹丞相都对你颇为忌惮。我蒋干虽然只是一介书生，在曹丞相麾下，足可混碗饭吃，并非有求于你，何必啰里啰嗦，让你轻视。

这便是两位老同学的默契。周瑜明白蒋干奉曹操之命，身不由己。大家都是混口饭吃，可以理解。老同学一场，我热情招待你便是，劝降的话，免开尊口。

蒋干明白周瑜的处境，需要在众人面前表现抗曹决心。所以，他并未说

“识时务者为俊杰”“曹丞相乃天命所归”之类的。

周瑜拱手送别蒋干时，道：“子翼，有空的时候，常来江东。”（“子翼，若有闲暇，常至江东。”）

蒋干深深地看了周瑜一眼，拱手道：“公谨，愿你一展胸中所学。愿我们的友谊天长地久。”

“子翼，珍重！”

“公谨，保重！”

待到蒋干的小船远远驶去，再也看不见时，周瑜长叹一声，返回大营。他明白，也许这辈子再也见不到这位老同学了。

蒋干返回曹营后，对曹操道：“周瑜气度宽宏，情致高雅，不是一些话就能离间的。”（“周公瑾气度宽宏，情致高雅，非言辞所能离间。”）

外交手段无法解决周瑜，曹操便只有通过军事手段了。赤壁大战，曹操中了周瑜的火攻计、诈降计，全军大败。赤壁的一把大火，烧毁了曹操一统天下的梦想，成全了周瑜的盖世英明，也奠立了后来三国鼎立的基础。

千百年后，罗贯中以周瑜与蒋干的这场同学聚会为原型，在《三国演义》中描写了一个极为精彩的篇幅——“群英会蒋干盗书”。说的是，赤壁之战前蒋干主动为曹操当说客，企图说服周瑜反叛孙权。周瑜忌惮蔡瑁和张允帮助曹军训练水军，便将计就计，摆下“群英会”，装成酒后熟睡的样子，诱使蒋干盗走张、蔡二人的“投降书”，以反间计除去了张、蔡。

小说虽然精彩，但拉低了周瑜、蒋干、曹操的智力水平。在群英会这场饭局上，周瑜带着属下们，光明正大地宴请敌军使者，坦言自己的胸怀抱负、人生志向。另外，也告诉将士们，曹操企图招降我，说明他忌惮我们江东英杰，不愿意与我们兵戎相见，鼓舞了将士们的自信与斗志。

蒋干的表现，不是《三国演义》中怯弱、愚蠢的腐儒，而是充满了名士气度。知事不可为，便在饭局上坦然饮酒吃菜，谈笑自若，不提招降的事。

群英会是一场记载于正史的同学聚会。我们可以从史书中看出周瑜、蒋干两位名士对同学聚会的态度，不炫耀、不讨论工作，不牵扯利益，不耗费过多时间，还有少喝酒。

因为十几年不见，大家圈子不同，朋友不同，生活环境不同，三观未必一致，除了回忆几句往事外，也没什么好谈的。周瑜的知己好友过去是孙策，如今是鲁肃、孙权，从来不是蒋干。蒋干的朋友圈是江淮一带的文士，与周瑜也没什么交集。与其将时间用在过去的同学身上，不如将宝贵的时间投入事业中。

群英会后，周瑜火烧赤壁、攻打南郡，忙得一塌糊涂，蒋干继续当自己的江淮名士。各自生活，各自安好。从这个意义上来说，群英会大概便是同学聚会最好的样子——没有忘记彼此曾经的友谊，不给如今的彼此添麻烦，相聚一笑，寒暄几句，共饮两杯，各奔东西，足矣。

单刀赴会：饭局只是战局的延续

公元215年深秋的一天，秋风萧瑟，万物寂寥。长江中下游南岸一个叫益阳的小地方的毗邻长江处，长着一片片密密麻麻的芦苇丛，看上去一片金黄。可令人奇怪的是，在瓦蓝的天空之下，芦苇丛之上，却盘旋着一大群鸟儿，不肯下落归巢。

芦苇丛中央，有一座古朴、大气的凉亭。凉亭里，摆着两张食案，南北相对。凉亭外，古道边，几十位气势精悍、身穿便服、挎着腰刀的壮汉，簇拥着一位文士打扮的中年人，一起眺望北方。

这位文士便是江东大都督鲁肃。鲁肃中等身材，相貌忠厚，目光柔和、深邃，给人一种如沐春风的感觉。他左右两侧紧握着刀把的彪形大汉，分别是江表虎臣周泰、潘璋。

周泰问道："大都督，关羽真敢单刀赴会吗？"

鲁肃负手而立，淡淡道："我与云长相交多年。他性格高傲，从不失信于人。既然许诺，必然会来。"

潘璋道："此人性格狂妄自大，早晚必被我生擒！"

鲁肃瞥了潘璋一眼，道："我料云长不过是砧上鱼肉，不必妄动干戈。传令吕蒙、甘宁在芦苇丛中小心隐藏，没有我的命令，不准轻举妄动！”

周泰、潘璋拱手道：“诺！”

不久，百十骑奔腾而来，尘烟四起。一位骑士扛着一杆大旗，在风中招展，显出一个大“关”字来。当先一匹高大红驹上的大将穿一袭青袍，身高九尺，赤面长须，丹凤眼，卧蚕眉，相貌堂堂，貌如天神。他便是替刘备镇守荆州的汉寿亭侯关云长。

鲁肃凝目盯着关羽，抬手道：“准备酒食，迎接关羽。”关羽摆手，下马，命骑兵队伍留下，带着几名将军，挎着腰刀，大步走向鲁肃。

鲁肃哈哈大笑，走上去迎接，道：“君侯，别来无恙！”关羽抱拳道：“子敬，多日不见！关某甚是想念。”

二人携手，步入凉亭，共叙往事，谈兴颇浓。鲁肃挂着和煦的微笑，只是向关羽殷勤敬酒，关羽品着美酒，吃着佳肴，谈笑自若。

酒至半酣，菜过五味，略带醉意的鲁肃瞅了一眼狼藉的杯盘，突然向关羽问道：“君侯，刘使君借江东的荆州何时归还啊？”

话音刚落，关羽面无表情，仰头又喝了一杯酒。鲁肃、关羽麾下的武将下意识地握紧了刀把，紧盯着对方的一举一动。

1

鲁肃提到的“刘使君”是指刘备。“使君”是指能使百姓过上幸福生活的君子。“刘使君”是对刘备的美称、敬称。至于“借荆州”的事，要从公元208年的赤壁之战谈起。曹操统一北方后，统率30万大军南下。目的很明显，便是扫荡荆州刘表、刘备，以及江东的孙权等南方诸侯。

曹操大军尚未至荆州，刘表便惊吓而死，其子刘综果断投降曹操。这就坑苦了刘备。在抗曹前线的刘备仓皇南逃。荆襄百姓十余万人唯恐曹操屠城，便呼朋唤友，扶老携幼，跟随刘备逃跑。

曹军虎豹骑追杀至当阳长坂坡。刘备又迎来人生的一场惨败，全军覆没。刘备仅带着诸葛亮等数十名心腹杀出重围，两个女儿也做了曹军的俘虏。如果不是张飞智断长坂桥，赵云拼死救阿斗，刘备父子几乎性命难保。

一直逃到夏口，一行人才稳住阵脚。此处有刘表大儿子刘琦的一万多人马，自然“暂时”归刘备指挥。打算观望的江东孙氏政权，惊奇地发现荆州那么快就沦落到曹操手中！孙权急忙派遣鲁肃过江，联系刘备。

诸葛亮“受任于败军之际，奉命于危难之间”，随着鲁肃过江东，与孙权结成“孙刘联盟”，共抗曹操。在赤壁，孙刘联军的总指挥周瑜，用“苦肉计”“诈降计”“火烧计”一举打垮了曹操的水军。之后，刘备亲率大军，偷袭了曹操的陆军。曹操败回南郡。

史书称赤壁之战奠立了天下三分的基础。为什么呢？因为赤壁之战后，曹操失去了统一天下的最佳机会，江东政权的实力与地位大增，刘备则趁机崛起！

兵家必争的荆州七郡被刘备、曹操、孙权三家瓜分。曹操占据荆州北部最大的南阳郡、南郡。孙权得到江北的江夏郡后，攻打南郡。

刘备趁着曹操舔伤口、孙权攻打南郡时，以刘琦的名义，说服了大部分荆州世族支持自己，趁机攻占了荆州南部四个郡，即长沙郡、零陵郡、桂阳郡、武陵郡。很快，刘琦便英年早逝。

漂泊半生的英雄刘备，身为大汉左将军、豫州牧、宜城亭侯、刘表族弟、大汉皇叔，又得到了荆州世族的支持，终于统领了荆州四郡，拥有了一块稳定的基业。赤壁之战，最大的受益者是刘备。

南郡的位置比较尴尬，紧挨着曹操掌控的南阳郡。孙权占据着南郡，就只能当免费的保护伞。曹操南下时，孙权要独自对抗曹操。因为刘备所占领的四郡之地并不与曹操接壤。

诸葛亮曾经为刘备提出的《隆中对》战略，明确提出：“荆州北据汉、沔，利尽南海，东连吴会，西通巴、蜀，此用武之国，而其主不能守，此殆天所以资将军，将军岂有意乎？益州险塞，沃野千里，天府之土，高祖因之以成帝业。”

先取荆州，再取益州，是刘备集团的战略蓝图。如果得不到南郡，不利于攻打益州，刘备势力将无法发展。所以刘备对南郡志在必得。

可是，江东集团为了拿下南郡可是拼了老命，与曹军第一大将曹仁死磕了近一年，连大都督周瑜都身中流矢。

益州是块香饽饽，江东对益州也是垂涎三尺。孙权曾打算派周瑜负责对益州作战，可惜周瑜在征讨益州途中，箭疮突发病故了。东吴失去了最伟大的统帅。继任者鲁肃虽然足智多谋，但是强在外交与战略，两军临阵指挥非其所长。江东虎将虽多，却皆是将才，罕有帅才。

为了实现《隆中对》的战略，刘备便亲自前往江东与孙权商议。孙权不仅没有答应，还采纳了吕范等人的建议，打算软禁刘备。江东新任大都督鲁肃却力劝孙权借荆州于刘备。鲁肃对孙权道：“将军虽神武命世，然曹公威力实重，初临荆州，恩信未洽，宜以借备，使抚安之。多操之敌，而自为树党，计之上也。”

鲁肃的意思是让刘备为江东顶包，分担曹操的压力。如果曹操南下，南郡首当其冲！江东集团便可将重点放在濡须、合肥一带，既可避免两面受敌，又与刘备形成犄角之援。否则，曹操南下，刘备乐得躲在后面，隔岸观火。

江东集团既无力吞并刘备，也无力独自对抗实力最强大的曹操，借南郡给刘备确实是非常具有战略眼光的决定。刘备得到南郡后，改南郡治所江陵城为荆州城。这便是“刘备借荆州”的来历。

为了进一步巩固孙刘联盟，孙权甚至将年方二八的妹妹许配给了年过五十的刘备。孙刘两家成了和和美美的一家人。当然刘备也付出了代价，将夏口等地割让给了孙权。所以，与其说是“借荆州”，不如说是“换荆州”。

从此以后，刘备便拥有了荆州五郡之地，即南郡、长沙郡、零陵郡、桂阳郡、武陵郡。他麾下文有诸葛亮、庞统、马良、廖立、蒋琬等荆州才俊，武有关羽、张飞、赵云、黄忠、魏延等沙场猛将，终于成为一方势力强大的诸侯。

2

远在许都，正在挥笔写书的曹操，听说刘备得到了荆州五郡之地，还迎娶了孙权的妹妹后，吓得毛笔落在地上。这便是："曹公闻权以土地业备，方作书，落笔于地。"

曹操为何如此忌惮刘备呢？因为刘备无论实力多么弱小，始终敢于与曹操正面硬刚，宛如打不死的小强。从徐州到河北、汝南、许昌、官渡、新野、赤壁，出身卑微、势单力薄的刘备被曹操在半个中国版图上从东撵到西，从北追到南！

刘备具备仁者无敌的气势、坚韧不拔的枭雄本性，他一旦拥有基业与王佐之才的辅佐，便如潜龙腾飞，势不可当！

四川盆地群山围绕，通往外界的路主要有两条：一条出汉中入关中，另一条顺江而下至荆州。想进入，从南郡溯江而上，便可直达益州。

刘备借到南郡以后，便与益州的刘璋开始接触。大家是同宗兄弟，又是邻居，问候一下也是应该的。

益州牧刘璋，被汉中张鲁欺负惨了，便邀请好邻居兼能打的同宗大哥刘备助拳。

公元211年12月，刘备以庞统为军师，黄忠、魏延为大将，率3万大军入川。"蜜月期"过后，刘备撕毁盟约，向成都方向进军，经历3年的艰苦奋战，连军师庞统都陨落了，刘备终于夺得益州。

建安二十年，即公元215年，孙权知道刘备已夺得益州后，心中非常不平衡。因为这两年，江东与曹操打了很多仗，输多胜少，刘备却实力倍增。

孙权便派遣使者讨要荆州。吃进嘴里的肉，任谁也不会轻易吐出来。何况荆州是否属于孙权，是一笔糊涂账。刘备对使者说的话，颇有幽默感："请你替我转告我小舅子，等我拿下凉州后，再送他荆州。"（"须得凉州，当与荆州相与。"）

打开中国地图，便可知古代的凉州在如今的甘肃省西北部，河西走廊东端。刘备若想得到凉州，必须先拿下张鲁占据的汉中，还有曹操占据的陇右之地。傻子都知道，刘备在开玩笑。

孙权大怒，破口大骂自己的妹夫刘备："这奸诈的老兵油子竟然敢骗我！"（"猾虏乃敢挟诈！）

此时，曹操在引军攻打汉中张鲁，一时半会儿不会攻打江东。孙权面临两个选择：一是忍气吞声，放弃索要荆州；二是对刘备开战，用武力夺取荆州。如果选择一，孙权一无所获；如果选择二，至少有夺取荆州的机会。

孙权以倾国之兵偷袭刘备一方。关羽一直将重兵屯在北线防御曹操，没想到主公的小舅子突然在南线发难，一时间，长沙、桂阳二郡被孙权夺取。

关羽勃然大怒，一边整军备战，一边快马飞报刘备。刘备也不含糊，令诸葛亮守成都，自己亲率5万大军回荆州公安城与孙权对峙。关羽率领3万精锐，兵临益阳。

纵观刘备兄弟自起兵以来，大部分是以寡击众，以弱攻强，屡败屡战！如今刘备拥有益州与三分之一的荆州之地，麾下文有王佐之才的诸葛亮，战术大师法正，武有关羽等"五虎上将"。在荆州前线至少有8万大军，益州老巢尚有十几万人马，还真不怵与孙权一战！

孙权带着江东虎将们，亲临陆口督战，派遣鲁肃率领1万人屯守益阳，牵制关羽。

孙刘大军分两处对峙，战争一触即发！戏剧性的是孙刘的细作几乎同时传来消息，盘踞汉中几十年的张鲁竟然投降曹操了。

听此消息，刘备、关羽等人大惊，他们做梦也想不到张鲁竟然那么快就顶不住了。一旦与孙权开战，曹操如果趁机拿下巴蜀之地，刘备集团何去何从？如果领军回益州，那么孙权大肆攻打荆州，又该如何是好？

在刘备进退两难之际，得到消息的鲁肃哈哈大笑。鲁肃在《三国演义》中被贬化成一个老实无能的书生形象。真实的鲁肃乃是一代儒将、王佐之才，与周瑜、吕蒙、陆逊共列江东四大都督。此公出身于地主豪强阶级，从小便喜欢读书学习，可以说既是“富二代”，又是“学霸”。

纵观鲁肃一生，虽然没有指挥大军消灭多少敌人，也没有攻下什么坚城，但是他用自己杰出的战略眼光，制定了江东集团几十年的发展规划，多次促进孙刘连盟。在鲁肃执掌江东大军的七八年间，他在长江沿线构建了一条系统化的坚固防线，有力地保障了东吴本土的安全。魏蜀吴三国，吴国能撑到最后灭亡，鲁肃贡献非凡。

鲁肃洞悉了刘备此时的处境，决定通过外交手段，兵不血刃地夺取荆州一部分土地，增强东吴实力。

一日，鲁肃派人给关羽送了一封信，表示略备薄酒，邀请关羽吃饭，地点在益阳城外芦苇丛长亭。

关羽是刘备集团的“二号人物”，他的态度在一定程度上可以代表刘备。关羽虽然能打仗，文化程度却有限，博学多才的鲁肃自信能在谈判桌上碾压他！即使鲁肃与关羽谈判失败，孙刘两位主公尚未赤膊上阵，事情仍有缓冲余地。

至于为什么选择吃饭的方式来谈判呢，因为从古至今皆是酒桌上方便谈事。说错话了，罚酒一杯。鲁肃麾下周泰、甘宁等人不解，纷纷提意见：“我军兵势正锐，何不与刘军决一死战？”

“关羽若敢来，我们便俘虏他！”

“刘备的老巢快被曹操端了，正是除掉他的最好时机！”

鲁肃笑着解释道：“刘备如果被曹操击败，并不符合江东的利益。我们的目标只是夺回荆州三郡。这事如果能在饭局上谈好，就不应该在战场上。”

不过，鲁肃忌惮关羽的勇武之名，依旧做了充分的准备。他命令吕蒙、甘宁领5000精兵藏在芦苇丛中，弓上弦，刀出鞘。

如果关羽率大军前来，谈判不顺利，至少也能自卫。又命猛将周泰、潘璋挑选几十名军中高手，保卫自己，预防关羽突然暴起伤人。关羽是成名20多年的猛将，如果江东大都督鲁肃被关羽在酒桌上生擒做人质，乐子就大了。

当关羽收到鲁肃的信时，当场表态，一定准时赴宴。关羽为什么会立即答应呢？

第一，刘备集团无力同时对抗曹操、孙权。曹操已经攻下了汉中，兵临益州。刘备与孙权的和谈迫在眉睫。

第二，关羽信任鲁肃的人品，两人相交多年，关羽相信鲁肃不会摆鸿门宴。

第三，关羽对自己的勇武非常自信。想当初关羽曾在万军之中，匹马纵横，如入无人之境，斩杀河北第一上将颜良。带着百骑前往，料想江东也留不下自己。

于是便发生了本故事开头的一幕。这便是：“肃邀羽相见，各驻兵马百步上，但请将军单刀赴会。”

鲁肃见关羽默然无声，便开口道：“我们主公诚心诚意把荆州借给你们，是因为你们军队打了败仗，没有地盘可以修整。现在你们得了益州，竟然没有把土地归还的意思！我们只要回三个郡，你们又不答应。”（“国家区区本以土地借卿家者，卿家军败远来，无以为资故也。今已得益州，既无奉还之意，但求三郡，又不从命。”）

鲁肃直接道出了底线，只要三个郡，无意夺取整个荆州。

关羽道：“赤壁之战，我们也是拼了老命，凭什么荆州全是江东的？你们吃肉，不给我们留点汤喝？（“左将军身在行间，寝不脱介，戮力破魏，岂得徒劳，无一块壤，而足下来欲收地邪？”）

鲁肃借着酒劲，开始唾液横飞，说话颇为难听：

“你瞎扯，我和刘使君在长坂坡会面时，你们只有几百残兵败将。可以说是士气低落，势穷力竭，智竭计穷，打算逃往天涯海角！你能想到你会有今天吗？”（“不然。始与豫州观于长坂，豫州之众不当一校，计穷虑极，志势摧弱，图欲远窜，望不及此。”）

“我主公可怜你们无立锥之地，将荆州的土地和人才大方地赠送给你们，救刘使君于危难之间。而刘使君却自私自利、虚情假意、忘恩负义，辜负我们江东高尚的友谊。”（“主上矜愍豫州之身，无有处所，不爱土地士民之力，使有所庇荫以济其患，而豫州私独饰情，愆德隳好。”）

“现在刘使君得了西川，还妄想继续占领荆州，此事就算是老百姓都不好意思干，何况他这样英明远播的天下英雄？”（“今已藉手于西州矣，又欲翦并荆州之土，斯盖凡夫所不忍行，而况整领人物之主乎！”）

“我听说为贪图利益而不顾道义的人都没有好下场！我们这些人承担着拯救天下的使命，怎么能不坚守道义呢？你们恃强凌弱，抢我们的荆州，注定一无所有！”（“肃闻贪而弃义，必为祸阶。吾子属当重任，曾不能明道处分，以义辅时，而负恃弱众以图力争，师曲为老，将何获济？”）

关羽被骂得青筋暴跳、面红耳赤。周泰、潘璋等人对鲁肃佩服得五体投地，他们紧握着刀把，死死地盯着关羽，生怕关羽恼羞成怒，暴起伤人！

鲁肃这番话虽然听起来大义凛然，充满排山倒海的气势，实际上是在瞎说。

首先，荆州属于汉室地盘，刘备从曹操手中抢过来，有何不可？其次，孙刘联盟不过是互相利用而已，刘备如果真的那么弱，早被江东吞得连渣都不剩！最后，明明是孙权先挑衅偷袭刘备的荆州，而非刘备抢孙权的地盘。

如果换成诸葛亮，或者刘备在此，还能与鲁肃舌战几百回合，据理力争。关羽不过是读过几本兵书的一介武夫，还是一条实心眼的汉子。唇枪舌战，非其所长。

按现在的话说，也就是学霸鲁肃欺负关羽没文化。

关羽麾下的一位将领跳出来说了一句实在话："夫土地者，惟德所在耳，何常之有？"潜台词是，天下土地，唯有德者居之，怎么可能一直是你们的？

鲁肃骂得正来劲呢，看着关羽一声不吭，才意犹未尽地住嘴。这时听到有人敢反驳自己，瞬间斗志昂扬，睁圆了眼睛，对着那员武将，叽里咕噜，一阵痛骂！（"肃厉声呵之，辞色甚切。"）

关羽一向疼爱将士，自己受委屈，以大局为重，咬牙也就能忍了，可手下兄弟被人喝骂却忍不了！

我和你鲁肃是多年的好朋友，你竟然为了抢地盘，吃相那么难看！关羽握着刀把子猛然站了起来！周泰、潘璋上前一步，挺身护住了鲁肃，道："关将军，想做什么？"（"关将军，意欲何为？"）

关羽目视手下将军，示意他退下，道："这是国家大事，你知道什么。"这位将军，冲着鲁肃冷哼一声，拂袖而去。（"羽操刀起谓曰：'此自国家事，是人何知！'目使之去。"）

鲁肃道："云长，在下不胜酒力。常言道，酒后吐真言，我对你说的可都是肺腑之言啊。请你转告刘使君，我们江东的态度。"

这场饭吃着也没什么意思了，关羽便向鲁肃告辞，带着一肚子气返回大营。鲁肃见关羽哑口无言，并未表示不还荆州的意思，所以也不想强行留下关羽。

关羽向刘备汇报了鲁肃的态度后，刘备再次选择隐忍，他担心益州局势，实在没有心情再派遣使者与孙权反复扯皮，只期盼着迅速与江东修和。

孙刘两家，分别以鲁肃、关羽为代表，签订协议，平分荆州。以湘水为界，以西的江夏郡、长沙郡、桂阳郡属于孙权，而荆州的南郡、零陵郡、武陵郡依旧属于刘备。这就是三国史上著名的湘水划界。

地盘虽然划分了，但是孙刘的友谊却已破裂。关羽对江东开始鄙视，言必称“江东鼠辈”。为接下来的孙刘连番大战，埋下了伏笔。

值得一提的是，“江东鼠辈”这个词流传颇广，很少听到“蜀汉鼠辈”或“曹魏鼠辈”。因为孙家在周瑜去世后，几十年来，很少敢于主动正面血拼，刘胜则联魏，魏强则联刘，今日与蜀汉联盟，明日便向曹魏称臣。一旦时机来临，趁火打劫，背弃盟约，偷袭蜀汉或曹魏，不过是家常便饭。

刘备返回益州后，便引全部兵马与曹操争夺汉中。孙权趁着曹操主力与刘备生死大战时，趁机捡便宜，统帅10万大军，攻打合肥一线。可惜，在逍遥津被魏将张辽击败。这便是后世流传的“张辽八百破十万”。

刘备经过艰苦卓绝的努力，在汉中打退了曹操，进位汉中王，势力达到巅峰。孙权心中越发不平衡了。同年，关羽北伐中原，水淹七军，威震天下，一时间，汉室即将有中兴希望。

刘备实力过强，不符合江东的利益。孙权便趁着关羽主力北上的机会，背弃盟约，再次偷袭荆州，与曹魏夹击关羽。

关羽寡不敌众，全军覆没，本人败走麦城后，被武将潘璋生擒。关羽父子不愿投降，遂被孙权下令斩杀。孙刘联盟再次破裂。

尔后，三家纷争不休，曹、刘、孙依次称帝，正式建立魏蜀吴三国。三足鼎立，50余年。

3

千百年后，鲁肃与关羽的那场宴会，被称为孙刘联盟第一次兵戎相见后的谈判。

如果论武力，1个关羽打10个鲁肃都绰绰有余。可是，饭局是战局的延续。战场上形势不利，饭桌上即使强如关羽，也只能忍气吞声。刘备无力两线开战，为了追求最大利益，必须与孙权和谈。只要南郡在手，哪怕割让半个荆州给孙权，也在所不惜。

对孙权而言，曹操夺取益州之后，一路顺流而下取南郡，一路从襄阳南下夺取荆州，便能彻底消灭刘备，到时候江东无法独自对抗实力雄厚的曹操。江东集团与刘备和谈，敲诈三个郡，增强实力才是最优选择。还可趁曹刘在汉中血战时，攻打实力薄弱的曹魏合肥一线。何乐而不为？

这场饭局，孙、刘都是受益者，最惨的是曹操。

这次饭局真正的主角是东家鲁肃，他口若悬河、滔滔不绝，怒斥了客人关羽。客观地说，鲁肃的行为颇为不地道。关羽冒险单刀赴会，虽然是为了和谈，也是相信鲁肃这个朋友。

而鲁肃却趁火打劫，仗着学识渊博，歪曲事实，欺负文化程度比较低的关羽。

公道自在人心。千百年来，民间一直致力于为单刀赴会的关羽打抱不平。明末小说家罗贯中在《三国演义》中写了一个精彩的篇幅叫“关云长单刀赴会”，刻画了关羽的勇武、忠义、机智、胆略，尽显鲁肃等江东鼠辈的懦弱、胆怯、外强中干。

央视版电视剧《三国演义》中有一首歌叫《江上行》，讴歌关羽在单刀赴会时的壮志豪情，歌词大气古朴，打动人心：

“好江风，将这轻舟催送，波翻浪涌，添几分壮志豪情。龙潭虎穴何足惧，剑戟丛中久鏖兵。非是俺藐群雄，一部春秋铭记。义不负心泰山重，忠不顾死何言轻。桃园金兰誓，弟兄山海盟。早把这七尺身躯青龙偃月，付与苍生。”

实际上，关羽面见鲁肃是在陆地骑马去的，不是在江上坐船。单刀赴会本是一场谈判的饭局，却演变成一条成语，有赞扬赴会者的智略和胆识之意。虽然小说、成语、歌词皆与单刀赴会的历史真相不符，但是却顺应民心民意，得到无数群众的喜爱。

单刀赴会的真相，却是告诉我们饭局只是战局的延续，你在饭局的地位是你所处的局势决定的。若是局势不利，纵然你神勇无敌，也会折辱于对方之手。

濡须坞宴：一道伤疤痛饮一碗酒

公元217年深秋的一天，天已暮，寒风猎猎。濡须坞，孙军大营的中军帐内却灯火通明，欢声笑语连天。原来是江东之主孙权正在宴请诸将。孙权坐在居中主位，下首两侧列坐着吕蒙、甘宁、周泰、朱然、徐盛、丁奉、蒋钦等闻名青史的江表虎臣。再往下，列坐着数十名统军校尉、行军司马等中等军官。

孙权与江表虎臣每人面前放了一张食案，中层军官两三人共用一张食案。食案上摆满了美酒、美食。大帐中酒香、肉香弥漫。当孙权与将军们互相敬酒之后，孙权道："我今天与诸位一醉方休。请诸位开怀痛饮！奏鼓乐，上歌舞！"

鼓乐响起，十几名江东健儿披着头发，短衣葛裙，赤裸双足，手持短剑，在大帐中央起舞高歌："丈夫处世兮立功名，立功名兮吾将醉，吾将醉兮发狂吟……"

将军们端起大碗，互相敬酒，碗来即干，痛快淋漓。

"吕将军，我敬你一杯！"

"甘将军请！"

"周将军，干！"

“干！徐将军请！”

……

酒宴渐渐达到高潮，面色颇为抑郁的朱然、徐盛对视一眼，端起酒碗，冲着周泰站了起来。徐盛道：“恭喜周将军高升平虏将军！”朱然道：“在濡须坞军营中，我等均是周将军下属，日后请周将军多多关照！”

周泰不敢托大，忙站了起来，道：“我不才，是主公照顾，我才能居现在这个位置，实际上我跟二位差得远哪！二位请！”

三人举碗共饮。

孙权看到此景，站了起来，给侍卫使了一个眼色。侍卫会意，立刻号令舞队撤出，乐队停奏。帐内喧哗声渐渐落下，众将不解地望着孙权。

孙权也不解释，大步走到周泰身边，说了一句令将军们脸色大惊的话：“幼平（周泰表字），脱衣服！”

1

孙权为什么在大庭广众之下，酒酣耳热之际，让年近五十岁的周泰脱衣服呢?

带着这个问题，我们将时间暂时拉到二十年前也就是公元197年的一个夜晚，那晚的寒风同样冷冽!

几千名山贼高举着火把，挥舞着刀枪，涌向了宣城，偷袭没有防备的孙军。

此时，孙策率领孙军主力前去平定六县山贼，留守在宣城的孙权手中不到一千人。孙权当时年仅16岁，无领军经验，疏忽大意，面对几千山贼的偷袭，毫无防备，惊慌失措，全军溃败。

当时的孙权还不是那个“坐断江南战未休”的东吴大帝，他吓得浑身哆嗦，刚爬上战马，贼兵已经攻破了他的指挥部，亲兵厮杀了起来。喊杀声、马嘶声、兵器交击声、怒吼声、惨叫声，声声不绝于耳；刀光、剑光、火光、血光、惨淡的月光、贼人凶狠的目光、孙家军将士惊慌的目光，一一落在孙权眼中。

贼兵凶悍，孙权的亲兵节节败退。一个强壮的贼人冲到孙权的马前，高举大刀，犹如一道闪电劈向孙权！孙权毕竟弓马娴熟，面临死亡的威胁，也不含糊，一个懒驴打滚，落在地上。刀劈在马鞍上，战马疼痛，乱蹦起来，孙军将士眼见少将军即将被砍杀，一个个不知所措！

这便是："权始得上马，而贼锋刃已交于左右，或斫中马鞍，众莫能自定。"

历史上每一位开国之君创业时期落入险境时，总会有英雄挺身而出，救君主于危难之际。此时，也不例外。一名虎背熊腰、肌肉发达的壮汉，赤裸上身，挥舞着一杆长矛，步战开路，捅死数人，挺身护在了孙权身前。

孙权也提着剑，站了起来，道："幼平，小心！"

周泰尚未来得及答复，一个贼兵高举一杆大刀冲着周泰兜头便是一刀。周泰不退反进，猛跨一步，怒喝一声，持矛刺向贼兵的胸膛。

如果贼兵继续劈杀周泰，周泰的长矛也会刺穿他的胸膛，两人只会同归于尽。关键时刻，贼兵怂了，慌忙闪避，周泰的长矛刺穿了他的肩膀，在贼兵的惨叫声中，周泰长矛一抽，便将他甩飞！

周泰扭头刚欲开口，瞳孔猛然收缩，眼见一点寒锋射向背后的孙权，来不及舞矛挡隔了，周泰下意识抬起右臂，用胳膊挡住射向孙权的一箭！"扑哧"一声，箭贯穿上臂！

周泰闷哼一声，用左手拔出箭杆，溅出鲜血。他对孙权道："少将军，局势如此，唯有拼死一战。"孙权沉吟道："贼众我寡，况且他们锋芒正锐！怎么办？"

周泰乌黑的眸子里流露出大山一样的沉稳、磐石一般的坚毅，斩钉截铁地说道："摧敌锋于正锐，挽狂澜于即倒是将军的使命，我一刻不敢忘记！少将军，请暂且躲避，我舍命一战！”

此时，战马的哀鸣声、铁蹄踏破人头的闷响声、伤兵临死前的惨叫声、战场的兵刃交击的脆响声，声声不绝于耳。

孙权激发了胸中热血，高举宝剑大叫道：“我宁死不愿辱没父兄威名！众将士听令，杀退贼兵，重重有赏！”

周泰舞矛大叫道：“少将军有令，杀退贼兵，重重有赏！”

周边残存的孙家亲兵也大叫道：“杀退贼兵，重重有赏！”

本已溃退的孙军将士听到这一声声呼喊后，鼓起了血性之勇，向周泰、孙权靠拢。很快，在周泰大声呼喊下，渐渐组成了一个以他本人为箭头的冲锋阵形。

只见周泰怒吼连连，长矛忽刺忽扫，杀死一个个贼兵。纵然屡屡受伤，也只进不退。孙权在他身后，大声鼓舞士气，孙军将士人人奋勇，贼兵终于招架不住，仓皇溃败。

贼兵溃散之后，满身鲜血的周泰昏倒在地，军医为他清理伤口，发现他身受十二处创伤。周泰重伤昏迷了很长时间才苏醒。世人公认，此役若无周泰，孙权也许就没命了。三国历史便要大篇幅改写了。

史称：“惟泰奋激，投身卫权，胆气倍人，左右由泰并能就战。贼既解散，身被十二创，良久乃苏。是日无泰，权几危殆。”

2

公元196年，当孙策带着几千人攻略江东时，在当地募兵。有一位水贼，姓周名泰，表字幼平，带着几个兄弟投奔了他。做水贼面临着被剿灭的风险，不如投靠一位有发展前途的军阀，搏一番封妻荫子的功业。周泰在攻打曲阿、会稽等地方势力时，作战英勇，悍不畏死，屡立战功，很快便得到孙策的赏识。

孙策便封周泰为行军司马。从一介水贼到行军司马，对周泰来说是华丽的蜕变。

史书虽没有介绍周泰的家族，孙权却劝说过周泰“勿以寒门自退也”，意思是不要因为出身贫穷而看不起自己。再加上周泰年轻时便做了水贼，便可知周泰绝非士族豪门出身，是正儿八经的庶族寒门出身。

俗话说：“是金子总会发光。”人只要做好自己，总会有伯乐不期而至。

孙权对勇武敢战的周泰也是极为欣赏，于是向哥哥孙策讨要周泰。彼时，年仅十五岁的孙权便爱猛士，足可见孙权未来的成就绝非侥幸。

孙策一向疼爱弟弟，便将周泰划拨到孙权麾下。正是：“权爱其为人，请以自给。”

孙权的这一行为，也救了自己一命。

当孙策听到宣城之战的消息，心中庆幸不已。他对二弟孙权感情极深，一直倾心将孙权当成接班人培养，若是失去孙权，是他所不能承受的。

战后，论功行赏，封周泰兼职春谷长，也就是县长。在公元197年，大汉皇权衰落，各地军阀混战，孙策刚刚崛起，也不过是一个个区区折冲校尉兼会稽太守而已。

周瑜二十一岁时便担任居巢县长，十五岁的孙权被任命为阳羡县长，因为他们均出身于士族豪门。

无数草根，舍身忘死，奋斗终生，人生事业的终点，也不过是周瑜、孙权之辈的起点。宣城之战后，周泰能成为一县之长，靠的是拼命。

从此以后，一直到公元217年的第二次魏吴濡须会战，整整二十年，周泰几乎参与了江东孙氏集团的所有大型战役。宣城之战几个月后，周泰统率本部人马，跟随孙策，攻打宛城、江夏等地，因颇立战功，加封为宜春县长。

公元203年、公元207年、公元208年，周泰追随孙权，三次攻打荆州重地江夏城，江东集团终于斩杀了江夏军团指挥官黄祖，周泰多次建立战功。

（“数讨黄祖，战有功。”）

在公元208年，赤壁之战爆发，周泰等江东将领在大都督周瑜的指挥下，披坚执锐，取得了胜利，奠立了天下三分的基础。公元209年，南郡之战，周泰继续跟随周瑜与曹魏大将曹仁大战。此战之后，周泰第一次被周瑜任命独当一方。（“后与周瑜、程普拒曹公于赤壁，攻曹仁于南郡。荆州平定，将兵屯岑。”）

从史书流水账一般的记录中，我们可以看出周泰活跃在江东集团对外战争的一线。

史书微言大义，比如南郡大战，只记载了六个字“攻曹仁与南郡”（南郡之战中，曹魏宗室第一上将曹仁对战江东第一名将周瑜，双方高招迭出，血战近一年，伤亡数万人，连周瑜都被流箭射中左肋而陨落）。所以，找不到周泰在战场上的所作所为，也不难理解。

公元211年，孙权决定将都城从京口（镇江）迁到秣陵（南京），并改名为建业。孙权下令兴建石头城，这就是南京又叫石头城的来历。

孙权将目光放在了庐江郡一个叫濡须的小地方，即今长江以南，安徽省芜湖市无为县以北之地。当时曹魏势力抵达居巢。含山、无为则属于吴国控制。曹操要渡江伐吴，必定要从巢湖经濡须水口入江。孙权清醒地看到，如果濡须不保，长江岸防就洞门大开，魏军随时可直逼都城建业。

建安十七年(公元212年)，孙权一面迁都秣陵，一面派兵在东关修筑濡须坞。濡须坞修筑在濡须山上，形似偃月，是吕蒙建议修建的。

曹魏对濡须之地也是志在必得，与江东集团进行了长达近半个世纪的濡须争夺战。

公元217年，孙权在濡须坞击退曹操的进攻后，宣布了一条令众将士哗然的命令，留守周泰为平虏将军，濡须都督，担任北线对魏作战的指挥官。

众将大多心中不服，尤其是留守在此处的朱然、徐盛两位大将，对周泰冷嘲热讽。朱然是江东四大家族最优秀的子弟之一，少年时就陪孙权一起读书学习。他自从军以来，屡立战功。徐盛同样也是士族子弟，不仅与孙权关系良好，更是智勇双全的一代名将，尤其在讨伐江夏之战中，以数百人对攻数千人，大胜。

这两位仁兄，不论关系人脉、战功资历甚至兵法韬略，史书公认不在周泰之下。如果论出身，更是远在周泰之上。

东汉末年国家政权掌握在士族门阀手中，寒门子弟一直饱受歧视。那么，孙权为什么提拔周泰担任位置如此重要的濡须都督呢？原因有以下几条。

周泰不仅是江东公认的猛将，沙场经验非常丰富，更是孙权侍卫长出身，是孙权的心腹。周泰的忠诚、能力、战功足可担任濡须都督。

周泰出身寒门，是孙策、孙权的提拔赏识，才有的今天。周泰如果背叛孙家，将受人唾骂。所以，兵凶战危之际，周泰会死战到底。反之，朱然、徐盛等人则不然，面临绝境，他们大不了投降曹操。因为士族势力庞大，无论江东姓孙还是姓曹，士族永远是统治阶级。

孙家属于江东的征服者，或者说是“外来户”。江东四大家族，张、朱、陆、顾，掌控着江东大部分的土地、人口、舆论，对江东的政治、军事、经济、外交起着决定作用。

孙权身为一代雄主，自然不甘心做傀儡，所以他一边与四大家族联姻，一边又提拔大量非江东本地人才与寒门将领如鲁肃、吕蒙、蒋钦、甘宁、周泰等，平衡江东士族的势力。

孙权安排周泰担任濡须都督，固然可以平衡江东士族的力量，但是也引起了士族将领的反弹。所以，史书称：“时朱然、徐盛等皆在所部，并不伏也。”意思是，朱然、徐盛等人并不认为周泰有资格担任自己的上级。

濡须前线，战略地位非同小可。如果留守的主要将领之间出现矛盾，被曹魏乘虚而入，可不是闹着玩的。

孙权留在濡须前线的细作，禀报了这一局面后，孙权不敢掉以轻心。将军们不服自己的人事安排，孙权用什么办法来解决呢？

一般情况下，孙权应请朱然、徐盛等人谈心，做他们的思想工作，无非是谈谈周泰劳苦功高，应该顾全大局什么的。可是这样做，将军们也许会口服心不服，甚至给将士们造成周泰无法控制下属的印象，更显得身为主公的孙权用人不当。更重要的是，不能让下属们觉得孙权对周泰有所偏颇，因为徐盛等人和周泰一样“皆江表之虎臣，孙氏之所厚待也”。

如果孙权安排属下做朱然、徐盛等人的思想工作呢？

第一，要找一位地位恰当的中间人，能让朱然等人给面子。第二，还要具备说服别人的口才，话说重了，被劝说者没面子，话说轻了，达不到效果。第三，无论劝说者的地位、口才如何，朱然、徐盛不服周泰的心理皆会被人当面提起，谁敢担保朱然、徐盛不会恼羞成怒。很多事情，宁要人知，莫要人见。

如果孙权想让朱然、徐盛等人对周泰心服口服，那么必须帮助周泰树立威望，又要体现自己用人唯才、公正无私，让士族与寒门将领全部满意。

真是一个相当棘手的难题，可是并难不倒江东优秀的领导人孙权。

3

孙权的办法是带着几位大将请濡须坞的高级、中级将领吃饭。

主公请吃饭，大家必须赏脸。军中生活艰苦，将军们能吃顿好的，品尝美酒，又能与主公、上级、同僚一起培养感情，何乐而不为呢？

酒真是好东西。小饮怡情，多人共饮会营造热烈的氛围。所以，古人才会说，无酒不成饭局。

于是，发生了本故事开头的一幕。这便是：“权特为泰案行至濡须坞，因会诸将，大为酣乐。”

酒会达到高潮，孙权竟然让周泰脱衣服。

周泰是一个实在人，别说主公要他脱衣服了，就是上刀山，下火海，也从来不皱一下眉头。周泰二话不说，解开腰带，脱掉长衫，又解开里衣，在众人的惊呼声中露出肌肉发达却遍布疮伤的上半身！肌肉雄壮，挺如砖头，腹肌六块，曲线分明；伤疮密布，犹如刻画，或深或浅，触目惊心！

孙权的双目湿润了，他抚摸着周泰的伤疤动情道："幼平，辛苦了！"周泰忙拱手道："这是末将分内之事。"孙权指着一道周泰小腹上一大如拳头的枪疮问道："幼平，此处伤口，何故受伤?"

周泰道："此乃宣城之战，被贼长枪所戳！"

孙权想起二十年前那个夜晚，亲自端起一碗酒，递给周泰道："壮哉，请将军饮胜！"

周泰慌忙接过酒碗，咕嘟咕嘟，一口干掉！军中最敬勇士，众将军哄然喝彩，纷纷叫好！孙权又指着周泰心口旁两眼箭疮问道："此处箭伤，因何而来？"

周泰道："末将在江夏城下督战时，被流矢所中！"

孙权道："请将军再饮一碗！"周泰仰头又干了一碗，众将再次喝彩！

孙权道："幼平，此处刀伤从肩至腹，深者达数寸，何时所伤？"

周泰道："攻打赤壁曹军大营时，末将追杀曹孟德，被其亲卫统领许褚所伤！不过末将也抽了他一矛！"

在场的吕蒙、甘宁、徐盛、蒋钦、朱然等将军均参加过赤壁大战，孙军虽然以弱胜强，但是同样伤亡不小，那场厮杀连天的大战，虽时隔多年，将军们依旧历历在目。

孙权道："将军威武，请再饮一碗！"周泰道："诺！"

孙权又摸着周泰后背处的十几道箭疮问道："幼平，为何身后中了那么多箭？"

周泰道："此乃南郡之战，周大都督中了曹仁的埋伏，当时敌军万箭齐发，末将便扑在了周都督的身上！”

徐盛、朱然等默然不语。南郡大战，他们很多袍泽战死沙场，连最敬爱的大都督周瑜都被冷箭射伤，伤重而亡。

孙权摸着周泰胸膛处的一道枪疮问道：“此处伤疮犹有血迹，是不是多日前受伤？”

周泰道：“此乃虎豹骑一位校尉所伤。末将以此伤换了他的命！”

虎豹骑是曹操麾下最精锐的骑兵，只有能力最强的宗室将领才能担任统领。濡须坞众将想起虎豹骑冲锋时的凶悍，望向周泰的目光充满了钦佩。

孙权摸着周泰伤痕密布的胳膊，泪水涟涟，道：“幼平，你为我们孙家兄弟在战场上作战悍不畏死，猛如熊虎，从不惜身，受创几十处，皮肤如同被雕刻了一幅画！我怎能不把你当作我的至亲骨肉，委任你以兵马之重？你是东吴的功臣，我当和你同荣共辱。”（“幼平，卿为孤兄弟战如熊虎，不惜躯命，被创数十，肤如刻画，孤亦何心不待卿以骨肉之恩，委卿以兵马之重乎！卿吴之功臣，孤当与卿同荣辱，等休戚。”）

孙权又扫了众将一眼，道：“幼平，不要因为出身穷苦而看不起自己，孤支持你！”（“幼平意快为之，勿以寒门自退也。”）

这便是成语“肤如刻画”与“骨肉之恩”的由来。

周泰满脸通红，同样热泪盈眶，他单膝跪在地上道：“末将敢不万死以报主公厚恩。”

孙权慌忙扶起了周泰道：“江东能有今日，正是无数位像幼平一般的猛士，舍身忘死！孤敬诸位将军一碗！”

众将军道：“多谢主公！”

此日宴会，将军们痛快饮酒，弹剑做歌，直至天明方结束。

次日，孙权又派人将自己用来遮阳并彰显气派的青罗伞盖赠予周泰。

濡须坞宴后，孙权帮助周泰树立了威望，徐盛、朱然等将从此以后对周泰态度恭敬。徐、朱二人虽自认能力、资历、关系在周泰之上，可是周泰的官职是一次次拿命搏来的。尊重周泰也是尊重自己的战功，尊重无数勇于拼杀的勇士。

孙权在濡须坞宴上，让周泰以一道伤疤，叙一次功劳，喝一碗酒，便是告诉众将士，我孙权不在乎你们士族门阀还是寒门子弟，只要你们为江东做出贡献，立下多少战功，我便给予你们多高的地位与多大的荣誉。孙权通过在酒宴上表彰周泰，确定了一条暗规则，军中不看门第出身，以战功确定官位。如果不服，大可以周泰为榜样，叙说战功，以伤痕来证明自己。

几年后，孙权提拔同样出身寒门的吕蒙担任东吴水军与陆军的大都督，众将士心服，因为吕蒙智勇双全，悍不畏死，战功远在周泰之上，建立了足够的威望。

濡须坞宴后，为濡须的江东守军注下了一道“军魂”，那便是勇立战功，即使你如周泰将军一样出身寒门，也能获得地位与荣誉。

这便是濡须守军在四十多年里，能多次以寡击众，击退曹魏进攻的重要原因之一。

濡须坞宴后，江东将士遭逢战争，更加奋勇争先：荆州之战，生擒了关羽；彝陵之战，大破刘备；一次又一次，击退曹魏军事集团对濡须的进攻。

值得一提的是，周泰为东吴政权战斗到生命的最后一刻，周泰死前，被封为汉中太守、奋威将军，封陵阳侯。（当时汉中之地尚在蜀汉政权的控制下，所以汉中太守只是享受待遇而不用做相关工作的虚职；奋威将军属于列将军之一，军队实权；陵阳侯是爵位，可以传给子孙。）

从一介寒门子弟到封侯拜将，为史书所铭记，周泰的一生是拼搏而光荣的一生，是实现梦想、功成名就的一生。

孙权病故后，他的子孙重用士族门阀子弟，以出身决定官位，使立功者不得厚赏，江东孙吴政权才渐渐衰落。

千百年后，昔日的濡须坞古战场已化为历史长河中的一朵浪花。

那场欢饮达旦的饭局还在告诉世人，世上曾有一位叫周泰的猛将，肤如刻画，从水贼做到一代名将。世上曾有一位英明的主公叫孙权，他提拔人才，不论出身，唯凭最实在的战功，告诉世人为什么“江东之地多才俊”。

李密宴翟让：一场令瓦岗军退出历史舞台的饭局

公元617年11月的一天，寒风呼啸，万物肃杀。瓦岗军领袖魏公李密邀请司徒翟让等人一起喝酒、吃饭、谈心。

魏公待属下素来亲厚，往日常邀兄弟们欢饮达旦。于是翟让带着哥哥翟弘和侄子翟摩侯，以及猛将徐世绩、单雄信、邴元真等人，欣然赴会。

李密在房彦藻、王伯当、蔡建德等心腹的簇拥下，在大厅外等候多时，远远看到翟让一行，李密便笑容满面，大步向前，拉着翟让的手，走进大厅。

翟让呵呵笑道："魏公如今是翟某的主公，未免太客气了。"

李密大笑道："没有翟大哥，何来李密的今天！与翟大哥多日未曾相聚。今日当不醉不归！"

宾主寒暄客套后，李密推让翟让坐了主位。他扫了一眼站在翟让背后的徐世绩等人，哈哈笑道："我想单独和翟大哥喝两杯小酒。兄弟们在这儿也放不开。你们到隔壁屋里痛快饮酒吧。"

王伯当笑道："主公有好东西，要献给司徒，咱们到隔壁喝酒吧！"说罢，当先引路。

徐世绩觉得左眼皮直跳，便握紧了剑柄，示意单雄信一起站在翟让左右。

房彦藻的眼珠转动了一下，笑道："今天这么冷，应该喝酒暖暖身子，我奉主公之命安排好了酒宴，款待兄弟们。"

李密笑着对翟让道："咱们听翟大哥的安排。"

翟让扭头对徐世绩、单雄信等人道："这么冷的天，喝酒暖暖身子！你们随王将军去喝酒吧。"徐世绩等人便去了隔壁屋里。

大厅里，除了李密、翟让外，只留蔡建德在旁边伺候。

侍从端着酒菜上来后，李密从身旁抄起一把精致的隋制长弓，恭恭敬敬地递给翟让，说道："彼茁者葭，壹发五豝，于嗟乎驺虞！翟大哥，你看此弓如何？"

李密喜欢吟诗作对，经常将自己缴获的宝物赠予翟让。

翟让并未多想，接弓在手，只见玄黑色的弓身形如弯月，漆黑的弓弦熠熠发光，情难自禁道："果然是一把好弓，魏公有心了！"

李密笑道："翟大哥，何不拉开此弓，看看力道如何？"

面无表情的蔡建德握着刀把，轻轻地眯着眼睛。当翟让将长弓拉成满月时，李密鼓着掌，大笑道："翟大哥果然神力。"又朗声吟道："带长剑兮挟秦弓，首身离兮心不惩！"

话音刚落，一轮雪亮的刀光劈在翟让的脖子上，鲜血飙飞，翟让还挂着矜持微笑的脑袋滚落在地！

听着屋外传来喊杀声、怒骂声、惨叫声，李密扬起脖子，将杯中酒一饮而尽，弯腰下蹲，轻轻合上翟让睁大的双眼，叹道："翟大哥，不要怪我。我也是为了瓦岗寨的未来！"

1

瓦岗寨的成立，要从公元611年谈起。

那一年，是隋炀帝杨广登基的第七个年头，他下令再次以倾国之兵攻打高丽。民众无力承受繁重的兵役、劳役，国内又灾荒不断。知世郎王薄编了一首《无向辽东浪死歌》，天下传唱："长白山前知世郎，纯着红罗锦背裆。长槊侵天半，轮刀耀日光。上山吃獐鹿，下山吃牛羊。忽闻官军至，提刀向前荡。譬如辽东死，斩头何所伤。"

歌词的核心在最后一句，如果去辽东白白送死，还不如造反！

此歌深得民心，灾荒最严重的山东、河南等地的百姓，纷纷起义，反抗隋炀帝的暴政。各地农民起义，也影响了东郡狱吏黄君汉的工作态度。他抱着多个朋友多条路的心态，打算释放因为酒后失言，诽谤朝廷被关在监狱里的顶头上司——前任东郡法曹翟让。

一天深夜，黄君汉悄悄打开牢门，晃醒翟让后，道："翟法司，人的命运应该掌握在自己手里，岂能活活等死！"

翟让眼睛一亮，道："我现在就是圈里的猪！能不能活命就看兄弟你了！"黄君汉也不含糊，二话不说掏出一把钥匙，打开了翟让手脚上的镣铐，催他快走。

谁知翟让竟然不肯离开，不停地打躬作揖，泪水涟涟，道："兄弟啊！我跑了，如果连累了你，多不好意思！"

黄君汉勃然大怒，指着翟让的鼻子，骂道："我本以为你是英雄豪杰，能拯救黎民百姓，我才冒死救你！你快走吧，不用管我！"翟让面红耳赤，喊着兄弟子侄，一起逃跑了。当他们跑到河南滑县东南一带太行山南麓的瓦岗山时，见此处易守难攻，便占山为王，这便是瓦岗寨义军。

翟让担任多年法曹，很有江湖地位。

没多久，他迎来了第一位合伙人。同郡豪杰单雄信带着一队不甘平凡的年轻人来投奔翟让。此人擅长使一根马槊，弓马娴熟，有万夫不当之勇。翟让大喜，立刻任命单雄信为二当家。他们结拜为兄弟，立誓同生共死，有福同享有难同当。单雄信加入后，瓦岗寨好汉抢些为富不仁的地主变得容易多了。

那一年天下至少爆发了大大小小几百场起义，河南、山东等地的强盗更是到处都是。在这样的社会背景下，起义军很快得到了扩大。一位年仅17岁、浓眉大眼的英武青年，扛着一杆丈八马槊，大摇大摆地上了瓦岗寨，对翟让、单雄信大大咧咧道："我来这儿就是为了当个头领！把三当家的位置留给我！"

听到这个，翟让没好气道："你这么小，有什么本事当三当家？"

青年却笑道："我来证明给你看。"

说罢，他掏出一份大隋地图，指指点点道："我给你们分析一下咱瓦岗寨的规划！兔子不吃窝边草，附近都是乡里乡亲，不好下手。咱们要去大运河要经过的宋、郑两地，那里财货多，不愁不能发财！"（"此土地是公及绩乡壤，人多相识，不宜自相侵掠。且宋、郑两郡，地管御河，商旅往还，船乘不绝，就彼邀截，足以自相资助。"）

翟让、单雄信眼睛一亮，不错，这是好地方，这小子是个人才！翟让惊喜地问道："小兄弟，怎么称呼？"

青年拍着胸脯道："我叫徐世绩，字懋功。"

于是，翟让任命徐世绩为瓦岗寨三当家。

2

瓦岗军在永济渠沿岸劫夺来往船只上的物资，以致"资用丰给，附者益众"，起义队伍逐步扩大到万人以上，程咬金、王伯当等知名豪杰纷纷到瓦岗寨入伙。

河南的瓦岗军虽然颇能折腾，但与河北窦建德、江淮杜伏威等动辄几十万的义军相比还太小，隋朝内忧外患，几年过去了，也没空搭理他们。

公元616年，一位看上去三十出头，身材矮小、皮肤黝黑的人，背着包袱，拿着王伯当的介绍信，进入了瓦岗军营谋求职位。

此人叫李密，乃是关陇贵族，曾祖父是西魏八大柱国之一，祖父乃北周太保，父亲李宽是隋朝上柱国、蒲山郡公。

十几年前，李密曾在左武卫军给隋炀帝杨广当千牛卫。青少年勋贵子弟充当宫廷侍卫是惯例。一日，杨广不经意看见他后，问左武卫大将军宇文述："那个黑黝黝的小孩是谁？"

宇文述道："已故上柱国、蒲山郡公李宽之子。"杨广摇摇头，道："颜值太低，不能让他给我当侍卫。打发他回家吧！"

于是，老将宇文述笑眯眯拍着李密的肩膀道："小兄弟，你天资那么高，一定能凭借才学出仕。当一个小小的侍卫，真是屈才了。回家好好读书，将来报效国家。"（"弟聪令如此，当以才学取官，三卫丛脞，非养贤之所。"）

李密大喜，便请了长期病假，回家闭门苦读。（"密大喜，因谢病，专以读书为事，时人希见其面。"）

一日，李密骑着一头老黄牛去拜访隋朝大儒包恺。他将《汉书》书简挂在牛角上，一只手抓着牛绳，一只手翻书阅读。（这便是成语"牛角挂书"的由来，指读书勤奋，学习刻苦。）

途中偶遇朝廷尚书令、越国公杨素。杨素颇感兴趣，问道："哪里的书生，如此勤学？"

李密认识杨素，忙滚鞍下牛，自我介绍。杨素很高兴，心道：原来是故人之后。杨素问道："你最喜欢看什么书啊？"

李密答："《项羽传》。我常想，如果项羽在鸿门宴上杀了刘邦，又岂会身死国灭！"

杨素与李密越聊越开心，还邀请他到家里做客。杨素对杨玄感等几个儿子道："你们几个的学问都不如李密，以后你们要做朋友。"

这是改变李密命运的一句话。因为杨玄感非常听父亲杨素的话，从那以后，他便经常找李密，慢慢地，两人培养了深厚的友谊。

杨玄感的理想比较远大——当皇帝。杨素与已故的隋文帝杨坚是族兄弟，皆是弘农杨氏子孙。杨坚在北周任丞相时，杨素就是车骑将军。没有杨素等族人的支持，杨坚未必能篡位成功。

公元613年春天，隋炀帝又征高丽，命杨玄感在黎阳督运粮草，这时国内义军颇多，杨玄感眼见天下大乱，杨广还在国外远征，便聚众一万人，悍然扯旗造反！

李密在军中为杨玄感担任谋士， 对杨玄感说：“今天子出征，远在辽外……今公拥兵出其不意，长驱入蓟，直扼其喉。前有高丽，退无归路，不过旬朔，赍粮必尽。举麾一召，其众自降，不战而擒，此计之上也。关中四塞，天府之国……若西入长安，掩其无备，天子虽还，失其襟带。据险临之，固当必克，万全之势，此计之中也。若随近逐便，先向东都，顿坚城之下，胜负殊未可知，此计之下也。”说白了，李密提供的上策是攻打山海关断杨广归路，中策是夺取关中长安，下策是攻打洛阳。

观李密所谓的上中下三策，便可知李密拥有天马行空般的想象力，需要超强的执行力，才能完成他的策略。

黎阳在今河南省浚县一带，远征半个中国，攻打山海关？果然，杨玄感深感自身执行力不足，连连摇头道：“公之下计，乃吾上策。”

洛阳久攻不下，隋炀帝下令宇文述率领一支偏师回援，三下五除二，杨玄感便兵败被杀，首级送到了杨广的办公桌上。李密也做了俘虏，被押往洛阳。

途中，李密用巨款贿赂看守，侥幸逃跑。他投奔了几个颇有名气的头领，包括写《无向辽东浪死歌》的王薄，可是这些首领根本看不上他。

李密又潜逃到淮阳，投靠姐夫，隐姓埋名，装成一位私塾先生。闲着也是闲着，他作诗一首，自比萧何、樊哙，抒发壮志难酬，怀才不遇之情：“秦俗犹未平，汉道将何冀？樊哙市井徒，萧何刀笔吏。一朝时运会，千古传名谥。寄言世上雄，虚生真可愧。”

也许，李密觉得自己的诗写得太好了，便被自己感动哭了，还在大街上捶胸顿足，号啕大哭。结果这引起了人们的注意，认出了他，便向官府举报。

李密只好再次潜逃，连累姐夫与朋友被灭了满门！

杨广继位初年，坊间便流传着一首童谣：“桃李子，得天下；皇后绕扬州，宛转花园里。勿浪语，谁道许？”意思是皇帝、皇后将出行到扬州，不得返回都城，一位姓李的人，将取代隋朝。

李密也许是用这首童谣激励着自己，沉默了三年，付出了很多努力，可以称为扎根。

瓦岗寨也在河南，距离淮阳并不是太远。更因为朋友王伯当在彼处，李密便打算到瓦岗寨碰碰运气。

李密曾是隋朝的蒲山郡公，世代公侯，气度、见识并非翟让等人能比。李密对翟让道：“想当年，刘邦、项羽全是以布衣称帝。现在杨广昏庸无道，躲在扬州等死，大隋开国精锐在辽东损失殆尽。这就是刘邦、项羽建功立业的时机。凭您的雄才大略，兵强马壮，攻下长安、洛阳，夺取天下，拯救黎民易如反掌！”

翟让连连摇头，道：“我们只不过是一群强盗，一天到晚都在草丛之间苟且活命，您所说的，不是我们所能做到的。”（“吾侪群盗，旦夕偷生草间，君之言者，非吾所及也。”）

看到翟让如此，李密便用重金贿赂了翟让的军师贾德（《隋唐演义》中徐茂公的原型之一），请他劝说翟让。贾德与翟让进行了一场很有趣的对话。

贾德对翟让道：“大当家的，我算了一卦，按照李密说的干，大吉大利。”又道：“你必须全力支持他，才能实现目标。”

翟让不信道：“如你所言李密那么厉害，为什么不自己单干，反而来找我？”（“如卿言，蒲山公当自立，何来从我？”）

贾德装模作样地又卜了一卦，对曰：“世上万物都是相互联系发展的。李密之所以投奔你，因为你名字中有翟，翟是泽的意思。李密是蒲山郡公，蒲草非泽则不生，所以必须有您才行！”（“事有相因。所以来者，将军姓翟，翟者，泽也，蒲非泽不生，故须将军也。”）

翟让果然信了，便邀请李密入伙。

3

李密擅长谋划，具有杰出的战略眼光，而徐茂公、单雄信、程咬金、王伯当等勇将，个个能征善战，执行力超强。李密与瓦岗群雄的组合，是隋末乱世最强大的团队之一。李密在短短几个月间便领导瓦岗寨做了两件大事。

第一，收服周边流寇，攻打荥阳，斩杀张须陀。

李密毛遂自荐，游说群盗，“所至辄降下”，瓦岗寨实力大增。李密又劝说翟让攻打荥阳周边，建立稳固的根据地，结束瓦岗军的流寇生涯。

李密足智多谋，瓦岗群雄英勇擅战，很快拿下了金堤关，兵锋直指荥阳。

荥阳乃中原重镇，项羽、刘邦便曾在此处对战过。夺取了荥阳，向东能威胁洛阳，向西则可攻打虎牢关，夺取关中。

洛阳朝廷派出了百战名将张须陀进攻瓦岗军。张须陀是隋朝名将，提一旅之师，击败的义军没有上百万，也有几十万，大战小战打败过瓦岗寨三十多次。张须陀麾下猛将秦琼、罗士信皆有万夫不当之勇。

翟让听到张须陀要来，有点胆怯，在会议上道：“我曾经败在张须陀的手下，现在听到他要来，特别害怕，咱们还是逃走吧！”（“让曾为须陀所败，闻其来，大惧，将远避之。”）

李密叫道：“张须陀有勇无谋，一战可擒。大哥您只要列好阵势就行了！”

结果是张须陀击败翟让后，中了李密的埋伏。徐世绩、单雄信、王伯当等瓦岗豪杰一拥而上，张须陀身死阵中。猛将秦琼、罗士信后来也投靠了瓦岗军。

经此一战，瓦岗军打败了隋朝正规军不可战胜的神话，名声大噪，李密的个人威望更是如日中天。

第二，攻取兴洛仓，扩军数十万。

李密胸怀大志，很快便有了一个大胆的计划。他向翟让建议道：“如今天下大乱，全国多处闹饥荒，什么最重要？粮草！您如果能率军亲自拿下兴洛仓，再散粮救济百姓，到时人心所向，凑够百万人马很容易。一定要珍惜机会！”

这便是：“明公亲率大众，直掩兴洛仓，发粟以赈穷乏，远近孰不归附？百万之众，一朝可聚，先发制人，此机不可失也！”

兴洛仓距离荥阳不远，江南经大运河运来的粮食约2400万担囤积于此，与关中永丰仓、河北黎阳仓，并列全国三大粮仓。

不料，翟让却道：“我就是个农民，声望太低。请你先上，我带领诸君殿后。”（“仆起陇亩之间，望不至此，必如所图，请君先发，仆领诸军便为后殿。”）

眼见翟让又退让了，李密便慨然领命，亲率王伯当等七千勇士奇袭攻下了兴洛仓，然后开仓放粮。附近几十万老百姓扶老携幼，前来领粮食。（“开仓恣民所取，老弱襁负，道路不绝。”）

掌握了粮仓，等于有了无穷无尽的兵源，瓦岗军几乎在一夜之间，便拥有了三十多万的大军。隋东都留守越王杨侗急命大将刘长恭、裴仁基夺回兴洛仓。李密与诸将商议后，一路在横岭阻击裴仁基。自己亲率主力，在石子河迎战刘长恭。石子河一战，瓦岗军大败隋军。后来，裴仁基父子也投靠了瓦岗军。

李密的功劳和威望也到达了顶点。连瓦岗元老王伯当、徐世绩等人也劝说翟让让位给李密。

公元617年2月，李密在兄弟们的推举下，自封“魏公”，祭天登位，设置官署，似乎距皇位只有一步之遥。

值得一提的是，李密请隋朝降臣祖君彦写了一篇讨伐隋炀帝的檄文，传檄天下，其中“罄南山之竹，书罪未穷；决东海之波，流恶难尽”成千古绝句。这便是成语“罄竹难书”的来历。

魏征曾在李密手下效力，他描述瓦岗寨势力最巅峰时的实力，道：“七国之地，四为我有；五都之所，三在域中；胡骑千群，长戟百万；饮马则河洛可竭，作气则嵩华自飞；近无不怀，远无不肃；声溢寰宇，威慑华夷。”

虽然有些文人的夸张，但足可见瓦岗寨的实力之盛！瓦岗寨的蛋糕被李密做大了，可是却无法将蛋糕分得令所有人满意。

瓦岗军的势力，大致可以分为李密嫡系一派、翟让的瓦岗军元老派，还有秦琼等代表的降将派。其中，降将派能力最强，自然被李密拉拢，委以重任。为此，元老派中很多人便心中不满。

翟让的哥哥翟弘，是瓦岗寨的元老之一，多次向翟让抱怨：“兄弟啊！你真是太傻了！皇帝必须让咱们家人坐，怎能拱手让给李密？你如果不愿意当皇帝，就应该让给我啊！”（“天子止可自作，安得与人！汝若不能作，我当为之。”）

翟让的亲信王儒信劝翟让从李密手中夺回权力。翟让哈哈大笑，没怎么当回事儿。李密听说这两件事后，心中忌惮不已，唯恐翟让真的被说动。

翟让极为贪财，竟然敲诈李密的左长史房彦藻说：“你们上次攻破汝南，抢到的金银财宝怎么全部都给魏公了？魏公是我一手扶立的，日后还不知如何呢！”

房彦藻是李密的心腹，立刻向李密汇报，并建议李密早日除掉翟让：“翟让贪婪、自大、不仁，有取代您的意图，应早点筹谋了。”（“让贪愎不仁，有无君之心，宜早图之。”）

李密犹豫不决，翟让毕竟是瓦岗寨的创始人，军中拥护者很多，而且有恩于自己。李密道：“现在天下未定，就杀自己人，怎么干大事？”（“今安危未定，遽相诛杀，何以示远！”）

李密的犹豫是有道理的，太原李渊父子攻占了关中之地，窦建德盘踞在河北，王世充占据着洛阳，萧铣在江陵称王，梁师都霸占着朔方，杨广在江东依旧有三十万府兵！

如果瓦岗军内讧，损耗实力了，怎么办?

李密的左司马郑颋也劝他：“毒蛇蜇手，壮士断腕求生，两害相权取其轻。如果翟让先下手，咱们后悔也晚了！”（“毒蛇螫手，壮士解腕，所全者大故也。彼先得志，悔无所及。”）

李密想起了鸿门宴中的项羽，一咬牙，一跺脚，狠狠地点头。碰巧的是，翟让竟然派人传信，让李密请自己吃饭！

天予不取，反受其咎！

于是，发生了本文中开头一幕。

4

翟让被砍死后，李密埋伏的精锐悍卒冲了出来，对着翟让的心腹一阵乱砍！翟弘、王儒信、单雄信等人慌忙拔剑抵抗！单雄信大叫道：“懋功，我们联手杀出去！”

徐世绩的反应不可谓不快，大叫一声，跳出窗户，冲了出去！可惜，还是被士兵冲着脖子一刀砍倒在地。士兵打算再补上一刀时，王伯当慌忙大喊：“刀下留人！”救了徐世绩一命。

一阵乱砍后，翟弘、王儒信等人倒在血泊中，一身是血的单雄信、邴元真等人看到李密走来，对视一眼，扔下宝剑，双膝跪在地上将头磕得砰砰响！大呼：“魏公饶命！魏公饶命！”

李密泪流满面地扶起单雄信、邴元真等人，道：“兄弟，我也是迫不得已！”又命人救治徐世绩。

事后，李密召集秦琼、罗士信、单雄信、徐世绩、王伯当、邴元真、程咬金、魏征等大小百十名文武开大会，他安抚大家：“兄弟们聚在一起的目的是除暴安良，拯救天下黎民！可是翟司徒贪得无厌，欺压同僚，我只杀他一家，你们不要担心，咱们继续干事业！”

李密用人不疑，疑人不用，令徐世绩、邴元真、单雄信等人分别统领翟让旧部。几个月后，李密与王世充激战正酣时，邴元真、单雄信临阵反水，徐世绩坐观成败，李密惨败，只剩下一两万人。众将与李密已经离心离德，不愿意接受他指挥。李密无奈投降唐王李渊。后来，李密被李渊诛杀，瓦岗军正式退出了历史舞台。

昔日的瓦岗寨大将，秦琼、罗士信、徐世绩等人带着手下纷纷降唐，立下赫赫战功，成为大唐开国元勋。值得一提的是，象征大唐最高功勋荣耀的凌烟阁二十四功臣，有五位出身于瓦岗军，分别是郑国公魏征、英国公徐茂公、卢国公程咬金、长平郡公张亮、胡国公秦琼。其余瓦岗文武成为唐朝重臣者，不在少数。

翟让、李密辛辛苦苦创建的瓦岗军，为李唐做了嫁衣。

古人常说：“宁学桃园三结义，莫效瓦岗一炉香。”同是起于草莽，桃园三兄弟刘备、关羽、张飞，几十年来，生死与共，患难相随，不离不弃。张飞的孙子与魏军血战到最后一息，慷慨赴死；张飞的儿子陪刘禅远赴洛阳；刘备的孙子刘谌在祖庙自杀；关羽的孙子更是被魏军灭了满门。三代人无愧于结拜时许下的誓言。

瓦岗军与桃园兄弟相比，只是曾共患难，却未能共富贵。

王夫之叹道：“以杀翟让故，诸将危疑，一败于邙山，而邴元贞、单雄信亟叛之；密欲守太行、阻太河以图进取，而诸将不从，及粗帅以降唐，则欣然与俱，而密遂以亡。”

这段话的意思是，瓦岗军的覆灭就是从李密在饭局上杀翟让开始的。

首先，翟让确有取死之道，若无李密，也许瓦岗军只是一伙强盗，早晚被军阀吞掉。翟让既自知能力不如李密，并已交出了权力，就应当明哲保身，约束亲属，效忠李密，方能避免杀身之祸，待瓦岗军取得大业后才能水高船涨。

秦末，萧何是县主薄时，便主动将义军首领的位置让给小小的泗水亭长刘邦，一生竭力辅佐；镇守后方时，担忧刘邦怀疑自己，便将两个儿子送到前线当人质。他摆正了自己的位置，终得善终，子孙世代公侯，与天家相始终。

其次，李密做事情也欠考虑。虽然瓦岗军是在李密手中才成为天下第一势力，可是若无翟让收留，李密怎么会从无处容身的通缉犯一跃成为瓦岗军的第一号头领？

以李密的实力，完全可以收拢翟让的军权，剪除其羽翼，给其高官尊位，不予实权。

刘备夺取刘璋的基业后，仍然让刘璋富贵终身；赵匡胤叛变大周后，仍厚待柴家子孙。李密的胸怀与这二位相比，终究是差点。

看着翟让一家的尸体，无论是元老派的徐世绩、单雄信等，还是降将派的秦琼、罗士信等，甚至是普通将士均会心寒。因为无论他们如何舍身忘死，立下多少战功，也不可能比得上翟让对李密的恩情！所以，瓦岗军在李密杀翟让后，战斗力直线下降，单雄信、邴元真、秦琼等大将才会背弃李密。李密失去了开国称帝的机会，瓦岗军也烟消云散。

这便是那场饭局给我们带来的反思。

赵国公府宴：皇权与相权的较量

公元654年7月中旬的一天上午，唐高宗李治携昭仪武媚娘，乘坐龙车凤辇，御临赵国公府，拜访舅舅——当朝太尉长孙无忌。

时至晌午，李治依旧和长孙无忌互相恭维，东拉西扯，丝毫没有回宫的意向。年近六旬的长孙无忌，捋着花白的胡子，颇有深意地瞅了瞅武昭仪。跪在李治身后的武昭仪回以长孙无忌一个甜美、矜持的微笑。

长孙无忌礼貌地点点头。于公，李治是大唐天子，于私，来的是外甥与外甥媳妇，到饭点了，总不能不管饭吧？

出于礼貌，长孙无忌极力挽留李治夫妇，用膳之后再走。李治假模假样地拒绝，武媚娘娇笑道："陛下，国舅爷一番美意，咱们吃过饭再走吧！"

李治哈哈大笑道："既然如此，就叨扰舅舅了。"

长孙无忌微微一笑，心想："李治啊，你摆明了是到舅舅家蹭饭啊！一定是有事求我。"事已至此，长孙无忌只好设宴款待李治夫妇。

1

李治是唐太宗李世民与长孙皇后的第三子，本无资格成为大唐天子，他还有一母同胞的大哥前太子李承乾和二哥魏王李泰。

中国古代皇位传承是嫡长子继承制。所谓嫡长子，便是正妻所生的长子。李世民即位后，便封长子李承乾为大唐太子。

中国帝王史上存在一个颇为奇特的现象。但凡杀伐果断、雄才伟略、大有作为的君王，其嫡长子总是性格仁厚，不类其父，令君王不满。例如，秦始皇将劝谏自己的长公子扶苏，撵至九原监军；汉高祖多次想废了嫡长子刘盈的太子之位；汉武帝的太子，史称“宽厚仁孝”的刘据更是被逼到举兵谋反的地步。

唐太宗李世民父子也是经典的例子。李世民对太子李承乾非常严厉，对魏王李泰表现得非常喜爱，导致的结果便是李泰觊觎皇位，李承乾深感危机。

一不做二不休。贞观十七年，李承乾勾结大将侯君集等人发动政变，强行逼宫。

想当年李世民逼父起兵，南征北战，推翻隋朝。玄武门之变，李世民杀兄囚父，才登上皇位，又岂会不防着自己的儿子？

李世民是天下谋反经验最丰富、能力最强的人，在他眼皮底下谋反真是班门弄斧。李世民三下五除二，便摆平了李承乾。

一个造反的儿子，无论如何不能被立为太子。李世民许诺立魏王李泰为太子，李泰激动了，有些得意忘形，抱着李世民撒娇，说了两句很傻的话：“我现在才成为老爹最亲的儿子，宛如重生之日！我只有一个儿子，在我死之前，杀了他，传给晋王李治！”（“臣今日始得与陛下为子，更生之日也。臣唯有一子，臣百年之后，当为陛下杀之，传国晋王。”）

李世民一阵阵恶寒。他便将魏王的话告诉了大臣褚遂良。褚遂良跟随李世民二十多年，不仅是大书法家，更是一代能臣，他劝谏李世民：“陛下去世之后，魏王成了皇帝，怎么会杀了儿子，传位给弟弟？”（“安有陛下百年之后，魏王执权为天下之主，而能杀其爱子，传国于晋王者乎？”）

李世民有十几个儿子，难道不能立别的庶子为太子吗？答案是很难。当年玄武门之变时，长孙皇后与诸将、诸学士，同生死，共患难。多年相交，已结成了牢固的利益共同体。长孙无忌、房玄龄、杜如晦、程咬金、尉迟敬德、侯君集等在贞观朝掌握实权的文武大臣，多是“玄武功臣”，他们不会允许一个与他们毫无利益关系的人登上皇位。

为了身后事，李世民立太子必须优先考虑长孙皇后生的三位嫡子。魏王如此心狠手辣，如果当了皇帝，李承乾、李治恐怕性命难保。李治仁厚，可以保全兄弟们。正是：“泰立，承乾、晋王皆不存；晋王立，泰与承乾可无恙也。”

一次，开完会之后，李世民召集长孙无忌、褚遂良、房玄龄、李绩四位大臣开会，李世民道：“我决定立晋王李治为太子，你们有什么意见？”

常言道，见舅如见娘。孩子的娘不在了，国舅长孙无忌抢先站了出来，杀气腾腾道：“坚决拥护陛下的决定，谁反对，我长孙无忌就杀了他！”房玄龄、李绩等也立刻表态要拥护。

李世民示意儿子李治去给舅舅磕个头。李世民又问道：“你们几个同意了，其他大臣呢？”

长孙无忌将胸脯拍得砰砰响：“百官如果反对，老臣立刻自杀谢罪！”（“有如不同，臣负陛下百死。”）

李世民终于松了一口气，有那么强悍的舅舅罩着，李治应该可以坐稳江山吧？于是，贞观十七年，李世民立16岁的李治为皇太子。没过多久，李世民便看李治不顺眼了，窝窝囊囊，丝毫没有自己的杀伐决断！他觉得吴王李恪英武非凡，更有自己的风采，便动了易储的心思。

李世民便对长孙无忌抱怨：“你劝我立李治，可我却看他像窝囊废，根本没本事守住大唐江山。吴王李恪最像我！立他为太子如何？”（“公劝我立雉权，雉奴懦，恐不能守社稷，奈何！吴王恪英果类我，我欲立之，何如？”）

李世民为什么要问长孙无忌的意见呢？因为长孙无忌是已故长孙皇后的亲哥哥，本人满腹韬略，不仅是一代名士，更是关陇贵族集团在朝廷的代表。李家打天下靠的便是关陇集团，如果太子得不到关陇集权的支持，李世民死后，便会政局不稳。

长孙无忌道："大唐社稷需要一位仁厚的守成之君，国家储君不能换来换去，请陛下深思。"（"太子仁厚，真守文良主；储副至重，岂可数易？愿陛下熟思之。"）！

长孙无忌未必没有私心，因为李治的母亲便是隋炀帝的女儿，背后是江南世族。如果李恪为帝，关陇贵族的政治地位便会受到威胁。更何况在和平年代，没有文臣喜欢性格强势的君王，因为其不易控制。

长孙无忌代表关陇贵族表态了，李世民也没有办法，总不能大开杀戒，清洗朝堂吧。

2

贞观二十五年（公元649年），李世民驾崩于翠微宫，以长孙无忌、褚遂良、于宁志、李绩等为顾命大臣，辅佐朝政。李治登基，史称唐高宗，改年号为永徽。

朝廷政局不太平稳，高阳公主联合其夫君房遗爱（房玄龄之子）、柴令武（柴绍与平阳公主之子）、荆王李元景（李渊之子）、巴陵公主（李渊之女）等勋贵意图谋反。议事不密，被人举报。

长孙无忌、褚遂良轻松拿下了这些宗室勋贵后，利用斗争扩大化的手段，通过严刑逼供，诬陷吴王李恪、江夏王李道宗、李渊之女婿薛万彻等人，将他们或杀或贬。

吴王李恪被弓弦绞死前，破口大骂："长孙无忌窃弄威权，陷害忠良，李家列祖列宗在天之灵，一定让长孙无忌灭族！"

高阳公主谋反案，疑云重重，被称为初唐第一政治冤案。此案过后，长孙无忌、褚遂良等人权势大增，因为分蛋糕的人少了。

李治曾在朝堂上哭着为亲戚们求情，能不能少杀几个？长孙无忌、褚遂良拒绝。

李治便开始对长孙无忌有些不满，此案被牵连而死的几百人基本上是李治的血亲，包括他的姐姐、姐夫、妹妹、妹夫、叔叔、哥哥、弟弟、表弟。这些人是李唐宗室经历血与火考验后，留下来的优秀人才。

唐太宗晚年曾点评过贞观诸位名将："当今名将，唯李绩、江夏王道宗、万彻而已。"一场冤案，牵连了两个名将。

多年以后，武则天夺权，宗室、勋贵人才凋零，无力反抗，多是因为永徽年间的政治冤案。李世民常说李治"仁儒"，说白了就是懦弱。可是，李世民却看走眼了。在他重病在身，躺在翠微宫的龙床上等死的时候，侍奉汤药的李治便与武媚娘（当时是李世民的才人）眉目传情。（"时上在东宫，因入侍，悦之。"）

李世民驾崩后，依照惯例，武媚娘到感业寺出家为尼。可是她不甘心，便绞尽脑汁写了一首情诗《如意娘》，托人带给李治："看朱成碧思纷纷，憔悴支离为忆君。不信比来长下泪，开箱验取石榴裙。"

（我将红色看成绿色。为什么呢？因为思念着你，令我精神恍惚。不能和你在一起，我身体憔悴，魂不守舍。如果你不相信我哭泣，请打开箱子，看我石榴裙上的斑斑泪痕。）

英雄难过美人关，最难消受美人恩。李治看到这首《如意娘》泪流满年。23岁的李治借口为李世民上香祈福，到感业寺找武媚娘。

宫里王皇后适逢与萧淑妃争宠，便派人将武媚娘接入皇宫，意图多个帮手。武媚娘大喜，入宫以后与李治恩爱缠绵一年后，生下了长子李弘。母因子贵，武则天升二品昭仪。

纳兰容若有词云："人生若只如初见，何事秋风悲画扇。等闲变却故人心，却道古人心易变。"李治与王皇后曾是少年夫妻，耳鬓厮磨，恩爱缠绵。

可有了武媚娘后，两人的感情便淡了。

武媚娘不断吹枕头风，李治耳根子软，决定废掉王皇后，立武媚娘为后。古代君权社会，皇后象征一国之母。李唐王室出身的陇西李氏、赵郡李氏、清河崔氏、博陵崔氏、范阳卢氏、荥阳郑氏、太原王氏七大世族并列为“五姓七族”。

王皇后便是太原王氏嫡女，她本人端庄大方、贤良淑德，是李世民亲自挑选的太子妃。李世民弥留之际，曾对长孙无忌、褚遂良等顾命大臣说：“佳儿佳妇，托付给卿。”

王皇后不是一个人，她代表着山东世族在朝廷的利益，象征着李世民留下的政治传统。如果要废掉王皇后，李治最好得到百官之首长孙无忌的支持。

长孙无忌是凌烟阁二十四位功臣之首，为大唐的建立与发展立下赫赫功劳。三朝老臣、当朝太尉、顾命大臣、权倾朝野，又是李治的亲舅舅。若不是长孙无忌的全力支持，李治也不会被李世民立为太子。

李治与武媚娘带着礼物亲自莅临太尉府，拜访长孙无忌，发生了一场颇为有意思的饭局。

中国人的饭局自古以来从来不是为了“饭”，而是因为“局”。饭局的东家虽然是长孙无忌，真正布局的却是李治。

酒菜上齐后，李治为了灌醉长孙无忌，用各种理由向长孙无忌敬酒。目的很明显，想等舅舅喝醉了答应废王立武。大丈夫一言九鼎，总不能事后反悔吧！

酒是好酒，太宗皇帝身前御赐的美酒，甘洌醇厚。

可是李治低估了长孙无忌的酒量。

李治自己喝得面红耳赤，双眼渐渐迷离，长孙无忌却像没事人一样！如果李治真喝多了，就尴尬了。武媚娘急忙示意李治不要再喝了。

李治晃晃脑袋，端着酒爵道：“舅舅，朕的表兄弟们现在做什么呢？”

长孙无忌就掰着手指头，数了起来，长子长孙冲是驸马都尉，二儿子长孙涣官至鸿胪少卿……

最后，算了一下，还有三个庶子因为年幼，未步入仕途。

李治道："舅舅您老人家是大唐凌烟阁第一功臣，表弟们一个个也是人中之英，怎么能不为朝廷效力呢？这样吧，舅舅，朕先封他们为朝散大夫，以后，优先提拔，重点培养！"

"多谢陛下隆恩，长孙家世世代代愿为陛下效死。老臣先干为敬！"长孙无忌慌忙敬李治一杯。

朝散大夫是从五品，可以身穿红袍。无数寒门子弟，为朝廷效力半生，也混不到从五品。唐朝大诗人白居易才华横溢，勤政爱民，一直到五十岁，才担任朝散大夫。

李治放下酒爵后，道："朕今天心里真的很开心，看到舅舅老当益壮，不减当年，表兄弟们又是一时俊杰，前途无量！"接着又道："舅舅您也知道，王皇后没有给朕生儿子，武昭仪为朕生了一个儿子！您看……"

李治一脸期待地看着长孙无忌。

"哎哟！"长孙无忌道，"老臣恭喜陛下，恭喜武昭仪，来来来！陛下、武昭仪，满饮一杯。"

李治与武媚娘对视一眼。

李治又道："舅舅，这些年，您为国操劳，万分辛苦。朕为您准备了十大车金银珠宝和上等绸缎，请您笑纳！朕敬舅舅一杯！"长孙无忌是贵族出身，从小吃着山珍海味，穿着绫罗绸缎，从没缺过钱。当年还为李世民管理过国库，是见过大世面的，区区几车财货，根本看不上眼。

长孙无忌道："谢陛下隆恩，老臣敬陛下一杯！"

李治懒得再陪长孙无忌扯皮下去，直接道明来意："舅舅，您老人家功高盖世，无论得到多少赏赐都是理所应当的。王皇后没有儿子，武昭仪为朕生了一个儿子，朕论功行赏，武昭仪也该立为皇后啊！"

长孙无忌道："陛下喜得龙子，老臣心里高兴，今天不醉不归，继续喝。"

李治不耐烦了，道："朕敬你！舅舅如果答应，就喝。如果不答应，就自罚一杯。"长孙无忌道："这么大的事，老臣也做不了主，陛下还是问问褚遂良他们的意见吧。今天，咱们喝酒，喝酒！"

李治屡屡请长孙无忌支持自己，可是长孙无忌总是顾左右而言其他。最后，李治与武媚娘气呼呼地拂袖而去。这便是："上及昭仪皆不悦而罢。"

3

回到皇宫后，李治破口大骂长孙无忌："王皇后是山东世族的女儿，又不是关陇贵族，舅舅你为什么不帮朕一把？"

李治想着自己为堂堂大唐天子，殷勤劝酒，好话说尽，低三下四，拉拢一位臣子，这位臣子竟然还推三阻四，心中很窝火。

子曰："知耻而后勇。"赵国公府宴受到的羞辱，令李治觉醒了，复苏了体内太宗皇帝强悍、刚烈的血脉。李治决定不惜一切代价，也要立武媚娘为皇后。李治召集长孙无忌、褚遂良、李绩、于宁志等人一起商议废王立武的事项。

四位大臣在会议室外碰面沟通。

于宁志也是关陇贵族出身，学问非常好，曾经与魏征一起担任过李承乾的老师，后来又辅佐李治。他曾亲眼看见过李承乾的叛乱，至今心有余悸，不想掺和皇家的事，所以，他提议由长孙无忌或者李绩先发言。

褚遂良不同意，他对长孙无忌道："太尉，是国舅，如果进谏不能如意，会使皇上受到嫌弃亲人的嘲笑。（"太尉，国元舅，有不如意，使上有弃亲之讥。"）接着他又对李绩道："司空，是国家功臣，如果进谏不能如意，会使皇上蒙受摒斥功臣的嫌疑。"（"司空，国元勋，有不如意，使上有斥功臣之嫌。"）

那么，谁当出头鸟和李治吵架呢？褚遂良毛遂自荐，道：“我是先帝留下的托孤大臣，如果不竭尽全力，将来九泉之下，没脸见先帝！”（“吾奉遗诏，若不尽愚，无以下见先帝。”）

这时候，李绩开口了：“诸位，老夫身体不舒服，头晕脑晃，实在撑不住了。见到陛下后，恐怕会御前失仪。老夫先回家吃药了，请诸位替我和陛下请病假。”

李绩长袖一挥，头也不回，大步离开。剩下的三位大臣不仅没有生气，还对李绩的行为颇为赞赏。李绩是军方代表，今天掺和废立皇后，明天会不会废立皇帝？皇帝让他参会，是给他面子。他主动退出，是懂进退。

三位大臣硬着头皮，走进会议室。李治面容严肃，开门见山道：“人活着，最大的罪过就是没有后代。王皇后不能生儿子，我想立武昭仪为后！”

褚遂良大声道：“皇后出身名门贵族，贤良淑德，没有失职行为。先帝重病时，曾拉着我的手，对我说‘我的好儿子、好儿媳妇就托付给你了！’陛下您当时也在旁边，亲耳听到，言犹在耳！”

“即使陛下真的不喜欢王皇后，也应该到名门望族中另选皇后。武昭仪是先帝的才人，你立她为皇后，会让天下人耻笑！”（“陛下必欲改立后者，请更择贵姓。昭仪昔事先帝，身接帷笫，今立之，奈天下耳目何？”）

李治被骂得满脸通红，褚遂良将朝笏往地上一摔，跪在地上，拼命磕头，血流满地！他大叫道：“陛下，不听我的话，让我回家种田吧！”

躲在帷幕后的武媚娘听不下去，跳出来，大叫道：“为什么不杀掉他？”（“何不扑杀此獠？”）

乱哄哄，实在不成体统，长孙无忌忙道：“褚遂良是顾命大臣，不能受到如此处罚。”（“遂良受先朝顾命，有罪不加刑。”）

暂时结束了这场闹剧。

李治仍然不死心，他把躲在家里装病的李绩喊来，试探道：“朕想立武昭仪为皇后，可是顾命大臣褚遂良坚决反对，你认为呢？”

李绩十七岁杀人造反，经历过翟让、李密、李渊、窦建德、李世民等六任主公。纵横沙场四五十年，所向披靡，被李世民誉为：“大唐江山的万里长城。”若不是精明至极，李绩早死了几百回了。

所以，李密的回答非常经典——“此陛下家事也，何必问外人？”

表面上看这句话是说，陛下立谁为皇后是自己的家事，为什么问外人？更深层的意思是代表军方表态效忠大唐天子，一切听陛下的。

得到军方的支持，李治大喜。

很快，李治便强立武媚娘为皇后。李治、武则天提拔了许敬宗、李义府等不得志的人才，与长孙无忌、褚遂良对抗！

经过一系列残酷的斗争，褚遂良被贬官至死，长孙无忌被逼死。李治夺回了顾命大臣手中的权力，在武则天、李绩等人的辅佐下，内圣外王，建立盛世。

国力蒸蒸日上，国外战争不断取得胜利，国内人民安居乐业，史称“永徽之治”。

可以说，没有“废王立武”，便不会有李治夺回皇权。李治不夺同皇权便不会有机会内圣外王，建立盛世！

“废王立武”本是李治选谁当皇后的家事，仅仅因为赵国公府宴中，长孙无忌“敬酒不吃吃罚酒”，升级为李治和元老大臣争夺权力的斗争，说白了就是解决一个问题：皇权与相权，孰强孰弱？

皇权与相权的较量，如同拔河比赛，很难保持长时间的平局，总是一方拉倒另一方。在秦始皇、汉高祖、汉武帝、李世民、朱元璋等雄主面前，相权匍匐在皇权脚下，如鹌鹑般老实。

相权强大时：秦相赵高指鹿为马，弑杀二世皇帝；汉相周勃、霍光可废立皇帝；曹操任相时，将汉献帝当成傀儡；诸葛亮人品比较好，担任蜀国丞相期间，仅仅独揽大权；杨坚任北周丞相时，趁着皇权衰落，谋朝篡位，建立了隋朝。

赵国公府宴上，外甥与舅舅，杯觥交错，酣饮极欢。外甥对舅舅竭尽全力收买，给表弟们封官，赐予十车金银财货，却不能说服舅舅帮自己一把。

晓之以情，动之以理，诱之以利，均不起作用。求人不如求己，外甥便夺回了权力，巩固了皇权。一国之君，言出法随，不必低三下四，赔着笑脸，在酒桌上求人办事。

滕王阁宴：酌贪泉而觉爽，处涸辙以犹欢

公元675年九月初九，重阳节。时值深秋，云烟凝结成暮霭，山峦呈现一片青紫色，诚可谓秋高气爽、风清云淡。

豫章郡洪都新修成的滕王阁正在举行一场杯觥交错、笑语晏晏的宴会。

原来是洪都都督阎伯屿在滕王阁大会宾客。酒过三巡，酒意酣畅之时，阎都督看了女婿吴学士一眼。吴学士会意，颔首微笑后，回忆着自己做了十几日的序文。

阎都督冲着满堂宾客大笑道："诸位听老夫一言。"

堂下宾客听闻东家要讲话，一个个放下杯箸，露出恭听之色。

阎都督道："今日群贤毕至，适逢重修滕王阁。诸君岂能不作文以记之，令后世之人，共飨盛宴？取纸笔来，请诸君一吐胸中块垒！"

宾客们多是当地的官宦名绅，如宇文州牧、王将军等人。一来知道阎都督做此提议是为了给女婿吴学士扬名，二来他们事先也未准备，所以，他们面对仆人端着的笔墨，连忙推辞。

当仆人请至一位面容沧桑、身材削瘦的青年时，他立即站起身来，接过笔墨，放在案上，冲着阎都督拱手道："区区末才下士王勃，探望家父，路过洪

州，有幸赴都督盛宴，不胜感激之至。阎都督盛情难却，不才斗胆试笔，尚望都督及诸位先生不吝赐教。”

宇文州牧、王将军等哑然失笑，若有所思地看了阎都督一眼。阎都督心中不悦，嘴上却道：“呵呵，请王学士一展文采，老夫等洗耳恭听。”

阎都督看到王勃挥笔作文后，便走出宴所，坐在阁外，凭栏眺望江景，他口中讷讷道：“这王勃小儿，真是不懂人情世故。何故抢小婿风头？”

1

王勃何许人也？此公表字子安，绛州龙门人，出身于书香门第。他的祖父王通乃是隋唐时期的大儒，唐初宰相如温彦博、房玄龄、魏征等人，均是他门下弟子。

家庭的熏陶，加上自身的天赋，王勃幼年时便名噪一时。据《新唐书·王勃传》中记载：“勃六岁善文辞，九岁得颜师古注《汉书》读之，作《指瑕》以擿其失。”

意思是，王勃六岁便擅长写文章，九岁时便读了颜师古（颜回之后，唐朝初年经学家、训诂学家、历史学家）所注的《汉书》，还写了一篇十卷的《指瑕》指出其中的错误。

区区九岁孩童，竟然能指出史学大家的错误，何等惊世骇俗。

更传奇的还在后面，一年后，年仅10岁的王勃便将《诗》《书》《礼》《易》《乐》《春秋》儒家六经倒背如流，偶尔发表一下读书心得总能获得世人赞叹。几年后，王勃又跟随长安名医曹元学习《易经》《皇帝内经》等书，对针灸、炼丹、奇门遁甲、占卜等“三才六甲之事，明堂玉匮之数”也有所领悟。

儒家讲究“学而优则仕”，满腹经论的王勃非常有上进心，他渴望入仕施展自己的政治抱负。入仕的正常途径是参加科举，王勃等不及了，便毛遂自荐。他在14岁那年，便洋洋洒洒引经据典写了一篇1500字的《上绛州上官司马书》，寄给上官司马。可惜上官司马懒得搭理一个小孩子，并未回信。

撑死胆大的，饿死胆小的。王勃直接给当朝宰相刘详道寄了一封信，3000多字的《上刘右相书》，抒发自己的政治抱负，发表对朝局的看法。刘详道读了信后，大惊道："神童，真是神童！"

不得不说，刘宰相的觉悟比较高，大唐为什么能诞生神童呢？这是因为当时的皇帝很重视大唐帝国文明建设的成果，这是各级官吏贯彻朝廷政策的体现。

于是，刘宰相便将王勃当成祥瑞推荐给了高宗皇帝。这便是："太常伯刘公巡行风俗，见而异之曰：'此神童也！'因加表荐。"

宰相的面子还是要给的，唐高宗亲自面试了王勃，王勃不慌不忙，侃侃而谈。

唐高宗大喜，感叹道："奇才，奇才，我大唐奇才！"随后便任命王勃为朝散郎，从七品。这是闲职，说白了即是担任宫廷御用笔杆子，类似于现在的非领导职务的副处级调研员。

公元666年，王勃16岁。王勃的文学才华为举世公认，与杨炯、卢照邻、骆宾王齐名，时称"王杨卢骆，大唐四杰"，史称"初唐四杰"，王勃居首。那一年，杨炯16岁，卢照邻34岁，骆宾王43岁。

王勃专心本职工作，贡献了很多歌颂时事的宣传文章，比如当朝廷组织"郊外一日游"或"某处宫殿竣工庆祝典礼"这样的活动时，写出歌功颂德的宣传文章，如《乾元殿颂》《宸游东岳颂》《九成宫颂》《拜南郊颂（并序）》等。

唐高宗对王勃极为欣赏，便给王勃调动了一份工作，安排他给三儿子沛王李贤当伴读书童，顺便掌管王府的公文往来。这可是一个好职位。

李贤容貌俊秀、举止端庄，深得唐高宗赏识。李贤幼年时，唐高宗曾对英国公李绩感叹道："这个孩子已经读了《尚书》《礼记》《论语》，背诵古诗赋十多篇，过目不忘。我曾叫他读《论语》，他读到‘贤贤易色’，反复诵读。朕问他为什么反复诵读，他说自己内心特别喜爱这句话。朕才知这孩子的聪敏出自天性。”

唐朝初期皇帝继承，并非是嫡长子继承制，而是择贤而立。唐太宗李世民、唐高宗李治皆非嫡长子。假如李贤能坐上龙椅，王勃可是从龙之臣。

政治前途远大的王勃，在沛王府陪着李贤优哉游哉地过了两三年。这段时间，应该是他对生活最乐观向上的时候，有诗为证。好友杜某要去四川当官，王勃为他送行时，挥笔写下《送杜少府之任蜀州》：“城阙辅三秦，风烟望五津。与君离别意，同是宦游人。海内存知己，天涯若比邻。无为在歧路，儿女共沾巾。”

过去送别朋友的诗多为哭哭啼啼、依依不舍，王勃这首诗大气磅礴、意境旷达，至今传唱不衰。

诗为心声，可见陪未来太子读书的王勃，生活还是挺惬意的。

长安城还流传着王勃的传说。王勃写文章时有个雅好，他在构思之前先磨墨数升，然后开怀畅饮，酒酣耳热后，拉一床被子捂着脸睡觉。等到酒过人醒，便“援笔成篇，不易一字”。时人谓之“腹稿”。这便是后世“打腹稿”的来历。

少年得志、才高八斗、简在帝心、前途无量等美好的成语，均可以用来形容当时的王勃。可惜，天有不测风云，人有旦夕祸福。文采惊世的王勃，因缺乏政治素养引来了一场灾祸。

2

唐高宗时，人民生活富足，渐渐开始追求各种娱乐，尤以斗鸡最受世人的喜爱，即便是在皇室贵族中也大受欢迎。

高宗的儿子沛王李贤与英王李哲要开展一场斗鸡比赛。沛王便安排王勃写一篇檄文。檄文是古代用于征召、晓谕的政府公告或声讨、揭发罪行等的文书。因斗鸡而写檄文，明显是游戏之作。

王勃欣然从命，写了一篇《檄英王鸡》，奇文共赏，摘录数句："两雄不堪并立，一啄何敢自妄？""羽书捷至，惊闻鹅鸭之声；血战功成，快睹鹰鹯之逐。""雌伏而败类者必杀，定当割以牛刀。"

这篇檄文，被唐高宗李治看到了。唐高宗的鼻子差点气歪，因为皇子之间的斗争是大唐最敏感的话题。当年，时任秦王的李世民发动政变，一箭射杀了太子李建成，又诛杀了齐王李元吉，才成为大唐天子。李治成为太子之前，与原太子李承乾、魏王李泰明争暗斗了不知几百回合。结果是李治成为九五至尊，两位一母同胞的哥哥英年早逝。

唐高宗道："我大唐皇子之间相亲相爱、和睦共处、情比金坚，堪称世代皇家典范。王勃小儿，离间朕的儿子们。传旨，免去他的所有职位，让他立刻滚出长安！"

王勃写《檄英王鸡》，只是完成领导交办的工作任务，顺便卖弄一下文笔而已。可是他千不该，万不该去涉及皇族争端话题。

可以说，王勃经世安民、出将入相的梦想、就这样结束了。

当一个年龄不足20岁的青年，卷着铺盖，无奈离开奋斗了5年的国家首都时，内心是何等悲凉、迷茫、惶恐、失望？此时的王勃大抵意识到了，虽然他为皇帝写了很多歌功颂德的雄文，但是在皇帝的心中，自己只是一个弄臣而已。招之即来，挥之即去。

"福兮祸所伏，祸兮福所倚"。王勃的政治生命虽然结束了，一种崭新人生却也在等待着他。一片更广阔的天地呼唤着他建功立业，他的宿命不再仅仅是一名宫廷御用笔杆子。

生活不止眼前的苟且，还有诗酒梦歌和田园。失业后的王勃决定来一场说走就走的旅行，他将目光投向了沃野千里、山川秀丽的四川。

入蜀途中，王勃目视着雄奇山川，怀着满腔忧愤、耿介不平之心，写下了一首首壮丽诗篇。他经过始平（今陕西兴平市）时作《始平晚息》：“观阙长安近，江山蜀路赊。客行朝复夕，无处是乡家。”经过扶风时作《扶风昼届离京浸远》：“帝里金茎去，扶风石柱来。山川殊未已，行路方悠哉。”到达四川剑阁县时作《普安建阴题壁》：“江汉深无极，梁岷不可攀。山川云雾里，游子几时还。”旅居四川期间，王勃与“初唐四杰”中的卢照邻相会于玄武（今四川省中江县）。九月初九重阳节是登高望远的节日，卢照邻前来拜访王勃，并邀王勃同游玄武山赋诗。王勃诗云：“九月九日望乡台，他席他乡送客杯。人情已厌南中苦，鸿雁那从北地来。”

诗以言志，王勃对长安还是充满怀念的。

时间到了公元671年，朝廷在各地发布公告：“其四方士庶，及邱园栖隐，有能明习礼乐，祥究音律，於行无遗，在艺可录者，宜令州县搜扬博访具以名闻。”

说白了，就是招聘民间的文艺人才。王勃估计着高宗皇帝也消气了，便与卢照邻结伴再次入长安参加招聘。“初唐四杰”中的另两位杨炯和骆宾王，也兴致勃勃地赶到了长安。

文人圈就那么大，四大才子结识之后，游山玩水，把酒言欢，不亦乐乎。四个人非常自信：“比文艺修养，咱们是大唐的巅峰。”

可惜，想法是美好的，现实却颇不如意。

当时负责招聘的主考官是吏部侍郎裴行俭，此公不仅文武兼备，出将入相，更是一代书法家，而且还精通相学。裴行俭面试王勃等四杰后，做出神预言：“士之致远，先器识而后文艺。勃等虽有文才，而浮躁浅露，岂享爵禄之器耶？杨子沉静，应至令长，余得令终为幸。”

意思是说，士人若想拥有远大前程，必须先有度量与见识，其次才是文艺才能。王勃等人虽然很有文采，但是浮躁浅露，哪里是能享有爵位俸禄的人？

杨炯比较沉静，应该当县令，其余的人恐怕不得善终啊。”

几年后，卢照邻投颍水自尽，骆宾王谋反被杀，杨炯官至盈川县令，印证了裴行俭的预言。王勃的结局如何呢？

裴考官看不上王勃等人，四杰自然也就落选了。因虢州盛产草药，王勃颇通药理，便通过朋友的关系，在虢州混了一个录事参军。

性格决定命运。王勃在虢州任职期间，恃才傲物，不擅长处理同僚关系。《旧唐书·王勃传》中记载：“倚才陵藉，为僚吏共嫉。官奴曹达抵罪，匿勃所，惧事泄，辄杀之。”意思是，王勃骄傲自大，目中无人，经常仗着自己的才气，藐视领导和同事，所以人缘极差。有个叫曹达的官奴犯了罪，跑到王勃家里藏起来。过了些日子，王勃怕事情暴露受到牵连，便杀了曹达。

这个案子实在莫名其妙，很多史学家认为王勃是被同僚设套陷害了。可结果虢州官吏一致通过判王勃死刑，秋后问斩。很多人就是智商太高，但又因为年龄、经历等原因，情商没有跟上，导致悲惨的下场，王勃便是例子。

人生无常，全是悲凉。一代才子，即将身首异处。

公元675年，唐高宗与武则天自封“天皇”与“天后”，更改年号，大赦天下。

王勃死里逃生时，已经26岁了。劫后余生之后，王勃要漂洋过海，探望被自己坑惨了的父亲大人。他父亲王福畤本来的工作是钱多、事少、离家近、地位高的雍州司功参军，被王勃连累，遭到流放，从天子脚下的雍州，被流放到野兽纵横、巨蟒出没的荒蛮之处的交趾当县令。

王勃在《上百里昌言疏》中表达了对父亲的内疚心情：“如勃尚何言哉！辱亲可谓深矣。诚宜灰身粉骨，以谢君父……今大人上延国谴，远宰边邑。出三江而浮五湖，越东瓯而渡南海。嗟乎！此勃之罪也，无所逃于天地之间矣。”

秋天，王勃探望老父亲，路过了洪州（今南昌）。在这儿，他达到自己的人生巅峰，闪耀千古。

3

在赣江岸边有一座背城面水，号称江南第一名胜的滕王阁。因唐高祖之子滕王李元婴始建而得名。多年后，洪州都督阎伯岐重修了滕王阁，便打算趁着重阳节在阁内举办一场文人宴会。

听说王勃恰好路过，阎都督便差人送上了邀请函。王勃虽然落魄了，毕竟名满天下，用来充门面还是不错的。宴会之上，洪都士绅名流欣赏着美女歌舞，杯觥交错，阁内充满了欢乐的气氛。

酒过三巡，阎都督命令停止歌舞，朗声道："帝子旧阁乃洪都绝景，老夫将其修葺一新，相邀诸公到此相聚。咱们今日何不做滕王阁记，刻石为碑，让后人知道咱们今日盛筵之况？"

于是，便发生了本故事开头的一幕。

阎都督拂袖而去，坐在帐后越想越气，安排手下禀报王勃到底写了什么，是不是真的比自己的女婿吴学士更有文采。

不一会儿，手下来报告："豫章故郡，洪都新府。"阎都督嗤之以鼻，道："不过是老生常谈！"

另一个手下说："星分翼轸，地接衡庐。"此时，孟学士也走到了岳父身边，道："不过如此，小婿也能做此文章。"

手下再报："襟三江而带五湖，控蛮荆而引瓯越。物华天宝，龙光射牛斗之墟；人杰地灵，徐孺下陈蕃之榻。雄州雾列，俊采星驰。台隍枕夷夏之交，宾主尽东南之美。"

阎都督捋着胡子笑道："嗯，盛名之下，实无虚士。此文用典精致，对仗工整。这小子是想拜访老夫啊！"说罢，他长袖一挥，大步走回宴厅，目睹王勃作文。

王勃腰杆挺得笔直，眉飞色舞，握着笔杆，心道："花花轿子人人抬，无论如何，也要捧一下在座的东家与本地官员，将自己的姿态放低一点。”

王勃在洁白的宣纸上，笔走龙蛇：“都督阎公之雅望，棨戟遥临；宇文新州之懿范，襜帷暂驻。十旬休假，胜友如云；千里逢迎，高朋满座。腾蛟起凤，孟学士之词宗；紫电青霜，王将军之武库。家君作宰，路出名区；童子何知，躬逢胜饯。”

左右围着观看的人，哄然叫好。写到这里，王勃抬起了头，极目远眺，只见远处波光山色交相辉映，近处则是楼阁壮丽，丹漆流彩，云消雨停，阳光普照，天空明朗。灵感涌上王勃的心头，一句句神来之笔飞逸而出：

“时维九月，序属三秋。潦水尽而寒潭清，烟光凝而暮山紫。俨骖騑于上路，访风景于崇阿。临帝子之长洲，得天人之旧馆。层峦耸翠，上出重霄；飞阁流丹，下临无地。鹤汀凫渚，穷岛屿之萦回；桂殿兰宫，即冈峦之体势。”

“披绣闼，俯雕甍，山原旷其盈视，川泽纡其骇瞩。闾阎扑地，钟鸣鼎食之家；舸舰弥津，青雀黄龙之舳。云销雨霁，彩彻区明。落霞与孤鹜齐飞，秋水共长天一色。渔舟唱晚，响穷彭蠡之滨，雁阵惊寒，声断衡阳之浦……”

每一句都是动态的写景佳句，足可流芳百世。阎都督、孟学士、宇文刺史等人轻声诵读，激动得面红耳赤，因为他们亲眼看见了一篇千古雄文的诞生！今日宴会，他们将见证历史！

王勃完全投入创作中了，他想起了在长安的少年岁月，想起了被高宗皇帝撵出长安的痛楚，想起了自己在监狱中等死的煎熬，想起了千里迢迢寻找父亲的艰辛，甚至还想起了文帝时怀才不遇的贾谊。

王勃热泪盈眶，挥笔写道：“望长安于日下，目吴会于云间。地势极而南溟深，天柱高而北辰远。关山难越，谁悲失路之人？萍水相逢，尽是他乡之客。怀帝阍而不见，奉宣室以何年？”

当阎都督等人看到这些句子时，忍不住倒吸一口凉气：“天才，真是天才！”

王勃并未自怨自艾，他告诉自己，虽然现在命途不顺，穷苦潦倒，但是自己也不能忘记自己的抱负与理想。他笔锋一转，写道："嗟乎！时运不齐，命途多舛。冯唐易老，李广难封。"

"屈贾谊于长沙，非无圣主；窜梁鸿于海曲，岂乏明时？所赖君子见机，达人知命。老当益壮，宁移白首之心？穷且益坚，不坠青云之志。"

王勃每写一句，宴会众人便情难自禁地跟着高喊：

"酌贪泉而觉爽，处涸辙以犹欢。"

"北海虽赊，扶摇可接；东隅已逝，桑榆非晚……"

众人面色通红，如痴如醉。一番挥洒之后，王勃渐渐清醒，便挥笔做一番谦虚的语言："临别赠言，幸承恩于伟饯；登高作赋，是所望于群公。敢竭鄙怀，恭疏短引；一言均赋，四韵俱成。请洒潘江，各倾陆海云尔。"

最后这段谦虚的话的意思是，承蒙大人们恩赐，让小子有机会在宴会上作序一篇。至于登高赋诗，只能指望在座的诸公了。小子只是冒昧地胡诌了几句，作短短的引言，抛砖引玉。接下来就邀请在座的各位施展潘岳、陆机一样的文笔，各自谱写瑰丽的文章吧！

王勃最后留下一首序诗，也不与宴会诸公打招呼，便潇洒而去，只见宣纸上写着："滕王高阁临江渚，佩玉鸣鸾罢歌舞。画栋朝飞南浦云，珠帘暮卷西山雨。闲云潭影日悠悠，物换星移几度秋。阁中帝子今何在？槛外长江□自流。"

宴会上的众人沉浸在文中，一时没留意，王勃已头也不回迈着大步飘然远去。

众人围着这篇雄文，纷纷发表意见："所空的这个字，莫非是水？""不对，应该是独！"

阎都督皱着眉头，捋着胡子，道："水字太俗，独字与意境不符。来人，速去请教王学士！"

当侍从心急火燎地赶上王勃，询问所留空究竟是何字时，王勃哈哈大笑道：“小子以将字留在上面了，请复观之。”

侍从不解地摸着脑袋，将王勃的话回禀了阎都督等人。阎都督一拍脑袋叫道：“是一个空字！阁中帝子今何在？槛外长江空自流。妙哉！妙哉！”众人皆叹服。

一年后，《滕王阁序》传遍大江南北，传到了高宗皇帝的书案上，李治轻声诵读《滕王阁序》：“……怀帝阍而不见，奉宣室以何年？……屈贾谊于长沙，非无圣主……所赖君子见机，达人知命。老当益壮，宁移白首之心？穷且益坚，不坠青云之志……”

唐高宗闭上了眼睛，许久才睁开，他赞道：“真乃罕世之才，罕世之才！《滕王阁序》真乃千古绝唱，天下第一文！勿使贾生旧事，在本朝重演。当年朕因斗鸡文逐斥了他，是朕之错也。王勃何在？速请王勃入洛阳，朕要重用他。朕要他歌咏这大唐盛世！”

过了不久，身边的宦官前来禀报：“上年，王勃去交趾看望其父之后，途经南海，溺水受惊而死。”唐高宗身子一震，口中讷讷道：“可惜！可惜！真可惜！”

一场小小的滕王阁宴本是阎都督为了女婿扬名所举办，因为王勃的偶然参与而光照千古！王勃酒酣耳热之际，借着书写《滕王阁序》的机会，以神一般的文笔，抒发了自己的抱负与怀才不遇之情。

《滕王阁序》是以骈文的体裁写成的。骈文的特点是对仗工整、辞藻华丽、声律铿锵，而其缺点却是因为太注重形式导致内容的表达不容易发挥出来，但是《滕王阁序》却发挥了骈文的优点，将用典、写景及抒情极好地融合起来，全文不过700余字，就用典20多处，贡献了高朋满座、胜友如云、萍水相逢等脍炙人口的成语。

在写景上，《滕王阁序》由近及远，从楼阁到山川，浓墨重彩地描写了滕王阁的秋景，尤以“落霞与孤鹜齐飞，秋水共长天一色”成为千古绝唱。

在抒情上，仅仅一句“老当益壮，宁移白首之心？穷且益坚，不坠青云之志”不知令古今多少人热泪盈眶，引以为座右铭。

王勃以饱满的激情、高昂的斗志与过人的才华冲破了六朝以来的靡靡之音，融入大唐盛世积极主动的开拓精神，将多样化的写景手法与真挚的情感融为一体，打造了中国骈文的代表作。

滕王阁宴上的《滕王阁序》被好事者誉为天下第一骈文，堪称前无古人，后无来者。即使是高举反骈旗帜的古文宗师韩愈读了之后也大为赞赏，称颂其“读之可以忘忧也”。

从这个意义上来说，王勃虽然死于最年轻的年华，但是他在文学史上的地位确是不朽的。

一位怀才不遇、命途多舛，却又不甘不屈、渴望实现心中志向的人，不愿意辜负美好时代的人，必将永远激励后来者不懈努力、竭力向前。

正是：“老当益壮，宁移白首之心？穷且益坚，不坠青云之志。”

请君入瓮：善恶到头终有报

公元691年深秋的一天，傍晚的洛阳城有了一丝丝阴凉。武周御史中丞来俊臣在府邸准备了一场丰盛的午餐，与秋官侍郎、文昌右丞周兴开怀畅饮。

二人隔着一张食案相对而坐。食案上摆着一壶美酒与各种佳肴。

来俊臣殷勤劝酒，周兴来者不拒。酒过三巡，菜过五味，一番番推杯换盏后，杯盘狼藉。

来俊臣醉眼迷离道："周兄，老弟我审案时，总有犯人不肯招供，如何是好？"

周兴眉飞色舞，哈哈大笑道："这简单。用一口大缸，周边堆满炭，把炭火烧得旺旺的。将人犯弄到瓮里坐一会儿，你要他招什么，他便招什么！"

来俊臣向周兴竖了一根大拇指，道："高，还是老兄的手段高明！"说罢，招来仆人，在其耳边小声吩咐道如此如此。

来俊臣道："周兄不愧是老前辈，兄弟再敬你一杯！""来老弟，请！""请！"

一个大水瓮被仆人们抬到了客厅，瓮四周生起炭火，一阵阵浓烟冒了出来，瓮渐渐被烤得通红。

周兴端在手中的酒杯一晃，泼出些酒水，道："老弟，这是？"

来俊臣微微一笑，说了一句话，吓得周兴魂飞魄散，跪地求饶。

1

来俊臣说了什么呢？我们先了解一下来俊臣何许人也。

来俊臣出生于公元650年，雍州万年人。出生时间、地点，史有可考。可他的生父是谁，却是谜案。

万年县坊间有两个赌棍：一个叫来操，另一个叫蔡本德。蔡本德输给来操几十万钱，却没钱付赌债。于是便把怀孕的老婆送给了来操，以抵押赌债。

蔡本德的老婆早就与来操私通。几个月后，生下的孩子便叫来俊臣。到底是谁的孩子，无人知道。

家庭是孩子的第一所学校。受家庭环境的影响，来俊臣从小到大吃喝嫖赌、坑蒙拐骗，除了好事，什么事都做。他成年后，便因盗窃、抢劫，锒铛入狱。

封建社会，任何一个朝代均存在着来俊臣这种地痞、无赖，既不能埋头苦读，参加科举，又没有血性到沙场上一刀一枪搏功名，老实经商务农又吃不了苦。就业问题解决不了，只好做些没本钱的小买卖。不犯大罪，小恶不断，混口饭吃。

如果没有意外发生，来俊臣一生也就是一泼皮无赖了。说不定，某天一不小心犯了大罪，便被流放、砍头。

时间到了公元686年，武则天临朝称制之后，深感凭借个人的力量，无法应付李唐宗室、功勋贵族、满朝文武。她决定发动最广泛的大唐百姓监督朝廷内外。说白了，就是你觉得谁会违法犯罪，便可向武则天告密。

可是老百姓怎么才能见到皇太后呢？车马费、伙食费谁来解决？答案是官府报销。

武则天下令在全国各市张贴公告："有告密者，臣下不得问，皆给驿马，供五品食，使诣行在。虽农夫樵人，皆得召见，廪于客馆，所言或称旨，则不次除官，无实者不问。”意思是，任何人想要告密，就找属地官员。关于告密的内容，官员一个字都不准问，必须给告密者解决吃住行的问题。吃是按照五品官出差的伙食标准招待，住在朝廷的招待所里，行是给你一匹高头大马。属地官员一路护送你到洛阳，让你去见武则天当面告密。就算是农民、樵夫，武则天也亲自接见。如果举报属实，则授予官职，即使胡编乱造，也没有罪。

只要胡说八道便包吃住，享受五品官的待遇旅游，与至高无上的天后交谈。何乐而不为呢？不告白不告，告了还想告。导致的结果是“四方告密者蜂起”。

有段时间，武则天从早忙到晚，热情接待全国各地的告密者。在这些告密者中有一位叫侯思止的堪称传奇。这位仁兄最早是一位卖炊饼的，生意不怎么样，据说老婆还和人跑了。他听说武则天鼓励全国人民告密，意识到这是一个改变命运的机会，便诬告李唐宗室的几位王爷谋反。

武则天早就想将李唐宗室清理干净，听到这一消息自然大喜，将那几位倒霉王爷立案调查，并封侯思止为五品游击将军。

一个卖炊饼的能一步登天，成为朝廷五品将军，足够欢喜了。谁料这位仁兄挺有志气，非要到御史台干司法官员。

武则天问他：“你认识字吗？”侯思止很实在，答：“大字不识一个。”武则天表示不解，你连犯人的名字都写不好，法规条文也看不懂，怎么能在御史台监督百官呢？侯思止道：“獬豸神兽也不认识字，却能凭着本能辨别忠奸善恶，俺虽然不认识字，但是跟着感觉走，能判断出谁对皇太后不忠！”

瞅了一眼迷之自信的侯思止，武则天非常欣慰。她需要敢想敢干、无所顾忌的“人才”，为自己扫清称帝的障碍。二话不说，便加封文盲侯思止为侍御史。此职受命御史中丞，接受公卿奏事，举劾非法。

不仅如此，武则天还把侯思止树立为典型，号召全国百姓向他学习。

朝为田舍郎，暮登天子堂，是有志之士所希冀的。侯思止的事迹告诉广大欲图上进之辈：富家不用买良田，告密自有千钟粟。安居不用架高楼，告密自有黄金屋。娶妻莫恨无良媒，告密自有颜如玉。出门莫恨无人随，告密车马多如簇。男儿欲遂平生志，告密勤向武太后！

2

在大牢里的来俊臣听后进来的狱友们谈起告密的好处，羡慕得流了一地口水！

来俊臣对狱卒哭着喊着要去洛阳找皇太后告密！

虽说朝廷规定任何人均可以告密，可是没说包不包括犯人。隐瞒不报是大罪，狱卒报告给了牢头，牢头将皮球踢给了上级，皮球一层层往上踢，踢到了刺史、东平王李续的脚下。

这位李刺史一开始颇为重视，查看了来俊臣的档案后，鼻子差点气歪："这样的刁民，本府见多了，来人，先打他一百大棒！"（"按讯无状，杖之百。"）

来俊臣的命也挺大，竟然没被打死，也没被打残。

公元690年，67岁的武则天开国称帝，建国武周，改元天授。李续刺史因为出身宗室，遭到清洗，锒铛入狱。来俊臣一颗告密的心又熊熊燃烧起来，他哭天抢地，大叫："俺当初就是为了告这位刺史谋反，才被他毒打。俺要见陛下！俺是国家功臣，俺要告密！"

这一次，没人敢拦着他，一路好吃好喝，他来到了武则天面前。

来俊臣紧紧抓住这次改变命运的机会。他对武则天说："俺对陛下赤胆忠心，曾在垂拱四年便告发琅玡王李冲谋反。密书被李续扣压，并受其杖责，险些被灭口。不过俺怀着对陛下的忠心，咬牙挺了过来，幸得不死！请陛下给俺一个机会，让俺和谋反者决一死战！"

武则天人老成精，当然不相信来俊臣的鬼话。但是，她发现来俊臣这小子虽然是一介囚犯，但是口齿伶俐，擅长颠倒黑白，而且长得也帅！

面对自己这位积威几十年的开国之君，也能不慌不忙，胡编乱造。这小子的心理素质不错，正是自己需要的人才。

武则天不得不感叹，果然高手在民间。御笔一挥，封来俊臣侍御史，加朝散大夫，令掌制狱。

每个人都有自己的天赋，只不过长大后会迫于生活，从事自己不喜欢的职业。来俊臣常年混迹于社会底层，又长期蹲在监牢里，自身就是一个经验丰富的犯罪分子，所以他对付良人、犯罪分子很有经验。

来俊臣从区区的囚徒一跃成为朝廷命官，发誓要报答武则天的知遇之恩，也为了自己的荣华富贵，便苦学大唐法律条文，然后在实践中运用。

在短短几年之内，他帮助武则天铲除异己，一千余家宗室、勋贵、官员、富商被判刑！这便是："胁制群臣，前后夷千余族。"

来俊臣有一句名言："死之能受，痛之难忍，刑人取其不堪。"意思是，人能忍受死亡，却忍受不了刑罚带来的痛苦！

他发明了一些耸人听闻的刑罚。

这些刑罚丧尽天良，毫无人性可言，对人类肉体的摧残达到极致。来俊臣审问犯人之前，先将一些刑具摆出来。

看到这些刑具，犯人只求速死，问什么说什么。你让我说谁谋反，我便说谁是主谋。怎样都好，唯求免受酷刑。

来俊臣召集属下编写了史上第一部制造冤案的著作《罗织经》。

此书中提到了来俊臣办案坚持的基本原则："事不至大，无以惊人。案不及众，功之匪显。上以求安，下以邀宠，其冤固有，未可免也。"

什么意思呢？要办就办大案，大案才能震慑人心。案件必须尽可能地牵连无辜，才能显得劳苦功高。君王借此求取安定，臣子借此邀功取宠。冤情是一定会有的。为了达到目的，不可避免。

《罗织经》中还提到了办冤案的操作程序，分为四大步骤，即谋算、问罪、刑罚、瓜蔓。

谋算：确定谁是目标。前几年，来俊臣和他的酷吏团队刚开始还在绞尽脑汁地揣摩上意。后来，来俊臣将满朝公卿的名字一个个贴在靶子上。酷吏们嘻嘻哈哈地拿着小石头去掷，掷中哪一个便告哪一个。

问罪：把对象调查、逮捕、审讯。

刑罚：审讯时施用酷刑逼供。被告只有两条路可以选择：一是招认，二是死于酷刑之下。

瓜蔓：审讯时让犯人们在口供中互相牵引，人数多寡和范围大小，酷吏随心所欲。

来俊臣还将《罗织经》印刷了几百本，免费提供给当时全国各地的司法机关，让工作人员认真学习，并交流心得体会。从此，这些机关想办谁就办谁，要什么口供就能得到什么口供，效果极佳，风靡一时。

3

千古明相狄仁杰也曾落在来俊臣手里，只不过他靠着智慧化解了死亡危机。

时任工部尚书、同凤阁鸾台平章事（宰相）的狄仁杰被来俊臣诬告谋反。

在审讯大堂里，狄仁杰看着摞在地上的十大枷锁，选择成为一条好汉。好汉不吃眼前亏。狄仁杰道：“我有错，我认罪，我确实谋反了。谁说我没谋反，我跟谁急！”

负责审讯狄仁杰的酷吏是来俊臣的下属，叫王德寿。这也是个人才。他看到狄仁杰那么上道，感觉倍有面子，高兴地搓搓手道：“兄弟也是为了早点升官发财，狄尚书，帮个小忙，你牵连杨执柔可以吗？”（“德寿意欲求少阶级，凭尚书牵杨执柔，可乎？”）

狄仁杰问道：“怎么牵连？”

王德寿道：“狄尚书，您老担任吏部尚书时，杨执柔是员外郎。牵连一下，也是可以的！”（“尚书为春官时，执柔任其司员外，引之可也。”）

狄仁杰泪流满面，大叫道：“皇天后土！我宁死也不干这事！”（“皇天后土，遣仁杰行此事！”）

接着大叫一声，以头撞柱，血流满面。

如果犯人提前死了，酷吏就不好交差。狄仁杰既然认罪了，省不了一死，就这么着吧！

来俊臣得到口供，将狄仁杰收监，只待来日行刑，不再严加防备。狄仁杰咬破食指，在头巾上书写冤屈，塞在棉衣里，请求狱卒送回家中，说是给子孙留个纪念，送到狄府，便可得黄金百两。其子狄光远持血书向武则天诉冤。

武则天召见狄仁杰，询问他为何承认谋反。狄仁杰道：“我如果不承认造反，早死于酷刑了。”（向若不承反，已死于鞭笞矣。”）

狄仁杰侥幸逃过一劫，别的官员就没有他老人家的智慧与运气了。

来俊臣审理朝廷官员的制狱建在丽景门之内，前文中提到的侯思止将其改为“例竟门”，意思是，一进门生命就到了尽头。官员们风声鹤唳，每天上朝之前都要和妻儿诀别。如果活着回来，当天晚上，举家老小便会大肆庆祝。

酷吏不仅整朝廷官员，内部之间也有斗争。

有一位叫周兴的仁兄，出道比来俊臣更早，是武则天重用的酷吏之一。此人与来俊臣、侯思止等野路子出身的酷吏不同，他是正儿八经的司法科班出身，对他的事迹，史书中有一句毛骨悚然的记载：“自垂拱已来，屡受制狱，被其陷害者数千人。”自公元685年武则天摄政，周兴制造冤案，滥杀无辜几千人！

有人称周兴为武周建国第一功臣，所以才从区区小吏，被封为秋官侍郎、文昌右丞。

周兴真是一位不亚于来俊臣的酷吏、恶魔！作为折磨人的“专家”与“老前辈”，甚至犹有过之！

来俊臣、周兴、侯思止等十几个著名的酷吏杀了一大批人来震慑天下，帮助武则天稳定了统治，武则天借这些酷吏之手，大搞恐怖政治。《资治通鉴》称：“中外畏此数人，甚于虎狼”，而“太后以为忠，益宠任之”。

酷吏最横行的时候，是在武则天当皇帝之前。武则天受“神皇帝”号之后，为了笼络和稳定人心，她开始杀酷吏以安天下。可以理解，凡事过犹不及。酷吏太多了，也不是好事。就像一栋别墅里养两条恶狗，可以看门；养十几条狗，就浪费粮食，不利于家庭和睦稳定了。为了给酷吏们“计划生育”，武则天便让酷吏狗咬狗。

公元691年，天授二年。有人状告周兴谋反，武则天便命来俊臣审问。周兴的一切权势与地位全部来自武则天，闲着没事造什么反。他当然是被冤枉的。可是周兴也曾以谋反的名义，冤枉过无数人，现世报来得快！

周兴仗着自己科班出身，资历老，常以酷吏老大哥自居。来俊臣早就看他不爽了。也可以理解，酷吏的队伍大了，内部也是有竞争的。现在得了圣旨，不把周兴折磨死，来俊臣都觉得对不起自己。

需知猫捉耗子，一定将耗子逼到筋疲力尽时，才大口享受。怀着这种心态，来俊臣打算邀请周兴过府吃饭，酒酣耳热，称兄道弟之后，突下杀手。

周兴接到来俊臣的邀请后，没有多想便点头同意。他对这位“后起之秀”还是颇为忌惮的。吃饭喝酒本是为了宾主尽欢，培养感情。拒绝参加饭局，会有损东家的面子。人家破费请你吃饭，你还拿架子不去，是看不起人家。

可惜，周兴忘记了一句老话，有得必有失！

如果周兴在赴饭局前，打听一下有没有不利于自己的消息，及时补救也许能逃过一劫。可惜，他将宝贵的时间用在喝酒吃饭上，就注定在劫难逃！

很快，宾主尽欢后，发生了本故事开头的一幕。

面对大惊失色的周兴，来俊臣轻飘飘地说了一句：“有人状告老兄谋反，老兄请你坐到瓮中吧。”（“有内状推兄，请兄入此瓮。”）

周兴魂飞魄散，跪在地上，大叫道："你让我招什么？我全招。"

这便是成语"请君入瓮"的来历，意指以其人之道还治其人之身。周兴很快被判全家流放岭南，途中被仇人杀死。真是罪有应得。正义也许会迟到，但是从来不会缺席。

来俊臣用一场饭局阴了周兴，不久后，也因为一场饭局命丧皇权。并非笔误，指武则天借机，利用皇权除掉他。

来俊臣有一个变态的嗜好，那便是假传圣旨。夺人妻女，别人不给怎么办？来俊臣便用《罗织经》的学问，折磨别人全家。在一次宴会上，来俊臣看上了大臣段简的老婆王夫人。王夫人血脉高贵，出身于太原王氏。唐高宗李治的原配王皇后也是出身于这个家族。

段简敢怒不敢言，只好将老婆双手奉上。昔日的地痞、无赖，就这样和唐高宗也攀上了亲戚。一日，王夫人的弟弟看望姐姐。身为王家女婿的来俊臣大摆宴席，举杯畅饮，热情款待小舅子。

来俊臣麾下酷吏卫遂忠碰巧今天也来找来他喝酒。唐时，非常讲究门第出身。来俊臣觉得卫遂忠的层次太低了，上不得台面，不配与王氏子弟一起饮酒，便打发他走！没想到卫遂忠冲到酒桌上，破口大骂王氏姐弟！

来俊臣感觉在小舅子面前失了面子，大怒，喝令仆从将卫遂忠暴打30棍！

卫遂忠也大怒，大恐惧！怒的是来俊臣看不起自己，恐惧的是来俊臣事后报复。

你不仁，我不义。先下手为强，后下手遭殃！卫遂忠向武则天状告来俊臣谋反！武则天下令调查。一石激起千层浪，来俊臣得罪的人实在太多。一时间，武则天的耳边，全是劝说她杀来俊臣的话：

"俊臣聚结不逞，诬构良善，赃贿如山，冤魂塞路，国之贼也，何足惜哉！"

"俊臣凶狡贪暴，国之元恶，不去之，必动摇朝廷。"

……

武则天便下令将来俊臣处斩，诛族！唐朝第一酷吏来俊臣，身死族灭！来俊臣死得非常惨——“争抉目、擿肝、醢其肉，须臾尽，以马践其骨，无孑馀，家属籍没。”

周兴、来俊臣死后，武则天召开朝堂大会，问道：“过去周兴、来俊臣审案，朕也不是没怀疑过，可是无论派大臣去复查，还是犯人自己都承认谋反，那朕也就只好相信了！”

开元年间，名相姚崇站出来表态：“垂拱年间以来，所谓的谋反案基本上都是周兴、来俊臣的诬告。臣以全家族一百多口人的性命向您保证，从今再也不会有人谋反了，如果再有人谋反，请陛下问臣的罪。”

武则天满意地点点头，下令彻底终结酷吏政治。

请君入瓮这场饭局标志着武则天开始卸磨杀驴，清除酷吏，意图结束酷吏政治。因为酷吏已经完成了武则天赋予他们的历史使命——替自己清除异己，震慑天下。酷吏的作孽，已引起了天下臣民的怒火。继续留着酷吏，只会引火烧身！

那就将酷吏们慢慢杀吧！无论周兴、来俊臣，还是侯思止、卫遂忠，全部杀了吧！抄家灭族！用来平息天下臣民的怒火！

于是，武则天变成了为民伸冤、明察秋毫的好皇帝。

请君入瓮的本义是以其人之道还治其人之身。我们却可从饭局的背后，看到更深层次的道理。那便是，善恶到头终有报。出来混，迟早要还。周兴、来俊臣以诬陷无辜大臣发迹，将大臣们放在刑罚这个“大瓮”中，用炭火慢慢烤。最终，周兴、来俊臣等酷吏，全被被武则天请入瓮中！

世上没有免费的午餐，做过多少恶事，便要付出多少代价！天道轮回，善恶终有报，莫害人，害人终害己！

上源驿宴：酒后失言，匹夫一怒

公元884年5月14日傍晚，夕阳的余晖洒在卞州城上。天空略显阴霾，一阵阵劲风将一杆杆朱字大旗吹得猎猎作响，似乎预示着一场暴雨将要降临。

朝廷的宣武节度使朱温在城中的上源驿宴请河东节度使李克用一行。

驿站外面的大院子里摆了几十张桌子，每一张均坐满了赳赳武夫，他们敞开衣服，露出了虬结的肌肉。他们大碗饮酒，大口吃肉，面红耳赤，大呼小叫。

驿站宽阔的大厅正中，放置着一张巨大的食桌，坐在主陪位的朱温态度恭敬，端着酒杯，向主位的李克用殷勤敬酒。他道："想那逆贼黄巢，气焰何等嚣张。遇到贤弟便只能抱头鼠窜。愚兄对贤弟的神勇真是钦佩万分。来来来，我们兄弟再干一杯！"

众人哄然叫好。李克用先前一番豪饮，已有七八分醉意。朱温前来敬酒，他竟不拿正眼相看，自顾举起酒杯一饮而尽后道："哈哈！幸亏你这厮投降得快，否则我把你的脑袋也揪下来！哈哈哈！"

李克用的无礼令朱温麾下陪酒的诸将脸色铁青。不过朱温城府深不可测，很快便抑制了心头怒火，换成了一副亲切的笑容，嘿嘿干笑几声，继续敬酒。

1

上源驿宴会的东家朱温，也是一代奇人。

朱温在唐宣宗大中六年（公元852年），出生于安徽砀山的一个穷山沟里。他幼年丧父，家境贫寒。不过他并不喜欢种地、读书、给人做工，而常混迹于市井之中，干些缺德的事。

朱温25岁那年，山东、河南、安徽等地已经连续多年发生饥荒。屡试不第的书生黄巢仿效陈胜、吴广之事，揭竿而起，宣布起义。一时间，响应者数万人，声势颇大。

昔日强盛的大唐，经过安史之乱百十年，形成了藩镇割据，中央无兵无钱的局面。朝廷根本无力平叛。那些节度使自扫门前雪，甚至盼望着跟随黄巢分一杯羹。

正所谓，机会改变命运，选择成就人生。朱温厌倦了眼前苟且的生活，又眼见义军的事业红红火火，便毅然哭着辞别了老母亲，加入了黄巢义军以图功名富贵。

黄巢的事业越干越大，将大唐王朝折腾得奄奄一息，甚至攻下了唐朝首都长安。唐僖宗仓皇逃到了四川。公元880年，黄巢称帝，朱温从一个普通的大头兵，屡立战功，成了黄巢的左膀右臂。公元882年2月，黄巢任命朱温为同州（今陕西渭南大荔县）防御使。

黄巢称帝后，军纪败坏，烧杀掳掠，无恶不作。同时代诗人韦庄在《秦妇吟》中道：“内库烧为锦绣灰，天街踏尽公卿骨。”意思是说，黄巢的军队将朝廷的府库抢光、烧光，将官员与富商杀光。如此作为，黄巢自然失去了民心。而且黄巢的势力过分膨胀，引起了各地节度使的忌惮。

节度使们终于听从唐僖宗的诏令，联军攻打黄巢。经过多次大战，黄巢的军队渐渐处于下风。

公元882年9月，多次被河中节度使王重荣打败的朱温，因为得不到黄巢的支援，果断向大唐投降，并且认与自己毫无血缘关系的王重荣为舅父。

远在蜀地的唐僖宗大喜。黄巢的一位大将投诚，无论政治上还是军事上，都是非常有意义的。唐僖宗任命朱温统率旧部，并加封他为左金吾卫大将军的官职，担任河中行营副招讨使。在封建社会，“若要官，杀人放火受招安”，真不是开玩笑。

唐僖宗似乎觉得朱温谐音“猪瘟”不甚好听，又赐朱温名为“全忠”。可惜，唐僖宗也许并未注意到，“全忠”拆开后是“人王中心”，这是天子的意思。

朱温的背叛对黄巢来说，犹如雪上加霜，但是瘦死的骆驼比马大，面对各路节度使的围攻，黄巢放弃长安，流动作战，攻打朱温占据的汴州（今开封市）。一方面是为了清理门户，另一方面是要重新占据汴州这一中原门户。

朱温跟随黄巢多年，深知拼命的黄巢军队有多可怕。他不想被黄巢拉着陪葬，为了保存实力，朱温低三下四，请附近的节度使们帮忙，尤其是热情邀请最能打的河东节度使李克用。

李克用是沙陀人。他的家族从唐太宗时，便为唐朝效劳。他年仅13岁时，便骑术精湛，箭术如神。有一次，一人指着天空的一对飞鸟问他能不能射下来。李克用二话不说，纵马出箭，结果“射之连中，众皆臣伏”。

李克用15岁时，跟随父亲南征北战，每次进攻都勇敢地冲在最前头。军中将士送他一个外号“飞虎子”。意思是，这位少年凶猛起来像一头长着双翼的猛虎。

李克用21岁时，唐朝政府封李克用的父亲为大同防御使，实际上是想将沙陀族调离老巢。不知为何李克用竟然领兵杀了还没来得及卸任的大同防御使段文楚，并请求朝廷封自己为大同防御使。

因为国内黄巢起义已经开始，唐僖宗虽然大怒，也只有捏着鼻子认了。等到国内局势暂时平稳后，唐僖宗便调集几路节度使攻打李克用父子。李克用父子虽然勇猛，也不愿意硬拼，只好撤到北方鞑靼部。

黄巢的势力越来越大，竟然攻下了长安城。唐僖宗在逃往巴蜀的路上赦免了李克用，鼓励他戴罪立功，令其南下围剿黄巢。

李克用为了洗脱自己的罪名，也为了占据更多的地盘，欣然南下。经过北地蛰伏休养，他手中拥有了一支上万人的精悍的骑兵军团，叫作“鸦儿军”。李克用率领“鸦儿军”联合众节度使将黄巢打得丢盔弃甲。

正是在李克用的威胁下，黄巢才撤离长安。唐僖宗论功行赏，封李克用为河东节度使。这一年，李克用年仅28岁，在收复长安的战役中，功劳第一，兵马最强，诸位节度使对他颇为忌惮。

这便是：“克用时年二十八，于诸将最少，而破黄巢，复长安，功第一，兵势最强，诸将皆畏之。”

当李克用接到朱温的求援信后，欣然从命。因为他本来就想消灭黄巢。这样既能立盖世奇功，又能得到一方节度使的人情，何乐而不为呢?

不得不说，李克用被誉为“平定黄巢农民起义的第一功臣”是非常有道理的。公元884年的春天，李克用带领五万“鸦儿军”，在河南中牟追杀黄巢。“鸦儿军”在李克用的带头冲锋下，呼声动天，无不以一当十，黄巢军将无战心，兵无斗志，很快便溃散了。

黄巢眼看大事不妙，立马带着亲兵离开战场，逃之夭夭。李克用带着几百名亲卫铁骑奋勇追杀，创造了一夜急行军三百里的纪录，一直追到了冤朐，还没有抓到黄巢，才意犹未尽地原路返回。

这便是：“巢脱身走，克用追之，一日夜驰三百里，至于冤朐，不及而还。”

没过多久，黄巢众叛亲离，被属下砍掉了脑袋，献给了朝廷。为祸大唐十年的黄巢起义，终于被平定了。

2

李克用虽然是剿灭黄巢起义的主力，但得到最大实惠的却是朱温。

因为朱温本是黄巢的老部下。黄巢手下那些大将，与朱温是旧识，不知一起打过多少仗，喝过多少酒。他们心想，投降那些有仇的节度使，不如投降熟人。毕竟，熟人好办事。朱温全程打酱油，却沾了李克用的光，实力大增。（“巢别将临晋李谠、曲周霍存、甄城葛从周、冤句张归霸及从弟归厚率其众降朱全忠。”）

李克用的部队经过连番大战，将士疲惫，需要修整。于是在班师途中，李克用路过汴州，便驻军在城外封禅寺。

汴州正是朱温的地盘。回家的路有很多条，李克用为何要从汴州经过呢？一是为了告诉朱温，自己圆满完成了救援他的任务；二是想让朱温感谢自己，给自己提供一些补给，这也是应有之义。

朱温人情练达，对李克用的想法心知肚明。李克用帮自己打黄巢，现在路过自己家门口，于情于理，都需要宴请一番，顺便表达一下感激之情，再培养一下感情。

朱温亲自出城，声称略备薄酒，热情邀请李克用莅临汴州城。李克用假模假样地拒绝，称不想麻烦朱大人。朱温佯装生气，不去便是不给兄弟面子。

花花轿子人人抬，朱温一番美意，李克用笑眯眯地接受了，道：“那就让朱大人破费了。”李克用带着三百多名心腹，包括监军陈景思、义子李嗣源、史敬思等人，大摇大摆地入城赴宴。

因为李克用的夫人刘氏足智多谋，所以常随李克用出征。临行前，刘氏对李克用道：“夫君，少喝点酒，早点回来。”李克用答应了。

请客的地点定在汴州城最豪华大气的官方接待所——上源驿，所以，这场饭局被史书称为上源驿宴。朱温不仅用心选择宴会地点，还精心挑选城里最浓郁醇香的美酒、最美的舞女、最精美昂贵的餐具，而且对李克用非常客气礼貌。总之，朱温为了巴结李克用，拿出了最高的接待标准、最好的服务态度。（“全忠就置酒、声乐，馔具皆精丰，礼貌甚恭。”）

人皆有虚荣心，均渴望得到别人的尊重。朱温对李克用热情招待，极大地满足了李克用的虚荣心。李克用身为大唐沙陀一族的领袖，待人接物还是没问题的。他与朱温在酒席上三两杯酒下肚，便称兄道弟。有两张桌子最能看出一个人对你的真实态度，即麻将桌与酒桌。

李克用性格豪爽，嗜酒如命，杯来即干，极为豪爽。朱军众将士对陈景思、李嗣源、史敬思等人也是热情敬酒。

大家都是豪爽男儿，酒喝多了难免会吹牛。朱温的肉麻奉承，令李克用飘飘然起来，他酒喝高了，对朱温轻蔑的态度渐渐暴露了。

醉醺醺的李克用道：“你小子如果不是投降得快，老子将你和黄巢一块宰了！”朱温虽然生气，但是依然保持微笑，道：“好兄弟，哥哥过去的事，提他干什么。喝酒，喝酒。”

李克用骂道：“我是名门贵族，你这反贼草寇也配称我为弟。”此言一出，朱温的将领们脸色变了。

朱温依然笑眯眯地打圆场，道：“多谢李将军千里驰援，我等感激不尽。”李克用哈哈大笑道：“些许小事，不值一提。不过朱温，你和你属下真是一群酒囊饭袋啊！”

朱温手下将士们大怒，朱温摆摆手，示意他们不要说话，淡淡道：“李大人果然豪气干云，难怪天下无敌！来！下官再敬大人一杯。今日不醉不归！”

李克用举起酒杯，哈哈大笑，一饮而尽。喝酒至大半夜，李克用喝太多了，趴在了桌子底下。他的几个心腹皆醉醺醺的，反正回军营也没有什么事，便在朱温的挽留下，扶着李克用在上源驿休息，打算第二天再返回军营。

朱温是中国历史上著名的枭雄，也是公认的小人。上源驿宴上受此奇耻大辱，回到府邸后，他怒发冲冠，气得哇哇直叫，破口大骂李克用。

这可以理解，毕竟在酒桌上大家都是要面子的。李克用虽然帮助了朱温，但是践踏了朱温的尊严。朱温手下诸将群情激奋，夜至朱府，七嘴八舌，要求干掉李克用。

“大帅，这小子狂妄自大，欺人太甚！”“李克用过去也是和咱们一样的反贼，不过比我们早被招安了几天。竟然看不起我们！”“大帅，宰了这小子，除去一个心腹大患！”

坦白地讲，杀了李克用对朱温没有实际效益，李克用的地盘在山西太原，自己的地盘在河南一带。即使杀了李克用，李家依旧会有人继承太原的地盘。好处，也未必轮得到自己。

可是人活一张脸，树活一张皮。此时朱温如果不杀李克用的话，手下们会认为自己这个主公是窝囊无用之人。有良心的，会弃自己而去；没良心的，说不定会取而代之。朱温手下大将全是反贼出身，可不讲究什么仁义道德，只信奉弱肉强食。

朱温本就是滚刀肉。此时他一咬牙，一跺脚，拍板同意了。不管三七二十一，杀了李克用出口恶气！他与诸将商议组织兵马包围驿站。宣武将军杨彦洪趁机献计道:“大帅，李克用麾下亲兵擅长用骑兵冲锋。应传命军士，不准出动战马，凡见骑兵即刻射杀之！”

朱温点头同意，赞道杨彦洪想得周到。

当晚，朱温亲率几千精锐包围了上源驿。史敬思、李嗣源二人心细如发，对宴会发生的事情本就有些不安。听到大量杂乱的脚步声后，他们立刻惊醒，大声呼喝亲兵，起床狙敌。李克用的亲兵不愧是百战精锐，区区三百人，依托上源驿的地形，狂呼酣战。

一时间，朱军竟然冲不进来。朱温大怒，立刻调集上千弓箭手向着上源驿抛射!

身为主帅的李克用在干什么？说出来挺不好意思的，他在打着呼噜，睡得正香甜。

那时，一阵阵箭雨，“啪啪啪啪啪”从窗户抛射进各个客房里。

李克用的侍卫郭景铢吹灭蜡烛，将李克用塞到了床底下。用了几盆凉水，才将他浇醒！李克用听闻了眼前的危急情景后，勃然大怒，努力睁开沉重的双眼，操起弓箭，就要和朱军对射！（“发兵围驿而攻之，呼声动地。克用醉，不之闻；亲兵薛志勤、史敬思等十余人格斗，侍者郭景铢灭烛，扶克用匿床下，以水沃其面，徐告以难，克用始张目援弓而起。”）

朱温眼见射箭没什么效果，大吼道：“给我放火，烧死他们。”

于是，一支支火箭抛射进了上源驿，一支支火把被扔了进去！

上源驿是砖木混合建筑，很快便燃起了熊熊大火！李克用与手下们如果冲出去会被乱兵杀死，不冲出去，不过是坐以待毙。

在朱军的猖狂大笑声中，大火正熊熊燃烧。李克用等人快被活活呛死的时候，忽然夜空中响起一声炸雷，狂风刮起，暴雨倾盆，一道道闪电如同银蛇狂舞。火被浇灭了，浓烟四起，趁着朱军慌乱之际，史敬思、李嗣源等人扶着李克用翻墙出逃了。

在电闪雷鸣中，李克用被架着疯狂逃窜，他们杀过一座小桥，冲向城墙。史敬思留下了断后，砍了几十人后，战死。城门紧闭，李克用等人杀上城墙，脱掉衣服，结成绳子，顺溜着下城墙。

除了寥寥数人出逃，监军陈景思等三百多人全部战死。

这一段听起来像是武侠小说里的情节，但是确是史实：“须臾，烟火四合，会大雨震电，天地晦冥，志勤扶克用帅左右数人，逾垣突围，乘电光而行，汴人扼桥，力战得度，史敬思为后拒，战死。克用登尉氏门，缒城得出，监军陈景思等三百余人，皆为汴人所杀。”

那位提议射杀骑战马者的杨彦洪将军，亲自骑着高头大马追击李克用一行，却被带领另一支军队的朱温下令放箭误杀。不得不说，历史充满黑色幽默。

在上源驿被围攻的时候，便有几名机灵悍勇的士兵突出重围，返回封禅寺李军大营，禀报李克用的夫人刘氏。谁料，刘氏以谎报军情、扰乱军心为名，将这几个报信的士兵全杀了。她召集诸将商议对策时，灰头土脸的李克用终于返回军营。李克用怒发冲冠，要立即报仇雪恨。

刘氏劝说他："一来李军连番苦战，兵马疲惫。朱温不过全程打酱油，收拢俘虏，反而实力大涨。我们在朱温的地盘上根本奈何不了他，因为不占天时地利人和；二来一旦开战，朝廷不知是非曲直，难辨忠奸。我们为了朝廷讨伐贼寇，无诏令便擅自攻打地方节度使，会被朱温抓住把柄。"

李克用渐渐平息怒火，第二天带兵返回太原大本营。结果他竟然收到了朱温的一封道歉信，大意是：咱们兄弟一见如故，惺惺相惜。朝廷派遣的使者与我手下杨彦洪狼狈为奸，背着我偷袭你，并挑拨我们的情谊。我拼了老命，才杀了杨彦洪，为你报仇。兄弟，有空常来我这里玩。

李克用并不是白痴，他气得哇哇直叫，将书信撕得粉碎。他向唐僖宗奏报了朱温的罪行，请求朝廷下诏讨伐朱温。唐朝朝廷刚刚平定了为患近十年的黄巢起义，渴望与民休养生息，不想看着国内再次爆发战争，便下诏调教二人。为了安抚李克用，唐僖宗以破黄巢有功为名加封李克用为陇西郡王。

李克用回到晋阳后郁郁难平，先后给朝廷上了八次奏疏，请求讨伐朱温，大意是：朱温这个人忌妒贤能，阴狠狡诈，将来一定是朝廷的心腹大患。请求朝廷削去他的官职和爵位。不用朝廷给粮草，我与他决一死战！（"全忠妒功嫉能，阴狡祸贼，异日必为国患。惟乞下诏削其官爵，臣自率本道兵讨之，不用度支粮饷。"）

唐僖宗回复："吾深知卿冤，方事之殷，姑存大体。"意思是，我知道你的冤屈，现在国事艰难，请你以大局为重。

这种和稀泥的方式，让各地大大小小的节度使们进一步洞悉了朝廷的软弱无力。当各藩镇相互攻打，朝廷不再为他们明辨谁是谁非时，为什么还要禀报朝廷？各藩镇放开手脚，互相侵吞，更不将朝廷放在眼里。

这便是："时藩镇相攻者，朝廷不复为之辩曲直。由是互相吞噬，惟力是视，皆无所禀畏矣！"

朱温忙着经营周边的地盘，也不想得罪李克用，便派遣使者卑辞厚礼，欺骗李克用。李克用考虑到自身羽翼未丰，再加上各方势力的牵制，只能暂时咽下这口恶气。他攻打周边的地盘，扩充实力。

朱温与李克用，这一对强藩，拼命扩充势力，搅动着天下风云。

朱李两家实力扩大后，正式血拼，今年我攻你两座城池，后年我杀你两员大将。这便是："（僖宗）诏和解之，克用由是不平，与温互相攻伐，兵连不已。"

李克用虽然英勇，终究敌不过多谋善断、善于合纵连横的朱温，渐渐落在下风。

本就奄奄一息的唐朝，经不起李克用、朱温等节度使的折腾，公元903年，朱温晋爵梁王。这并不是因为朱温立下什么大功，而是实力已经非常强大。

公元904年，朱温攻入长安，杀宰相崔胤，逼唐昭宗迁都到自己控制的洛阳。后来，他又杀了唐昭宗，立13岁的李柷为帝。朱温效仿曹操，挟天子以令诸侯。

到公元907年四月，朱温灭唐称帝，建立后梁，史称梁太祖，印证了"人王中心"四个字。此时朱温通过不断兼并战场，囊括了广大的河北地区，李克用只占据着山西北部寥寥几座城池。

当李克用得知朱温篡唐的消息后，跪向西方，号啕大哭。因为他以大唐忠臣自居，现在几代人守护的国家灭亡了，怎么能不痛哭流涕呢？

虽然难过，李克用也无力讨伐朱温。几个月后，他便得了重病，在弥留之际，李克用对继承者李存勖说："你不要忘记了你父亲的仇恨，一定要灭了梁！否则我死不瞑目。”

李存勖便是唐庄宗，他从小智谋深远，武功过人。朱温曾经评价李存勖：“我经营天下三十年，不意太原余孽更昌炽如此！吾观其志不小，天复夺我年，我死，诸儿非彼敌也，吾无葬地矣！”

朱温看人的眼光真毒，李存勖接班后，经过多年浴血奋战，在公元923年，建立了后唐王朝，随即攻灭了后梁。尔后数十年，中原大地，兵强马壮者为天子。又经历了后晋、后汉和后周三个朝代。每次改朝换代，均是血流成河、尸横遍野，遭受沉重苦难的永远是普通百姓。

直到公元960年，后周大将赵匡胤发动陈桥兵变，篡后周建立北宋，纷乱不止的五代才结束。

3

在上源驿宴上，朱温本欲与李克用培养感情。结果李克用在酒精的刺激下，暴露了真实想法，辱骂东家，引起了朱温暴怒，围攻上源驿，李克用自己差点被烧死。

正是因为上源驿宴，后梁与后唐才结下三十多年的血仇，才有了各种合纵连横，相互攻伐不休，也搅得天下大乱。后世视上源驿宴为五代史的开端。

饭局本是沟通想法、培养感情之处，但是处理不好人际关系，也容易导致仇恨。一群人觥筹交错之中，在酒精的刺激下，自我感觉会非常好，虚荣心与敏感程度亦会相应增加。普通人在酒桌上被羞辱了，也会记恨很多年。这是人之常情。

常言道：“良言一句三冬暖，恶语伤人六月寒。”很多时候，一句温暖的话，就能给人很大安慰，即使处于寒冬也能使人感到温暖。一句伤人的话，会伤人自尊，令人恼羞成怒，即使在夏季六月，也能使人感到阵阵寒冷。这启示我们要会说好话，结善缘，要慎言，不要冒犯别人。

朱温本就是心胸狭窄、阴沉狠辣的枭雄，当他被李克用揭老底的时候，绝不会心悦诚服，这时候李克用对他的救援之恩根本不值一提。大家出来混，面子比命还重要。你看不起我，侮辱我，我宰了你，也是天经地义。

当然，从李克用的角度来说，我千里迢迢赶来帮你忙，拼死拼活，不过多喝了两杯，骂了你两句，你至于杀我三百心腹，把我活活烤死吗？你朱温真是忘恩负义，狼心狗肺，厚颜无耻，猪狗不如。

正因为如此，上源驿宴是后梁、后唐持续三十多年相互攻杀的导火索，拉开了五代十国的序幕，深刻地影响了中国历史的走向。同时，也让后人引以为鉴，酒后失言，冒犯别人，后果很严重。

杯酒释兵权：赵匡胤在饭局内外的手段

公元961年七月初九。夜色降临，天气闷热。开封城，皇宫后苑灯火通明，正举行酒宴。十几位虎背熊腰的将军，衣衫不整，面红耳赤，大呼小叫地喝着酒。坐在居中主位的是一名气宇不凡的黑壮男子。他便是宋朝开国之君，赵匡胤。

赵匡胤轻轻放下了酒杯，使了一个眼色，旁边伺候的太监、宫娥行礼后，纷纷退下。宫殿大门被轻轻地关上，赵匡胤静静地看着将军们推杯换盏。将军们渐渐觉得气氛不对，慢慢安静下来。左边上座的第一位将军，小心地问道："官家，怎么了？"

赵匡胤面色严峻，长叹一声，道："我能当上皇帝，是兄弟们的功劳。可是我现在每天睡不着觉啊？"

1

一国之君赵匡胤为什么会睡不着觉呢？

时光暂时拉到公元960年正月初一。这一天，周朝皇太后与宰相范质收到一条坏消息，北汉与契丹将要组成联军进攻周朝。开国之君周太祖郭威已经病故六年，世宗柴荣几个月前便去世了。继任者是幼帝柴宗训，年仅7岁。

皇太后与宰相商议后，决定派遣检校太尉、殿前都点检，兼领宋州归德军节度使赵匡胤，统率朝廷禁军出征，迎战北汉契丹联军。检校太尉是散职，殿前都点检是周朝禁军统领，归德军节度使是归德的军政“一把手”。

从这一系列官职中便知赵匡胤位高权重。他出身于军伍世家。12年前，赵匡胤便投在郭威帐下，从大头兵做起，靠着智谋、勇猛、对上级的忠诚，一步一步成为军中巨头。禁军其余统领如石守信、高怀德、王审琦等十人均是赵匡胤的结拜兄弟，史称“义社十兄弟”。

正月初二时，大军行至开封城外20千米的陈桥驿，军营哗变。将士们亮出明晃晃的刀枪，将一件黄袍强行披在赵匡胤的身上，要求他必须当皇帝，史称“陈桥兵变，黄袍加身”。

将士们为什么这么热心呢？有必要介绍一下当时的历史背景。如果有人问，自公元907年唐朝灭亡至公元960年宋朝建立，什么职业死亡率最高？很多人会毫不犹豫地选择“皇帝”。

不足50年，国家中央政权换了五代王朝，依次为梁、唐、晋、汉、周，史称后梁、后唐、后晋、后汉、后周。地方政权先后建立了十个国家，依次是南吴、吴越、前蜀、后蜀、闽、南汉、南平、马楚、南唐、北汉。这便是“五代十国”。每次改朝换代，均是血流漂杵、生灵涂炭，黎民百姓苦不堪言。

五代时期，流行一种风气，那便是将士们不与主帅商议，强行拥戴主帅称帝。为什么呢？因为拥戴一位皇帝，远比在沙场上拼命获得的利益更多。成功地拥立一位皇帝，将校们自然会升官发财，连大头兵也能水高船涨。这便是从龙之功。

如果失败了，不好意思，主帅三族全灭。法不责众，将士们重新拥戴一位主帅。

举几个正史记载的例子。后唐时期，大将符彦饶镇守关隘时，部下们亮出兵刃，想拥立他登基称帝。符彦饶假装答应，却在当天晚上调遣精兵将这些家伙全杀了。

名将杨仁晟出征平叛时，部下们为他准备了一件黄袍，拥立他称帝。杨将军忠心耿耿，宁死不同意。将士们将他乱刀砍死后，又推出一位有名望的将军当皇帝。这位将军也不干，便被乱刀剁了！将士们将两位将军的首级扔到第三位将军赵在礼面前，给他出了一个选择题：你是想当皇帝还是想死？

赵在礼泪流满面地披上黄袍，登基称帝。这位赵匡胤的本家，因为实力不足，很快便被朝廷平定了。如果他侥幸功成，岂不是又一位开国之君？

这些例子可以证明两点：第一，陈桥兵变未必是赵匡胤的本意。后周的皇帝只是7岁小儿，国外诸国林立，相互征伐，将士们意图换上一位能保护他们的皇帝，这可以理解。

第二，当时流传一句话："天子兵强马壮者当为之，宁有种耶！"赵匡胤那个时代，特别流行大将兵变后登基称帝。五代十国史，堪称一部大将兵变史。很多大将或者主动，或者被迫杀了皇帝登基称帝，然后，新皇帝手下的大将再次兵变，再次开国称帝。就这样循环了几十年。

陈桥兵变后，禁军簇拥着赵匡胤，开开心心地返回开封，镇守开封城门的禁军将领石守信、王审琦等人，二话不说，打开城门，热烈欢迎赵匡胤兵临皇宫。

生米煮成了熟饭，赵匡胤只能威逼周帝退位。他建国号为宋，定都开封，改元"建隆"。

宋朝开国之后，武将们继承了五代以来的陋习，骄奢淫逸，干涉朝政。尤其是石守信、高怀德、王审琦等从龙大将，更是目中无人，甚至在赵匡胤面前，都不怎么在乎礼仪。面对这种情况，一国之君的正常做法有两种：一是安排相关部门官吏宣旨斥责；二是安排臣子劝说。赵匡胤的做法非常大气，充满了气魄与智慧。

一日，他请兄弟们一起打猎。兄弟们欣然从命。大家抛下了亲兵护卫，策马奔腾，张弓搭箭，放犬逐兔，玩得不亦乐乎。

大家玩累了，在树林里喝酒闲聊。赵匡胤突然将酒囊掷在地上，道："这里除了咱们兄弟，也没外人。你们谁想当皇帝，便把我射杀了吧！不要怂，一起上！"

十兄弟吓得跪在地上，不知道怎么接话。赵匡胤冷哼一声，又问了几遍。见到兄弟们怂了，赵匡胤道："你们竟然奉我为皇帝，便要有一个当臣子的样子。不要拿自己不当外人。以后一定要遵纪守礼。"

十兄弟连忙高呼万岁。一群人愉快地返回开封。

这便是："太祖即位，方镇多偃蹇，所谓'十兄弟'者是也。上一日召诸方镇，授以弓剑，人驰一骑，与上私出固子门大林中。下马酌酒，上语方镇曰：'此处无人，尔辈要作官家者，可杀我而为之。'方镇伏地战栗。上再三谕之，伏地不敢对。上曰：'尔辈既欲我为天下主，尔辈当尽臣节，今后无复偃蹇。'方镇复再拜，呼万岁，与饮尽醉而归。"

赵匡胤从大头兵，一步一个脚印，成为开国之君，满腹韬略，英勇善战，自然能够震慑一群骄兵悍将。可是这终究不是长久之计。后周太祖郭威与世宗柴荣皆是雄才大略之人，他们死后，自诩忠肝义胆的赵匡胤不也无奈兵变了吗？

赵匡胤在思索应该怎么办，将兄弟们全部杀了？先不说感情上能否接受，杀了他们，会有两个后果：第一，朝野不服，政局不稳。如果引起政变或者地方节度使反叛，可不是闹着玩的；第二，诸国林立，杀了他们，谁替自己南征北战，震慑宵小？

如果处理不好，大宋说不定便会成为唐灭亡后第六个短命王朝。

2

大宋朝廷中的很多有识之士，也深刻认识到了问题的严峻性。赵匡胤潜龙之时的谋士赵普，屡次劝说赵匡胤尽早处理这些兄弟，以免夜长梦多。赵普乃是北宋开国名相，号称“半部论语治天下”。意思是，此公精通《论语》后，便能洞悉世事，建功立业，治理天下。

眼见石守信、王审琦等人在禁军中的职位越来越高、权力越来越重，赵普多次劝说赵匡胤要高度重视，及时处理他们。赵匡胤犹豫不决，道：“他们不会背叛我的！你担心什么？”（“彼等必不吾叛，卿何忧？”）

赵普的回答非常精彩：“臣亦不忧其叛也。然熟观数人者，皆非统御才，恐不能制伏其下，万一军伍作孽，彼亦不得自由耳。”

有两层意思：第一，在情感和实力上承认，将军们不会背叛赵匡胤；第二，表面上是说这几位将军没有统率才能，实际上是说他们不知进退，万一被部下胁迫，也会身不由己。不反也要反！潜台词是，你忘记自己怎么当上皇帝的了？

赵匡胤当然记得，他又问道：“自唐季以来数十年间，帝王凡易八姓，战斗不息，生民涂地，其故何也？吾欲息天下之兵，为国家长久计，其道何如？”

意思是，自唐朝灭亡几十年换了八姓十二帝，纷争不休，黎民百姓生活中在水深火热之中，这是为什么？我要消灭战乱，令国家长治久安，应该怎么做？

赵普曰：“陛下言及此，天地人神之福也。此非它故，方镇太重，君弱臣强而已。今欲治之，惟稍夺其权，制其钱粮，收其精兵，则天下自安矣。”

方镇就是指藩镇，是唐朝中、后期设立的军镇，起初仅设于边境地区，职责是统管所辖地区的军政大权。安史之乱后，内地亦相继增设。这些节度使父死子继，成为一个个独立的王国。可谓“兵骄则逐帅，帅强则叛上”。

正所谓“王侯将相，宁有种乎”，又所谓“皇帝轮流做，今年到我家”。将军们身怀利刃，又拥有当地的行政权、司法权、财政权，一个比一个有上进心。

赵普提出三条纲领：“稍夺其权，制其钱粮，收其精兵。”这些节度使没了兵马钱粮，也就不足为虑了。

五代十国不乏英主名相，他们均想过要搞定这些军中巨头，可惜全都失败了。由此可见，“稍夺其权，制其钱粮，收其精兵”说起来容易，做起来难。因为一个个节度使，之所以能掌握生杀大权，进则开国称帝，成为九五至尊；退则安享富贵，受人畏惧或者尊重，只因为他们手中有兵有粮。夺人军权，甚于杀人父母。

赵匡胤决定先从禁军下手。大宋禁军直接继承后周禁军，赵匡胤在禁军中经营了十几年，曾是禁军的“一把手”。他在禁军的威望无人可比，心腹众多。

赵匡胤深知各个将领的能力，以及他们在军中威望的高低。为了让他们自觉交出军权，赵匡胤设了一场饭局，宴请禁军高级将领石守信等人。中国人的饭局，关键不是“饭”，而是“局”。设局人在饭局内外，采用种种手段，以达到某种目的。其针对的自然是入局人。酒桌上好谈事，醉醺醺的才有气氛。从古至今，皆不例外。

公元961年七月初九，赵匡胤与石守信、高怀德等十兄弟在宫苑开怀畅饮，酒酣耳热之际，发生了本文中开头的一幕。

赵匡胤长叹一声，把玩着酒杯，缓缓道：“兄弟们，没有你们就没有我的今天。可是当皇帝实在太难了，还没当初做节度使快乐。我已经失眠很久了。”（“我非尔曹力，不及此。然天子亦大艰难，殊不若为节度使之乐，吾终夕未尝高枕卧也。”）

赵匡胤的第一句话，说得很有技巧。没有直接说目的，而是先做铺垫，慢慢引将军们入局。皇帝陛下说睡不着觉了，属下们于情于理也要表示关心，所谓：“守信等请其故。”

赵匡胤眯着眼睛，一字一顿，道：“事，也简单。谁不想坐在我这个位置呢？”（“是不难知，居此位者，谁不欲为之！”）

石守信等人觉得这顿饭不简单，慌忙离开饭桌，一个个跪在地上，解释道：“陛下，现在天下已经安定，没人敢起异心。”（“陛下何为出此言？今天下已定，谁敢复有异心！”）

潜台词是，大局已定，我们这些人不敢造反。

赵匡胤道：“我知道兄弟们不想，可是假如你们手下有些家伙想升官发财，再来一次黄袍加身，你们不想当皇帝也身不由己啊。”（“卿等固然，设麾下有欲富贵者，一旦以黄袍加汝身，汝虽欲不为，其可得乎？”）

你们别忘了，我是怎么当上皇帝的？还不是你们逼的！你们如果也造反了，我怎么办？

赵匡胤此言刚落，温度仿佛下降了十几度，石守信等人冷汗直流，今天是鸿门宴啊，搞不好有杀生之祸，甚至抄家灭族。

将军们跪在地上，砰砰磕头，道：“我们愚笨，目光短浅，请陛下为我们指条生路。”（“臣等愚，不及此，惟陛下哀矜，指示可生之途。”）

看到将军们入局了，赵匡胤开始演讲：“人生如白驹过隙，所为好富贵者，不过欲多积金钱，厚自娱乐，使子孙无贫乏耳。卿等何不释去兵权，出守大藩，择便好田宅市之，为子孙立永远之业，多致歌儿舞女，日饮酒相欢，以终其天年！朕且与卿等约为婚姻，君臣之间，两无猜疑，上下相安，不亦善乎！”

第一，先为将军们树立了人生观。赵匡胤提出一个问题并自问自答，人活着为了什么？人生苦短，当然为了富贵，所以要多攒些钱，吃喝玩乐，让子孙后代也拥有富贵的人生。

第二，赵匡胤给他们实现的途径，给地位（“出守大藩”），给房产（“择便好田宅市之”），给美女（“多致歌儿舞女”），给出一种生活方式（“日饮酒相欢，以终其天年”），给保障，结成儿女亲家（“朕且与卿等约为婚姻”）。

第三，即是威胁了。所谓“君臣之间，两无猜疑，上下相安，不亦善乎？”潜台词就是，你们不听我的，我会猜疑你们，咱们就不能愉快地在一起了。你们听我的，我省心，你们也开心，你们看着办吧？

石守信等人你看看我，我看看你。他们有三种选择：第一，与赵匡胤据理力争。可是赵匡胤的话非常直白，如果敢谈条件，说不定现场被咔嚓。第二，假意答应，回家后，再造反。这也行不通，禁军是赵匡胤的地盘，他们即使愿意反，失败了怎么办？第三，叩头谢恩，交出禁军兵权，安享富贵。

赵匡胤存在卸磨杀驴的可能吗？基本上没有。且不说将军们知道赵匡胤的人品靠得住。他们每一个人都有大量部下、亲信、亲朋好友，势力盘根错节。将他们全杀了，赵匡胤无异于砍掉自己的爪牙羽翼。

所以，石守信等人，磕头谢恩道："陛下念臣等至此，所谓生死而肉骨也。"

第二天。

石守信上表：我病了。

高怀德上表：我也病了。

禁军诸大将：真的，我们都病了。

……

看到将军们的请假条，赵匡胤什么反应呢？史称："帝从之，赏赉甚厚。庚午，帝以石守信为天平节度使，高怀德为归德节度使，王审琦为忠正节度使，张令铎为镇宁节度使，皆罢军职；独守信兼侍卫都指挥使如故，其实兵权不在也。殿前副点检自是亦不复除云。"

这便是中国历史上最著名饭局之一——"杯酒释兵权"。

"释兵权"，不只是解除石守信等人对禁军的兵权，将他们安置到地方担任节度使，与之配合的是赵匡胤彻底掌控中央禁军，并开展地方军政改革，加强中央集权。

对石守信等人来说，失去的只是禁军的军权，得到的却是更多的财富、女子、房子、地位等，所以，并非不能接受。把这些宿将外放到各地的同时，赵匡胤将自己曾经的亲兵陆续提拔为禁军军官，全面加强了对禁军的掌控。

搞定禁军后，赵匡胤开始进行大刀阔斧的军队改革。

第一步，公元960年，赵匡胤下令将禁军进行分化，骁勇善战之辈涨工资。涨的工资从哪儿来呢？将禁军中的老弱病残全部降为非战斗部队，只领小部分军饷。前者，自然无意见；后者不用再拼命，捏着鼻子认了。

第二步，公元961年，赵匡胤将军队的分化改革，从京城扩大到地方。地方节度使们认为是好事。因为精兵越多，中央拨付的军费也就越多，何乐而不为？节度使们喜滋滋地将精兵名单上报朝廷。赵匡胤大笔一挥，拨付大量军费。

第三步，公元963年，赵匡胤下令——“令天下长吏择本道兵骁勇者，籍其名送都下，以补禁旅之阙。又选强壮卒，定为兵样，分送诸道，其后又以木梃为高下之等，给散诸州军，委长吏、都监等召募教习，即送都下。”意思是，你们拿着自己送的精兵名单将士兵们全部送到中央吧。赵匡胤为了杜绝节度使们滥竽充数，还制定了标准。用禁军中强壮的士兵和制作的高大木头兵当作指标，达到这个标准就要送到中央！

节度使们即使不情愿，也没有办法。因为麾下精兵，乐意到国家首都工作。环境好，待遇高。

杯酒释兵权的发生时间在公元961年7月，正是军队改革到第二步的时候，他需要自己的这些兄弟们帮助自己稳定地方局势。作为一代开国之君，赵匡胤深深明白一个道理，那便是：“谁是自己的朋友，谁是自己的敌人，拉拢一部分人，才能打击一部分人。”

对那些非结拜兄弟的节度使，赵匡胤的手段就值得玩味了。公元969年，赵匡胤邀请凤翔节度使王彦超、安远军节度使武行德、护国军节度使郭从义、定国军节度使白重赞、保大军节度使杨廷璋等同时入朝。

赵匡胤表示将军们劳苦功高，请大家到皇宫后苑吃一顿饭。酒酣耳热之际，赵匡胤笑道：“诸位爱卿啊，你们是国家重臣，随朕鞍前马后，南征北战，功勋卓著，至今还没有好好享受生活与人生，朕觉得对不起你们啊！”（“卿等皆国家宿旧，久临剧镇，王事鞅掌，非朕所以优贤之意也。”）

酒局上不能东家唱独角戏，总要有一个捧哏。王彦超闪亮登场，离开酒桌，跪在中央，道：“老臣功劳微薄，因为官家的恩宠，才有今天。现在年老体衰，请求告老还乡。”（“臣本无勋劳，久冒荣宠，今已衰朽，乞骸骨，归邱园，臣之愿也。”）

赵匡胤大喜，也离开酒席，亲自托起王彦超道：“王叔叔，真是谦谦君子。”值得一提的是，这位叫王彦超的仁兄，是赵匡胤父亲的好朋友。赵匡胤二十几岁时，还曾投奔过王彦超。

郭从义、白重赞、杨廷璋等老将心中就不满了，他们各自历数自己曾经的功勋。

赵匡胤摆摆手，板着脸道：“这都是前朝旧事，不要再提了。”（“此异代事，何足论也。”）

几位老将军差点把鼻子气歪，刚才你还说我们劳苦功高！

无奈之下，他们只有捏着鼻子认了，同意不再担任地方节度使，交出地方军政大权。赵匡胤也很够意思，让几位老将军在禁军中挂职，提高他们的级别与工资待遇，在京城养老。正是：“以行德为太子太傅，从义为左金吾卫上将军，彦超为右金吾卫上将军，重赞为左千牛卫上将军，廷璋为右千牛卫上将军。”

这次杯酒释兵权，释的是地方节度使的军权。

3

收回了中央与地方的军权后，赵匡胤开始大刀阔斧地改革。除了“收其精兵”之外，还要“削夺其权”“制其钱粮”。

第一，削夺其权。中央派遣文官出任知州、知县等地方官。三年一换，直接对中央负责，设置通判以分知州之权，利用通判与知州之间的相互制约，使一州之权不致为知州把持，防止偏离中央政府的统治轨道。这便是将行政权、司法权收回中央。

第二，制其钱粮。于各路设置转运使，将一路所属州县财赋，除留少量应付日常经费外，其余的钱帛都要送到京城上交中央政府，不得占留，这样地方的财权便完全收归中央了。

赵匡胤之所以能解决几十年的藩镇割据的问题，自然离不开他的大气魄与大智慧。在饭局之外，他为收拢军权做了大量准备，制订了一系列计划。在饭局上谈收拢军权的事，才能水到渠成。如此，赵匡胤兵不血刃，实现了饭局内外的双赢。

经过先后十余年的努力，赵匡胤终于改变了自唐末以来，藩镇割据的局面，加强中央集权，最终打造出了一个强大的王朝——宋朝。

朱元璋的饭局：从放牛娃到洪武大帝

元末某年某月的一天下午，安徽凤阳一个小村庄外的山坡上躺着一群衣衫破烂、鸠形鹄面的孩子。

他们吞咽着口水，肚子饿得咕噜咕噜响。黝黑、瘦弱、颧骨很高的徐达，抹着口水，问另一位大额头、下颌挺翘的放牛娃：“重八哥，肉肉香吗？”

放牛娃摸着自己干瘪的肚皮，舔了一下嘴唇，双眼放光道：“俺见刘老爷吃过，肉肉真的很香很香。”

未来会改名叫汤和的孩子道：“俺饿，俺想吃一口肉肉。”

一群在未来几乎全部改名的孩子道：“真想吃一口肉肉……”

放牛娃大声道：“被打死，也比活活饿死强！跟着俺，俺请你们吃肉！”他抄起一把遍布豁口的砍柴斧子，带着小伙伴们，走向了地主刘老爷的牛群。

徐达、汤和等孩童，嗷嗷叫着，紧随其后。放牛娃将目光瞄向了最瘦小的一头牛犊，因为他们没力气杀死大牛。

放牛娃的额头沁出汗珠，咬紧牙关，举起斧头，大吼一声，劈在牛犊的脖子上。

牛犊惨叫，蹦跳起来。徐达双眼圆睁，拼命抱住牛腿，其他孩子也跟着扑了上去……

在山间，这群孩子找了一口破砂锅，以泉水煮肉，美美地吃了一顿。

1

放牛娃原名朱重八。公元1382年10月21日，安徽凤阳县，太平乡贫农朱五四的老婆，在一间冬凉夏暖的茅草屋子里，生下了第四子，因为这个婴儿在堂兄弟中排名第八，故起名朱重八，也可以叫朱八八。

朱重八的爷爷叫朱初一，曾祖父叫朱四九，高祖叫朱百六。不是老朱家喜欢将姓名进行数字化管理，而是元朝政府规定，老百姓的名字能以数字顺序，父母年龄相加或者出生的日期命名。截至朱重八，老朱家已经至少五代贫农，世代为地主做佃户为生。

那个时候，有无数个朱重八这样的贫苦孩子，他们最大的梦想便是过年时能吃上一口肉。可是，这个梦想是很难实现的。元朝建立以来，一直剥削百姓，苛捐杂税繁多，水旱蝗灾不绝。元朝政府甚至规定了所谓的四等人制度：蒙古人第一等，色目人第二等，汉人按照北方、南方分为三、四等人。杀了汉人，赔偿一头毛驴即可。

广袤的土地上，生活着无数个朱五四这样的家庭，日夜辛劳，三餐难继。因为朱五四忠厚老实，为村里地主刘老爷辛苦种地，刘老爷大发慈悲，给不足十岁的朱重八安排了一份让孩子们羡慕的工作。那便是给自己家当放牛娃。

放牛，总比下地干活轻松些吧。小小朱重八俨然成了小伙伴们眼中的“成功人士”。

朱重八从小就一腔热血，敢作敢当。至今在凤阳的坊间巷陌，依旧流传着儿童朱重八杀牛请客的事迹，明初史料笔记《龙兴慈记》中亦有记载。

这便是本故事开头的一幕。在童话故事中，流传着很多机智、勇敢的放牛娃智斗愚蠢的地主老财的故事。可现实毕竟不是童话。当地主刘老爷发现少了一头牛后，喝问朱重八，牛去哪儿了？

朱重八转动着眼珠子，举着一根牛尾巴，大叫道："刘老爷，牛牛钻石头里了，尾巴留在外面了！"

这样幼稚的话，刘老爷当然不相信。他将朱重八抽了一百多鞭子，吊在房梁上两天两夜。放牛娃皮糙肉厚，福大命大，幸得不死。代价是朱五四照市价用粮食赔偿了刘老爷。朱重八后来有没有被老爹再抽一顿，就不知道了。

童年朱重八杀牛请小伙伴们大吃一顿，也许是他这一生组织的第一场饭局，意义非凡。

一头牛，对一位贫苦的放牛娃来说，也许就是整个世界。童年时的朱重八便胆魄非凡，敢于砸烂一个世界，吞进肚子里。

一起杀牛、吃牛的小伙伴在朱重八的带领下，也堪称胆大包天，下手够狠！

朱重八一斧头劈向牛脖子那一幕，小伙伴们终生难忘。也许在小伙伴的潜意识里，跟着重八哥就有肉吃！出了事，他能替我们扛！徐达、汤和、周德兴、郭兴等人长大之后，皆是朱重八的左膀右臂，跟随朱重八出生入死，转战天下，九死不悔！

朱重八敢于承担责任，为小伙伴们背黑锅，险些丧命。一锅牛肉，为朱重八换来一群纵横天下的开国名将，简直不要太划算。

大明江山在这群开国元勋的内心深处，也许便是从一锅牛肉里吃出来的。无数次，兵凶战危之际，徐达等人会想起吃牛肉的那个遥远的下午，你帮我们填饱肚子，我们把命卖给你！

从第一场饭局里，我们可以看到童年朱重八的性格，下手狠辣，义薄云天，勇于任事。

2

公元1344年，一场瘟疫降临到淮河两岸，可怜的朱重八全家几乎全死了，

16岁的朱重八在好心人的帮助下，到村边皇觉寺当了和尚。

无钱无势的朱重八在寺里干最苦、最累、最脏的工作，为了可以吃上一口饱饭，但是五十几天后，住持便打发朱重八外出化缘（要饭）。

三年内，朱重八走遍了安徽、河南大部分地区。为了能填饱肚子，他忍受着冷眼、讥讽、辱骂，敲开一扇又一扇门，只为一口吃的。他见识了形形色色的人，观察了各地的风土人情，磨炼了坚韧不拔的意志。

此时，天下已经大乱，各地义军四起，朱重八不敢参与造反，便回到皇觉寺继续当和尚，撞钟、劈柴、烧水、种地、识字、念经、化缘、做法事。

弹指一挥间，五年过去了。各地起义，风起云涌，距离皇觉寺不远的濠州被红巾军大帅郭子兴占据。元军平叛的方式是杀良冒功，可怜无数百姓，莫名其妙地被砍了脑袋。

适逢发小汤和在义军中混了一个千夫长，便热情邀请朱重八入伙。朱重八一合计，索性参加了濠州红巾军。

世有伯乐，然后有千里马。郭子兴赏识沉稳内敛、足智多谋的朱重八，将他一步步提拔到中层将领。朱重八为自己改名为“元璋”，朱元璋者，“诛元璋也”。

朱元璋奉命回凤阳老家募兵，徐达、郭兴等小伙伴们欣然来投靠，朱元璋得八百家乡子弟兵。尔后，红巾军内讧，朱元璋便向郭子兴请辞，只带走了自己精心挑选的24人，包括徐达、汤和、郭兴、周德兴等人在内。值得一提的是，明朝建立后，24人中2人封王、1人封公、21人封侯。

朱元璋对招募士兵已经轻车熟路，他竖起招兵旗，很容易便招募了千把人。他听说定远城附近张家堡驴牌寨有3000多土匪，势单力薄，孤立无援，寨主打算投靠义军势力。

朱元璋便打起了驴牌寨的注意。朱元璋带着徐达、常遇春等十余人邀驴牌寨首领刘寨主相见。他惊喜地发现，这位刘寨主他竟然认识，当年曾一起当过乞丐。他乡遇故知，真乃幸事。刘寨主喊他“重八哥”，他喊刘寨主“刘老弟”。

双方经过一番言谈，刘寨主对朱元璋的英豪气概、远见卓识深深折服，决定举寨归降朱元璋，一起建功立业。朱元璋大喜，双方折箭为盟，约定3天后，刘寨主率人到朱元璋兵营。

3天后，朱元璋左等右等不见刘寨主前来，便派汤和到驴牌寨去问问怎么回事。刘寨主的头上缠着布条，捂着脑袋说：“俺昨天脑袋被门夹了一下，记忆一片朦胧，3天前说过什么全忘记了。”汤和是个实在汉子，便将双方会盟的事情详细说了一遍。

刘寨主对汤和道：“请转告重八哥，俺一直将他当成自己的亲哥看待。大丈夫吐口唾沫钉钉子，如果俺真说过这样的话，一定兑现！现在让俺好好回忆一下。等俺想明白了，再去找重八哥。”汤和不是白痴，看出刘寨主反悔了，便返回兵营，告知朱元璋。

朱元璋的鼻子差点气歪了，这个出尔反尔的小人，早知道当时就签个字据了。派人打听后，才知道刘寨主已经打算投靠另一股势力更强大的义军。

朱元璋眉头一皱，心生一计，再次派汤和去驴牌寨，理由是刘老弟受伤了，做哥哥的精心准备了好酒好菜，给兄弟补补。特别强调，濠州第一名厨便在军营中，准备的食材有鹿肉、熊肉、老虎肉，全是大补的硬菜，连酒都是抢的皇帝老儿的御酒，请刘老弟务必赏光，如是云云。

刘寨主大概是想白吃一顿美食，又相信朱重八的人品信誉，便带着十几个兄弟，欣然赴约。可是他大概忘记了两句话：第一，世上没有免费的午餐；第二，人都是会变的。

当刘寨主一行喜滋滋地抵达朱军营寨被邀入帐后，发现不过是些寻菜酒菜，心中颇为不喜。但是伸手不打笑脸人，他看着朱元璋及其属下热情洋溢的样子，也不好说什么。

双方分宾主而坐，互相敬酒后，朱元璋感叹道：“刘老弟，要是咱们永远在一起大碗喝酒、大块吃肉该有多好！”刘寨主道：“重八哥，俺真的想跟随你，可是兄弟们不愿意啊！俺也做不了主。”

朱元璋嘿嘿笑道：“既然如此，刘老弟你就留下吧！”说罢，朱元璋将碗摔在地上，道：“拿下！”

徐达、汤和立刻出手，把刀架在了刘寨主的脖子上，其余十几个土匪也被朱元璋的手下打倒在地，绑了起来。随后，朱元璋威逼利诱了刘寨主的属下，让他们回驴牌寨，告知其余匪徒，刘寨主决定投靠朱元璋，一起打天下，兵营里准备了好酒好菜等他们呢。

那些土匪挺实在，卷起包袱，赶赴朱元璋的营寨。

待土匪离开后，朱元璋派人一把大火烧毁了驴牌寨。刘寨主见木已成舟，无可奈何，只能配合朱元璋收编土匪。朱元璋通过一场饭局，兵不血刃地收编了3000多土匪，整合了4000人马，获得了创业的第一桶金。

观一叶而知秋。从这场饭局中，我们可以看出青年朱元璋的心性。为达目的，能洞悉对手的弱点，娴熟地施展权谋手段，不拘泥于仁义道德，甚至不在乎个人信义，该出手时便出手，毫不拖泥带水。

朱元璋的心性使他得以在残酷的元末乱世中生存、壮大，他利用在饭局中用过的手段，吞并了一个又一个“驴牌寨”，才有了成就大业的基础。

转眼间，时间到了公元1363年。朱元璋的地盘以应天（今南京）为中心，包括苏南、赣北、浙江的部分地区及皖南一带。他麾下有几百万人口，数十万大军，人才济济，猛将如云，足可称一方霸主。

不过朱元璋却正面临着一生中最可怕的对手——陈友谅。

此公原名陈九四，并非如《倚天屠龙记》所说，出身丐帮，而是一名渔民。元末乱世，他加入义军，从小小主薄做起，一步一步成为一方霸王，登基称帝，建国为汉。他占据长江以南的湖北、湖南、江西、安徽等地，是当时反元军阀中实力最强大的一位。

值得一提的是，此公性格强悍，雄才大略，起兵10年，与元朝连番血战，不屈不挠，死战到底，从不妥协，是一条铁骨铮铮的硬汉。要知道，即使是朱元璋也曾为了换取生存空间向元朝献表称臣。

中国最大淡水湖——鄱阳湖即将发生一场号称“中世纪规模最大的水战”。

陈友谅率领倾国之兵六十万，巨型战船数十艘，在鄱阳湖上迎战朱元璋的二十万大军。史称：“友谅兵号六十万，联巨舟为阵，楼橹高十余丈，绵亘数十里，旌旗戈盾，望之如山。”

此役胜者，即可吞掉对方势力，成为江南霸主，然后北伐元朝，统一天下。

朱军皆是小船，在水战中处于劣势，与陈友谅初次交手，便落在下风，幸亏朱元璋亲率心腹，斩杀了几十个畏敌怯战之人，才稳住阵脚。徐达身先士卒，率先冲锋，指挥舰队，充分发挥船小灵活的优势，围着陈军巨舰射箭、开炮，攀爬，一举击溃陈友谅的前锋部队。朱军首战得胜。

眼见战事不顺，陈友谅将战船用铁链连在一起，发起集团冲锋，朱军惨败，连朱元璋都差点被陈军猛将张定边阵斩！不过，鄱阳湖上刮起了巨大的东南风，朱元璋组织敢死队驾着7艘装满火药柴薪的火船，撞击陈友谅的舰队，一时烈焰飞腾，烧毁陈军数百艘巨舰，陈军伤亡惨重！

陈友谅一步步败退到江西诸暨，与追击而来的朱军对峙！

鄱阳湖大败，令陈友谅暴怒，他为了发泄怒火，也为了震慑朱军，便下旨虐杀了俘虏的朱军将士！这便是：“友谅势益蹙，忿甚，尽杀所获将士。”

陈朱全面战争，双方人马加起来高达八十余万，俘虏一些彼此的将士，太正常了。

朱元璋却下了一道谁也想不到的命令，不仅为俘虏治伤，还准备酒食请他们吃饭！并且要求酒肉、大饼、馒头管够！让俘虏敞开怀吃，不打饱嗝，不准住口！

俘虏们受宠若惊、兴高采烈，一阵阵狼吞虎咽。很多朴实的陈军士兵流下感动的泪水。朱元璋外披重甲，内套软甲，在徐达、常遇春等绝世猛将的护卫下，对打着饱嗝的俘虏们嘘寒问暖，回忆曾经忍饥挨饿的艰难岁月，表示当初能有一张大饼果腹，就绝不会起兵造反！他理解陈军兄弟们造反也是被逼无奈。等天下太平了，他要让所有人都能吃饱肚子。

朱元璋真诚朴实又接地气的话引起了俘虏的共鸣，很多俘虏表示愿意弃暗投明，为朱大帅效死。

朱元璋佯装生气，表示因为不忍看到兄弟们忍饥挨饿，才请大家饱餐一顿，并非为了得到他们的报答，他不是一个施恩图报的人。被俘虏的陈军弟兄，吃饱后必须返回陈军大营，谁不回去就是看不起他！等消灭了陈友谅后，与弟兄们再聚首，开怀畅饮！

俘虏们感动得眼泪汪汪的。

陈军俘虏成群结队，恋恋不舍地返回陈军营寨。陈友谅苦笑一声，没招了，他难道向自己手下弟兄举起屠刀吗？如果这样做，会被士兵在背后射冷箭的！

事实上，没过多久，还有一战之力的陈友谅便被一根冷箭射杀！凶手是谁，已成千古谜团。朱元璋鲸吞了陈友谅的地盘、军队，一跃成为天下实力最强大的势力，为统一天下打下了坚实的基础。

对普通士兵来说，只是混口饭吃，皇帝姓朱姓陈，并无所谓。正是：“端谁的碗，受谁的管。”常年混迹于社会最底层的朱元璋很清楚士兵们的想法，他以广阔的胸怀、深邃的智慧，准备大量酒食，宴请一群群曾欲杀自己而后快的俘虏。

3

朱元璋北上消灭张士诚后，命徐达、常遇春继续北伐，消灭大元帝国。公元1368年，正月初四，朱元璋在南京称帝，国号大明，改元洪武。

洪武年间，朱元璋收复了丢失400多年的燕云十六州。他努力恢复汉人衣冠，振兴儒家名教，庇佑天下万民，建立了太平盛世。他戡定四方，轻徭薄赋，爱惜百姓，兴修水利，奖励垦荒，抑治豪强，严惩贪官，又重视科举，克勤克俭，广纳贤才，注重文治，盘整华夏文明。

这位昔日的乞丐和尚，今日的洪武大帝，成了中国历史上最勤勉的皇帝之一。比如他曾在连续8天内，每天平均处理200多份奏折，400多件事。他写诗自嘲："百僚未起朕先起，百僚已睡朕未眠，不如江南富足翁，日高三丈犹拥被。"

可是朱元璋在艰难的治国经历中惊奇地发现，伤害国家最深的竟然是为自己打天下的开国勋贵与治理国家的朝廷官吏。尤其是开国勋贵，他们拥有私人武装，罔顾国家法令，侵占土地，私纳奴婢，侵夺民财，贪得无厌，无所顾忌。比如朱元璋的女婿欧阳伦身为皇亲国戚，知法犯法，向他国私贩茶叶！淮安侯华云龙使用元朝皇帝才能用的东西；汤和的姑父抢占土地，还不给朝廷缴税；大将郭英任意杀戮平民……

渐渐地，朱元璋对勋贵们厌恶起来，曾在公开场合道："此等愚夫，不学无术，勇而无礼，或闲中侍坐，或饮宴之间，将以朕为无知，巧言肆侮，凡所动作，悉无臣礼。"

贪官污吏则"前腐后继"，疯狂搜刮民脂民膏。朱元璋对勋贵与官吏屡次教育无效后，说道："胡元以宽而失，朕收平中国，非猛不可！"与其说是"猛"字，不如说是一个"杀"字。朱元璋发动了胡惟庸案，先后诛杀了30000余人，又发动了蓝玉案，杀了20000余人。

两次大案中有资格被牵连的，至少也是有身份的人。洪武年间的开国勋贵与官僚势力，均遭到了大清洗。

朱元璋屠杀勋贵与官吏的心态在一场饭局上，便可窥视得清清楚楚。

洪武十八年，即公元1385年的一天，朱元璋在奉天殿宴请朝廷文武百官时，突然将自己盛着酒的金杯递给了诚惶诚恐的户部尚书茹太素，并环视众大臣，笑道："金杯共汝饮，白刃不相饶！"

意思是，朕可以给你们美酒佳肴、荣华富贵，可是你们如果有违国法，朕绝不手软，绝不手下留情！

朱元璋废除了丞相后，户部尚书可以说是百官之首。这次朱元璋将自己的金杯递给户部尚书，说了一句杀气腾腾的话，明显是杀鸡儆猴，带有警告意味。果然，话音刚落，群臣便跪了一地，瑟瑟发抖。

最惶恐的应该是茹太素，他所主管的户部是腐败的重灾区，前户部侍郎郭恒吞盗官粮2400万担，贪赃700多万两白银。这样恐怖的贪污数量，自然不是一个户部侍郎能独自吞下的。朱元璋彻查之后，整个六部，侍郎以下，悉数被朱元璋处死，牵连官吏数百人之多。

对此，见过大世面的朱元璋都感叹道："古往今来，贪赃枉法者大有人在，但是搞得这么过分的，实在是不多！"

茹太素此人之前便是名人，不过不是什么好名声。他早年的时候，曾给朱元璋上过一份几万字的奏折，辞藻华丽，晦涩难懂，主要内容却只有4条干巴巴的建议。朱元璋一气之下，赏了茹太素一顿板子。

这次在宴会上，茹太素跪在地上，双手接过金杯，立刻向朱元璋表白，脱口吟道："丹心图报国，不避圣心焦。"

金杯共汝饮，白刃不相饶。丹心图报国，不避圣心焦。

茹大人的文学功底虽然深厚，但是政治素养却不高。怎么可以说圣心焦虑呢？应该焦虑的是臣子才对！所以，他没几天便被贬为御史，后因事连坐而死。

不得不感叹，朱元璋的“金杯共汝饮，白刃不相饶”虽然霸气十足，但是也折射出他面对现实的无奈心情！

纵观洪武大帝一生，是极为爱民的，他曾多次在朝堂上说：“朕本农夫，深知民间疾苦。朕本农夫，深知稼穑艰难。”

无论是开国勋贵还是朝堂百官，朱元璋曾三令五申，不允许他们残害百姓，又制定了大量的反腐倡廉制度。可是，这些拥有权势者——“朝治而暮犯，暮治而晨亦如之，尸未移而人为继踵，治愈重而犯愈多！”权势者的奴仆也是“多依势冒法，凌暴乡里，而诸勋臣亦不禁戢”。

鱼与熊掌不可兼得。在保护百姓还是放任臣子之间，朱元璋毫不犹豫地选择了前者，毅然高举屠刀严惩贪污腐败。

“尔俸尔禄，民膏民脂，下民易虐，上天难欺。”无论你曾立过多么大的功勋，无论是付出多少努力才身居高位，你坐在那个位置上，一心为民，迎接你的是“金杯共汝饮”；可是你若敢贪污腐败，残害百姓，等待你的便只有“白刃不相饶”。这便是朱元璋治国的理念，千百年后，依旧可坚定执法者的斗志，震慑违法者的心神。

纵观洪武大帝的四场饭局，可以清晰地看出朱元璋的成长轨迹与心路历程。杀牛款待小伙伴，发生在朱元璋的童年时期，虽然幼稚，不顾后果，但是他对小伙伴讲义气，敢作敢当，勇于放手一搏，已初显峥嵘。

宴请驴牌寨的刘寨主时，朱元璋是一名26岁的青年，已经完成了从贫农到义军高级将领的蜕变。他足可独当一面，具有建功立业的豪情壮志、收服人心的权谋手段，以及为达目的不择手段的心性。

在诸暨军营，请陈军俘虏吃饭时，朱元璋36岁，年近不惑，世事洞明。他明白仁厚往往比暴力更容易赢得人心，厚待别人，哪怕他们曾是自己的敌人，也能得到他们的回报。所以，元末的枭雄豪杰中，朱元璋能笑到最后。

奉天殿宴会上，说出“金杯共汝饮，白刃不相饶”时，朱元璋已经是58

岁的老人了。守业比创业更难，天下初定，百废待兴，民生多艰。面对开国勋贵、满朝文武，朱元璋的策略是一手握着金杯，一手高举白刃，前者象征着权势、荣耀、地位、财富，后者代表着惩罚、刑法、杀戮、死亡！

经过明太祖朱元璋的励精图治，到洪武二十六年，全国的民户达1605万户，人口达6054万人，垦地面积达850万顷，为明朝后世的经济发展打下非常牢固的基础，史称洪武盛世。

无论后世谤誉如何，朱元璋的功绩注定彪炳千秋，青史永传！

诏狱牢饭：尽呕饮食，陨绝于地

公元1566年12月中旬的一天，北京城中，家家户户披麻戴孝，紫禁城门前摆满了灵幡，连午门上的匾额也用白布遮盖。

诏狱内，一间狭窄、逼仄的监牢里。须发斑白、瘦骨嶙峋的海瑞穿着打了几个补丁的破旧长衫，盘腿坐在枯草铺上。海瑞干瘪的嘴唇紧紧抿着，脸上皱纹遍布，可是他的眼眸转动间却显得纯净、清澈。

咔嚓咔！牢门打开的声音。海瑞看到提牢主事提了一个大食盒进来，身后还有几个狱卒搬着桌子、板凳。主事笑道："海大人，请用饭。"

海瑞身子一震，讷讷道："这一天，终于来了！"他眉头紧皱，面容严肃，豁然起身，快走两步，一甩长衫，端坐在板凳上。

主事张张口，似乎想说些什么，看着海瑞肃穆的样子，竟然吓得不敢开口。

主事自嘲一笑，将一碗新鲜的鲫鱼汤、一盘香嫩的烧鸡、一碟油炸花生米、一只肥腻的烤羊腿、一壶温烫好的酒、两个青花色的杯盏放在桌子上。

海瑞心中一叹，可惜没有我最爱吃的咸菜、粗粮大饼。没想到，我这一生还有机会喝酒吃肉。海瑞淡淡道："烦劳，倒酒！"

提牢主事赔着笑，为海瑞倒了一杯，海瑞端起酒盅，仰头喝了下去。

主事笑了笑，只是为海瑞添酒，看着他面无表情地狼吞虎咽。杯盘狼藉后，海瑞抹抹嘴，拱手道：“多谢阁下盛情款待，容来生再报！海某一生，第一次尝到如此美味，没想到却是断头饭！”

“断头饭！”提牢主事一拍脑袋，道，“怪下官没说清楚，让海大人误会了！”

海瑞打了一个酒嗝，看着主事腰上系的白布，皱眉道：“这是？”

主事左右看了一下，附耳对海瑞轻声道：“陛下驾崩了，海大人解脱牢狱之灾大用之日不远矣！下官为您庆祝……”

海瑞脸色瞬间变得惨白，哆嗦道：“真的吗？”主事狠狠地点头！

海瑞惨叫一声，捂着胸口，慢慢弯腰。他身子抖动，“哇”的一声，张口将肚中酒食喷射出来！

提牢主事大吃一惊，赶忙扶着海瑞。海瑞跪在地上，大口大口地吐着，胆汁都吐了出来！接着又号啕大哭，涕泪滂沱！

提牢主事吓得紧紧抱住了海瑞。海瑞拼命挣扎，嘶声痛哭，哭得昏厥了过去……

睁开眼后，海瑞继续哭。提牢主事生怕海瑞出事，喊了几个人一起看着海瑞，不停劝说。

1

提牢主事口中的陛下，乃是大明嘉靖皇帝。为何皇帝驾崩，海瑞会尽呕饮食，哭绝于地呢？需要先介绍一下海瑞。

海瑞，字汝贤，海南琼山人，出生于公元1514年。他4岁丧父，与母亲谢氏相依为命。家中只有薄田10余亩，生活艰辛。谢氏将全部希望寄托在海瑞身上，对他严加管教，禁止他嬉戏打闹——“有戏谑，必严词正色诲之。”正是母亲的严厉，养成了海瑞认真、刻苦的品质。

海瑞从小寒窗苦读，拼命学习，可是并不擅长科举考试。他从十几岁参加科举，考了近20年，每一次都是名落孙山。一直到35岁那年才通过乡试中了举人。尔后，他又考了2次进士，均未上榜。

举人有当官的资格，但不一定能当上官，只有进士才是朝廷吏部统一分配的官员，尤其是前三名：状元、探花、榜眼，甚至可以留在皇帝身边做官。

海瑞虽然未能考上进士，并不代表他无才学。同朝嘉靖朝名人徐文长，被誉为“天下第一才人”“明朝三大才子之一”，他一生参加十几次乡试也未能中举。

年过40的海瑞眼见自己高中进士无望，便到吏部报到请求安排工作。吏部按照惯例，分配海瑞到福建延平府南平县任教谕。教谕的职能类似于现在的教育局副局长，相当于正八品吏。

嘉靖年间，县学教育名存实亡，学官们敷衍了事，得过且过，学生们也不重视学习，逃学旷课是寻常事。南平县自然也不例外。海瑞看到这一现象，叩问自己的内心：“小有得而矜，能在人而忌，前有利达，不能无竞心乎？”换句话说，在尘世的种种浮华面前，你能不忘初心，砥砺前行吗？

当然能！海瑞将工作当成事业，以身作则，率先垂范，每天第一个上班，最后一个下班。海瑞制定了一系列教学教规，严明考勤制度、奖罚措施，禁止教员与学生瞎混日子。教员与学生初时叫苦不迭，习惯之后，便渐渐提高了责任心、才学。南平县的教育事业在海瑞的努力下，蒸蒸日上，成为省示范官学。

福建学政朱衡听闻之后，便到南平县的学堂视察调研。朱衡在知府、知县的簇拥下，莅临南平学宫时，站在海瑞两边的肥胖副手，慌忙跪拜迎接。海瑞抱拳躬身后，挺立如青松。

两个胖子跪着，中间夹着一个站着的瘦子，形如山字形笔架。陪同朱衡视察的南平知县黑着脸问海瑞：“你不知道尊卑礼仪吗？”（“汝为何不识尊卑礼仪？”）

海瑞不卑不亢，淡淡道：“到大人办公之处，当行拜见上官的礼仪，此乃老师教育学生之处，不应屈身下跪。”（“台谒当以属礼，此堂，师长教士地，不当屈。”）

洪武年间，便曾规定学官在学校见上官，拜而不跪，以体现大明师道尊严。只不过百年后，士人不复开国时的风骨，见了上官纳头便拜，唯恐怠慢。海瑞何许人也，大号刚峰，一个像山峰一般刚毅的男人，当然不会跪了。

朱衡调侃道：“这是哪来的山字形笔架啊？”二跪一立，形如“山”字。

从那以后，无论任何上级前来视察工作，海瑞依然只揖不跪。海瑞便赢得一个“海笔架”的雅号，渐渐在士林与民间风传。

海瑞45岁时，在朱衡的举荐下，任正七品淳安知县。淳安在浙江省西部，丘陵遍布，山多地少，每年粮食生产有限，再加上地主豪强兼并了大量土地，县衙胥吏收刮民脂民膏，百姓的生活苦不堪言。

《儒林外史》云：“三年清知府，十万雪花银。”此处的“清”不是清朝，而是“清廉”。就是说一位从不贪污受贿的清廉知府，只需通过合法手段来获取财富，便可在几年内轻松获取十万白银。

县令是一县的最高官员，掌管所辖区域的行政、司法、审判、税务、兵役等。县令想发财，自然极为容易。可是，海瑞保持高尚人格，坚持砥砺节操，不愿同流合污。在生活上，海瑞每天穿布袍，吃粗粮糙米，亲自种菜自给；在工作上，海瑞重新丈量土地，核查税收漏洞，打击欺压百姓的豪强。他对遭遇不公的百姓，力所能及地给予最大保护。

海瑞堪称大明县令圈子里的一股清流。一时间，淳安县逃难的百姓纷纷归乡，安居乐业。百姓称呼海瑞为“海青天”。

为了培养淳安官吏廉洁奉公的品质，顺便匡正世道人心，海瑞取消了各种常例。所谓常例便是立足当地，利用公权胡乱收钱，比如百姓打官司时，吃了原告吃被告等。这种乱象，海瑞看不下去，便禁止县衙主薄、师爷、班头、典狱等人以权谋私。

海大人上任之后，胥吏们起得比鸡早，睡得比狗晚，既没什么油水，也没时间娱乐。他们敢怒不敢言，便在私下里称海瑞为“海阎王”。

海瑞的操守不仅针对个人及下属，对朝廷大员也一样。

都御史鄢懋卿奉皇命巡行浙江。都御史是御史台长官，纠劾百司，辩明冤枉，提督各道，为天子耳目风纪之司。可是鄢懋卿却是《明史》中记载的著名贪官——“性奢侈，至以文锦被厕床，白金饰溺器。”用彩锦装饰厕所，用白银做夜壶，何等豪奢腐败？

鄢大人出发之前，按照惯例，发布了公告：“本院素性简朴，不喜承迎。凡饮食供帐俱宜简朴为尚，毋得过为华奢，靡费里甲。”

他到浙江各地后——“各处皆有酒席，每席费银三四百两。”明朝的知县，每月的俸禄约七石大米，一两银子在当时大概可以购买大米二石。鄢大人一顿饭要吃掉一名县令八九年的工资，果然是“素性简朴”。

县衙官吏劝海瑞好好接待鄢懋卿：“吏部是扶官员上马，御史台却是拉官员下马！得罪了御史台长官，你海大人可是会坐牢的！”

一身正气的海瑞却不怕鄢大人，气鼓鼓地道：“即使充军杀头，我海瑞也不做见不得人的事！”（“充军死罪，宁甘受，安可为此穿窬举动耶！”）

海瑞给鄢大人打了一份请示报告，开头先附上鄢懋卿颁布的通告，接着，表达了一番对鄢大人人品的钦佩，在文末，海瑞话锋一转，称鄢大人一路吃喝嫖赌，贪污受贿。看到这封信，鄢懋卿的鼻子差点气歪，道：“老夫为官二十载，从未见过这样的货色！”

鄢懋卿派人打听了一下海瑞，大吃一惊，对这种不想升官发财、清廉如水的能臣，御史台又能怎么办？

鄢懋卿不仅绕道淳安，连淳安县所在的严州都没有去。他回京城后，一直咽不下这口恶气，便安排下属御史，捏造罪证，胡扯一番，上书弹劾海瑞。

此时，福建学政朱衡已经高升吏部副侍郎，朱大人出手力保海瑞。

2

又过数年，海瑞入京担任户部云南清吏司主事。坦白地讲，这是一份清闲的工作。户部政策、法规自有尚书、侍郎制定，具体事务则有各部小吏跑腿。所谓主事，主要工作便是签发一下公文，走几步报给侍郎，平时也没什么正事。

户部毕竟掌管着全国土地、赋税、户籍、军需、俸禄、粮饷等，长期担任地方官的海瑞，有机会在更高的层次观察国家现状。

官吏贪污腐败，宫廷奢靡浪费，各地盗匪滋炽，国库亏空，灾荒遍地，各地民乱四起。嘉庆皇帝却沉迷于修道，大兴土木，疲懒怠政。朝堂大臣们有良心的独善其身，没良心的埋头捞钱，骄奢淫逸。

目睹国事如此，海瑞的双目仿佛喷出了一股股熊熊火焰，仿佛能燃烧自己，也能燃烧了世间的一切污浊！海瑞一遍遍问自己：“大丈夫读圣贤书，所为何事？”文天祥告诉他答案——“孔曰成仁，孟曰取义，唯其义尽，所以仁至。读圣贤书，所学何事?而今而后，庶几无愧。”

海瑞义愤填膺，为嘉靖皇帝上了一份奏疏，叫《治安疏》。此奏疏，被好事者称为天下第一疏，奇文共赏：“户部云南清吏司主事臣海瑞谨奏：为直言天下第一事，以正君道、明臣职，求万世治安事。”（陛下，您好！我是海瑞，我要说个事。此事有关大明朝万世平安，是天下一等大事。）

“陛下天资英断，睿识绝人，可为尧、舜，可为禹、汤、文、武。下之如汉宣之厉精，光武之大度，唐太宗之英武无敌，宪宗之志平僭乱，宋仁宗之仁恕，举一节可取者，陛下优为之。”（陛下睿识绝人，英明神武，本可以成为尧、舜、禹、汤、文、武。陛下如汉宣帝一样英明细致，如光武帝一般豁达大度，如唐太宗一样英武无敌，如唐宪宗一样能够消平国家的各种灾祸，陛下还具备宋仁宗的仁恕之德，明君的优点，无论哪一项，您都是具有的。）

“陛下则锐精未久，妄念牵之而去，反刚明之质而误用之。”（陛下，没过多久，您就不好好工作了，整天做白日梦，将刚毅英明用错了地方。）

“至谓遐举可得，一意修真，竭民脂膏，滥兴土木，二十余年不视朝，法纪弛矣。数年推广事例，名器滥矣。”（您以为天下都是您家的，便拼命修炼，大兴土木，这是在浪费民脂民膏！二十年不上朝啊，朝堂纲纪崩坏，卖官买官，导致豪强四起，名爵泛滥。）

“二王不相见，人以为薄于父子。”（您从不和儿子相见，人们说您没有父子之情。）

“以猜疑诽谤戮辱臣下，人以为薄于君臣。”（您对大臣猜疑、辱骂、杀戮，人们认为您没有君臣之情。）

“乐西苑而不返，人以为薄于夫妇。”（您长年住在西苑，人们说您缺乏夫妻情义。）

“吏贪官横，民不聊生，水旱无时，盗贼滋炽。”（天下官吏贪污成风，军队战斗力直线下降，民不聊生，自然灾害频发，流民暴乱一天比一天严重。）

“自陛下登极初年亦有这，而未甚也。”（自陛下登基之时，大明便有这些病症，但却远没有现在这般严重。）

“今赋役增常，万方则效。陛下破产礼佛日甚，室如县罄，十余年来极矣。”（陛下您为了修道，花费无数。朝廷为了增加捐税，百姓家徒四壁。十几年过去了，百姓的承受能力已经快到极限了。）

“天下因即陛下改元之号而臆之曰：‘嘉靖者言家家皆净而无财用也。’”（天下人猜想陛下的年号，嘉靖的意思是，家家都是穷光蛋没有钱用的意思。）“盖天下之人不直陛下久矣。”（天下的官员百姓很久以来就认为您不配做皇帝！）

自古以来，臣子向皇帝谏言，多是委婉地批评某种政策或者不合理的想法。《治安疏》直斥嘉靖皇帝的性格缺陷，贪婪、无耻、懒惰、多疑，尤其是一句“盖天下之人不直陛下久矣”，等于否定嘉靖皇帝44年来的天子生涯。嘉靖皇帝看完后，双目通红，面色狰狞，将《治安疏》狠狠地砸在地上，尖叫道：“来人！快把他抓起来。别让他跑了！”这便是：“帝得疏，大怒，抵之地，顾左右曰：‘趣执之，无使得遁！’”

嘉靖皇帝真是气糊涂了，普天之下，莫非王土。海瑞又能跑到哪儿去呢？

掌司礼监事兼总督东厂大太监黄锦正在旁边伺候，他慌忙捡起奏疏，匆匆扫了一眼，面色大变。黄锦盯着奏疏上的“海瑞”二字，心中一动，这不是在酒桌上被当成段子讲的海笔架吗？

黄锦跪在地上，说了一句救了海瑞性命的话：“主子消消气，这人脑子有病。听说他已经买好了棺材，安顿了家小，不会逃跑的。”

黄锦极得嘉靖皇帝的信任，所谓“掌司礼监事”，便是大明内相，总督东厂便是明朝最大的特务头子。嘉靖皇帝冷静了下来，咬牙道：“你怎么知道？”

黄锦道：“奴才总督东厂，监督百官，前些日子，整理情报时发现户部云南司主事遣散了家人，购买了一副棺材。奴才本以为他得了疾病，没想到他竟敢做出如此狂悖之事！”

嘉靖皇帝道：“先将海瑞抓进诏狱，严加看管。查查这个海瑞到底是什么来头！一查到底！”

黄锦恭声道：“主子稍后，奴才这便去安排，保证查得清清楚楚。”

说罢，黄锦便返回司礼监，吩咐属下将海瑞缉拿、调查。东厂真不愧是明朝最强大的特权监察机构、特务机关，仅仅几个时辰，便将海瑞所有资料调查得一清二楚。

黄锦一目十行，看完所有资料后，对海瑞钦佩不已。如果当初家乡的官吏都如海瑞一般，百姓能衣食无忧，家境贫寒的自己又岂会入宫做太监？想到这儿，黄锦便决心保住海瑞。他面对余怒未消的嘉靖皇帝，将海瑞的事迹娓娓诉说出来。

听完黄锦的汇报，嘉靖皇帝沉默不语，片刻后，又命人将《治安疏》取来。他的目光看到了其中一段："陛下诚知斋斋无益，一旦幡然悔悟，日御正朝，与宰相、侍从、言官讲求天下利害，洗数十年之积误，置身于尧、舜、禹、汤、文、武之间，使诸臣亦得自洗数十年阿君之耻，置其身于皋、夔、伊、傅之列，天下何忧不治，万事何忧不理。此在陛下一振作间而已。"

嘉靖皇帝看着一句"此在陛下一振作间而已"，忍不住苦笑道："此人可和比干相比，但朕不能做商纣王。"

在嘉靖皇帝人生的最后几个月，经常将《治安疏》反复阅读，时而叹息，时而流涕。谁也不知道嘉靖皇帝心中所想。

1566年（嘉靖四十五年），农历十二月十四日，嘉靖身亡，享年61岁。

诏狱提牢主事也许是钦佩海瑞，也为了提前巴结一下，带着酒食请海瑞吃饭，发生了本故事开头的一幕。嘉靖皇帝大抵做梦也想不到，他去世后，最难过的却是海瑞。

明穆宗继位后，海瑞被释放出狱，官复原职，不久调任大理寺，官至三品。在明朝境内，妇孺皆知，有一位舍生取义，敢和皇上叫板的大清官、大忠臣，他的名字叫海瑞。

海瑞的传奇远远未结束，他的余生，与东南土豪劣绅力拼命，废除了几百条苛捐杂税，推行"一条鞭法"，安抚遭剥削的无数百姓。他整修了吴淞江、白茆河，通流入海，使住在江河边的百姓能丰衣足食、安居乐业。海瑞去世后，灵柩用船运回家乡时，两岸站满了穿着白衣、戴着白帽的人，哭声震天，祭奠送行的百姓千里不绝。

3

青史为证，丹青永垂。煌煌明史，记述了海瑞得知嘉靖皇帝去世后的反应："提牢主事闻状，以瑞且见用，设酒馔款之。瑞自疑当赴西市，恣饮啖，不顾。主事因附耳语：‘宫车适晏驾，先生今即出大用矣。’瑞曰：‘信然乎？’即大恸，尽呕出所饮食，陨绝于地，终夜哭不绝声。”

嘉靖皇帝去世后，海瑞何以悲痛到“尽呕饮食，陨绝于地”的地步？

很多时候，一场饭局便可看清楚一个人的言行是否如一，为人是否真诚。

提牢主事请海瑞吃饭的目的并不纯粹，只是希望海瑞被重用之后能回报自己。与海瑞吃完后的表现相比，提牢主事的蝇营狗苟之心，简直不值一提，只能在青史上充当陪衬。

诏狱牢饭，告诉我们什么才是真正的勇者，那便是为了心中道义，纵然牺牲生命也在所不惜的人。

看着酒菜佳肴，海瑞的第一感觉便是送自己上路的断头饭。多少号称英勇的人，面临死亡时，原形毕露。比如12岁就敢当街杀人的秦舞阳，见到秦王嬴政，吓得脸色发白，两腿发抖。相比较而言，海瑞只是手无缚鸡之力的文弱书生，纵然将上断头台，眉头也不皱一下，依旧大吃大喝，一股豪勇、阳刚之气，油然而生。

酒足饭饱之后，海瑞准备慷慨赴死，提牢主事悄悄告诉他：“皇帝驾崩了，您好人家要被重用了。”一句话，有两点信息：一是囚禁自己的皇帝死了；二是可以保全性命又能得到重用。

海瑞难以置信地问道：“是真的吗？”得到肯定的答复后，海瑞悲痛难抑，情绪严重失控，将一肚子酒食吐得干干净净。随后，大声号哭在地。

这幅画面，何等忠肝义胆，何等气贯长虹！

儒家思想中，君王便是国家兴衰的象征，仁人志士讲究“处江湖之远，则忧其君”。

所谓以天下为己任，便是将国家的兴衰治乱作为自己的责任。海瑞不以死亡而惧，却因君王去世疯狂呕吐，哭晕在地。因为在海瑞心中，国家的兴衰治乱比自己的性命更重要！海瑞位卑未敢忘忧国，他的思想境界已经超过“以天下为己任”，他拥有一颗为国为民、舍生忘死的赤子之心。

“尽呕出所饮食，陨绝于地，终夜哭不绝声。”读起来，慷慨悲壮，情难自禁地对海瑞产生仰慕之情。

海瑞不愧是古代圣贤，他的一生操守在诏狱牢饭中体现得淋漓尽致，值得后人永远牢记，终身奉行。